U0136985

古人的乡愁

贾兴安 著

作家出版社

图书在版编目（CIP）数据

古人的绝唱 / 贾兴安著 . -- 北京：作家出版社，2022.4
ISBN 978-7-5212-1626-4

Ⅰ . ①古… Ⅱ . ①贾… Ⅲ . ①传记文学– 中国 – 当代
Ⅳ . ①I125

中国版本图书馆CIP数据核字（2021）第239351号

古人的绝唱

作　　者：贾兴安
责任编辑：兴　安
装帧设计：意匠文化·丁奔亮
出版发行：作家出版社有限公司
社　　址：北京农展馆南里10号　　邮　　编：100125
电话传真：86-10-65067186（发行中心及邮购部）
　　　　　86-10-65004079（总编室）
E-mail:zuojia@zuojia.net.cn
http://www.zuojiachubanshe.com
印　　刷：唐山嘉德印刷有限公司
成品尺寸：152×230
字　　数：210千
印　　张：19.5
版　　次：2022年4月第1版
印　　次：2022年4月第1次印刷
ISBN　978-7-5212-1626-4
定　　价：52.00元

豫让亮剑

（春秋时期，一个不成功但却最伟大的刺客）

一

豫让第一次见到赵襄子，是在智伯家举行的一次宴会上。

地点是绛城（今山西省运城市绛县），这里是晋国的国都，也是智伯的城邑。

这晚没有月亮，有星星偶尔在云层里闪烁。

智伯府邸阔大的庭院里，灯火璀璨。西侧走廊下挂满了一盏盏的豆灯，门口、墙边以及廊下的柱子旁边，站着一些手持长戟的卫士。一群男佣和侍女，捧着鼎、鬲、甑、甗、簋、盨、敦等食器，从庖房里出来，鱼贯般穿过甬道，向正北的客厅里走去。

客厅里，智伯在方几旁盘着腿居中而坐，其他三位分别席地坐在两旁和他的对面。墙壁上，一圈儿造型各异的巨型豆灯旺盛地燃烧着，把室内映照得如同白昼。

一拨儿青铜器和陶具，盛装着牛、羊、猪、鹿、麋、獐、蜗、雉、兔、鱼卵、鳖、腶、蚳等肉食以及黍、稻、麦、粱、菽、稷等主食上来以后，智伯端起酒爵，庄重地对三位客人说："来，三位兄弟，咱们喝了这爵酒，感谢众卿不辞劳苦，应邀来我智家做客。"

智伯宴请的这三位"客人"，是目前晋国除他之外的另三位卿大夫，即赵襄子、韩康子和魏桓子，真可谓"四卿聚首"。如今，智、韩、赵、魏四姓氏族的世袭者，是晋国乃至整个周王朝最具权势的卿大夫。而智家传承至第三代的智伯，一直位列正卿，相当于后来的宰相和如今的国务院总理，已经掌权执政多年了。因此，其他三大家族的赵襄子、韩康子、魏桓子，地位比他低一级，原则上要服从他的"领导"。

三人闻声都举起爵，但韩康子却问："智大哥，不知这次请我们来，有何见教啊？"

赵襄子和魏桓子也都举爵望着智伯，但没有说话，意思是：对啊，好好地请我们吃大餐喝美酒，又有什么事安排我们做呢？

智伯微笑着望了望三人，感慨道："这第一爵酒，是庆贺我们联手，灭了范氏和中行氏两家，原来六家的天下变成了咱们四家。咱们瓜分了他们的土地和人口，各自扩大了地盘，难道不值得祝贺一下吗？"

"值得，值得！"三人异口同声，相互碰碰酒爵，然后一饮而尽。

放下酒爵，赵襄子眨眨眼睛，望定智伯，想了想，问："这是多年以前的事了，智卿不会是为此事请我们喝酒吧？"

"看看，还是赵老弟聪明。"智伯把酒爵斟满，挥动着双箸道，"不错，我是有大事要跟三位爱卿商量。来，各位快快下箸，品尝我差庖厨们为各位精心烹制的美味佳肴，再把这第二爵酒喝了。"

众人吃了几口菜后，魏桓子看看智伯说："老大，究竟是什么事啊？你不妨说清楚了，不然这酒喝得糊糊涂涂的，好菜下肚了，还没品出什么味儿。"

"唉……"智伯捋捋长髯，重重叹了一口气，皱着眉头道，"前几天，出公跟我说，越国灭了吴国以后，成了新的霸主，让咱们大晋国威风扫地，无颜面对臣民，就令我献出一部分土地送给国家，以强大晋国的势力。我心有不愿，但没有办法啊！出公是咱们的国君，尤其是在咱们这四卿中，我又是正卿，算是个领头的，就答应了出公……"

智伯所说的"出公"，是晋出公，目前的晋国君主，实际上是一个被智、赵、韩、魏四家"架空"的傀儡。国家的大政方针和施政纲领，由智伯说了算，但在名义或者形式上，则由晋出公出面发布，如同实施办法拟定好了，由他盖个章颁布一样，同意也得同意，不同意也得同意。这是智伯"假借"他的旗号对赵、韩、魏三家发号施令的一贯伎俩。

"答应了！可你准备拿出多大的地盘充公呢？"

"一百里的土地连带人口。"

赵襄子、韩康子、魏桓子都惊呆了，直勾勾望着智伯说不出话来。

这时，智伯伸出双掌，用力击打了三下，一个高大魁梧的侍从，提着三个鹿皮袋子来到了客厅。

这人，就是智伯的门客，名叫豫让。

智伯见豫让进来，笑着对三人道："我备了三份薄礼，不成敬意，请各位笑纳。"

豫让遵命躬身向三位施礼，然后双手托着礼袋向他们递送。

韩康子接过礼袋，有点不好意思："这是何意……"

"这又吃又拿的，无功受禄，让人不安啊……"魏桓子也面有窘色。

智伯在一旁很大度地说："咱们都是晋国历代的公卿，到了咱们这一代，同在出公的手下做事，是上天修下的福分，亲如兄弟，不分彼此。如今众卿来我家做客，哪能不备点小礼相送？这可是我选用上等的蓝田玉，令能工巧匠特意为各位独家制作的，你们取来看看，就会爱不释手的。"

韩康子和魏桓子把礼袋打开，见是一块晶莹剔透的纯黄色牌形玉饰，在全身雕刻着密集繁缛的龙凤纹的正中间，凸显着一个"韩"字和"魏"字。于是满脸惊奇，相互望望，啧啧称奇，感叹着向智伯致谢。

只有赵襄子没有接礼袋，面无表情地坐着，这让豫让很是尴尬。

"豫让，你把袋子打开，让赵卿老弟过目。"

豫让将礼袋解开，从里面拿出玉饰，来到赵襄子身旁，弯下腰，双手托举着对他道："大人，请您收下。"

赵襄子没有正眼看豫让，而是以鄙夷的眼神，朝牌形的玉饰睨斜了一眼。他没有仔细观看龙凤纹簇拥着的那个"赵"字，而是无意间发现豫让紧握在玉饰两旁的那一双手的特别：骨节粗大，两个拇指的指甲出奇地厚实，像是鸭子张开的扁嘴，骨节处的皱褶刀刻一般条理分明，周边似是环列着一圈儿老茧，掌背上皮肤皲裂，干硬，呈黛黑色，如同龟甲，上面隆起的青筋，仿佛几条爬行的蚯蚓……这可不是一般人的手啊！拥有这双手的人，一定是一个孔武有力、雄壮无比、勇猛刚烈的男人……

赵襄子心里微微一动，不由抬起头来，认真看了一眼面前这个高大的男人。

但见此人大概不到四十岁的样子，方脸阔口，长发在头顶束成平髻，寸长的胡须如同浓密的毛刷子支棱着，根根如针，硬朗腮帮的嘴上角左边，有一粒黑豆般的青痣……

这可真是智伯家一个威风凛凛、十分彪悍的武士啊！

"你这门客，叫什么名字？"赵襄子问智伯。

"豫让，上党人（今山西省长治市上党区），从前是范氏和中行氏的家臣，后来投到我的门下，干得不错，是我最喜欢和得意的门客。他爷爷你应该听说过，叫毕阳，是咱们晋国有名的侠士。"智伯高兴地说，"豫让，快给赵卿施礼。"

豫让再次举着玉饰给赵襄子施礼，声若洪钟："下人豫让，姬姓，毕氏，再次给大人行礼了。"

赵襄子接过玉饰，放到几案上，看看智伯和豫让，欲言又止："智正卿，我……我有一事不明，想当面请教……"

智伯挥挥手，让豫让退了出去："什么事不明白？老弟，你只管说。"

赵襄子说："你宴请我们还送礼物，难道是为了祝贺出公让你献地吗？这不对吧，有话就直说，不必玩心眼儿。莫非，你是用这个计谋，要拉着我们三家，跟你一块儿也把我们的土地和户口献出去吧？老大，实话实说吧，我是个直性子，别总弄那弯弯儿绕！"

智伯一拍大腿道："说得好，出公是这个意思，但我不好意思开口啊！所以我刚才只说了我自己，同时把你们三位请来，一块来商量这件事，我怕你们有意见，所以才……"

魏桓子这才回过味儿来，瞪着眼睛道："原来，是让我们也献地啊！"

"献多少？也是一百里，一百户？"韩康子惊叫。

智伯耷拉着眼皮说："当然，咱们四家一样，一家割出一百里，我先带头了。"

赵襄子问："这到底是你的主意，还是借君主出公之名？"

"当然是出公的旨意。"

赵襄子拍案而起："我不干，不同意！"

"为什么？"

赵襄子沉着脸说："我们赵家的土地和子民，是我祖宗赵简子留下来的，到了我的手里，绝不能送出去交给他人！"

"这是君主的命令，你敢不听？"

赵襄子冷笑道："这恐怕是你的主意吧，想借机吞并我们三家的土地，坐大你自己！"

"好啊，你小子想造反不成？！"智伯大怒。

赵襄子站了起来："我没想造反，我只是想守住我的祖业和家产。"

说完拂袖而去。

智伯气急败坏，冲韩康子和魏桓子说："你们呢，按君主的旨意，各出一百里土地和一百户口，回去就给我办！"

慑于智伯的淫威，韩康子和魏桓子不敢像赵襄子那样断然拒绝，答应回去考虑一下。

智伯平静一下心绪道："好吧，你们回去商量商量，赶快给我回话。"

"赵襄子不献地，怎么办？"

智伯瞪着大眼，把几案拍得当当作响："这是君主出公的决定，谁不执行，我们就联手收拾他！"

韩康子和魏桓子吓得吐吐舌头，连忙往外走。

智伯吼叫道："回来，拿上我送你们的礼物！"

一

这年春天，智伯以国君晋出公之名，联合韩、魏两家，发兵讨伐"不听话"不献地的赵襄子，换句话说，就是软的不行，便来硬的，动用武力"没收"他的领地。

很快，智、韩、魏三家组成的"联军"，气势汹汹朝赵襄子于两年前新筑的襄垣城（今山西省长治市襄垣县）拥来。双方交战后，势单力薄的赵军节节败退，加之这里没有坚固的城墙防御，眼看就让"联军"破城灭族了。

危急时刻，赵襄子听从谋臣张孟谈的建议，将大本营迁移到近二百公里外的晋阳城（今山西太原市西南晋源镇）。

因为，张孟谈的提议，顿时让赵襄子想起了父亲赵简子临终前的嘱咐："如果有祸乱，不要因为尹铎年少，也不要因为晋阳太远，都要去晋阳躲避。"父亲所说的尹铎，是赵家忠诚的家臣、他在晋阳筑城池并在那里镇守，城固而民富。如今大难临头，可退至晋阳固守，从而抵御智伯他们的攻击以保存实力。

赵襄子立即行动，带领着宗亲、族人和军队，趁着星夜，一路急行，将赵氏的大本营迁至晋阳城。

智伯闻讯，咧嘴一笑："跑吧，跑到哪里也是一样，只不过是换个死的地方！"

智伯率"联军"继续追击，来到晋阳城下团团围住。

但赵襄子和晋阳军民众志成城，智伯多次强攻都难以破城，一直断断续续打了两年多，仍然不能攻克。

这天午后，智伯来到营中巡视和考察战况。

当他登至晋阳城南侧的半山腰上，举目眺望四周，只见高大坚固的晋阳城位于盆地之中，地势低洼。而西面不远处，阔大的汾河刬波光粼粼，滚滚流淌……

此情此景，让智伯陷入了沉思。他眯着眼睛，眉头一皱，不由计上心来：以兵强攻不能破城，何不引水淹城？真是天赐良机，时不我待……

回到营中大帐，智伯按捺不住内心的喜悦，布置将士由攻城改为挖渠，并亲自绘制图纸，画出一条从汾水东岸通往晋阳城西门的水渠，在汾水上游和连接水渠的西端各建造一座节制水的闸门，同时，还把自己以及韩、魏两家驻扎在城下的军营筑起大坝围堵起来。

有将士询问这是何意，智伯笑而不答，说你们只管干活儿就是，到时候就明白了。

水渠挖成了，闸门也建好了，正值雨季来临。

智伯下令关闭汾水上游的大闸门，然后打开东河堤上水渠的闸门放水。

顿时，波涛滚滚的汾河水，顺着开凿的人工渠，汹涌澎湃地灌进了晋阳城。而围在城下的"联军"大营，由于事先筑有防水的大坝相阻则安然无恙……

这就是春秋末期著名的"水淹晋阳"事件，时为周贞定王十六年（前453）三月。从而导致了智伯的被杀和智家的灭亡，形成了赵、韩、魏"三家分晋"的战略格局和政治局面，经历了二百五十八年的春秋时代正式落幕，开启了秦、齐、楚、燕、赵、魏、韩等"战国七雄"的割据时代，成为中国春秋和战国时代的分界点。

智伯败了？这似乎有点不对吧！

智伯以高智商的"水淹晋阳"的谋略，肯定会活活淹死赵襄子和他的全城臣民，一定会大获全胜啊！但问题是智伯太自大、太骄傲、太狂妄了，按《资治通鉴》作者司马光的说法是："智伯之亡也，才胜德也。"不然，历史就会改写，也没了"刺客豫让"的故事。

最令人不可思议的，是智伯引灌淹了晋阳城之后，兴奋不已，四处宣扬自己发明创造的这一"水攻破赵"的"金点子"。

对别人夸夸其谈，也就罢了，但他对韩康子和魏桓子也这么炫耀，就是"找死"，自取灭亡。

这天，智伯满面春风，跟这个春天的来临一样洋洋得意。他和韩康子坐在马车上，让魏桓子赶车，前来晋阳城外视察这场由他亲自策划、导演，任总指挥并且将要完美"收官"的战争。

走下车辇后，智伯带着韩康子和魏桓子，爬到一个山坡的半腰处站定。

智伯居高临下，指着浸泡在一片汪洋中的晋阳城，笑逐颜开，自豪地说："你们看，我这办法很妙吧！我不动一兵一卒，用这河水，就把赵襄子赢了。直到今天，我才知道，这水的威力实在是太大了。这晋阳城，筑得再坚固也没用，坏就坏在，城是建在水边的。两位老弟，你们服气不？我说到做到，等赵襄子淹得受不了开门投降，咱们就把他逮住宰了。我保证，让你们各分他三分之一的土地。"

"好，还是智大哥英明！"

"这以水破城的谋略，太绝了，可载入史册了啊！"

韩康子和魏桓子嘴上称道，心里却叫苦连天，不寒而栗。他们相互对视着眨了眨眼睛，暗自心寒胆战。因为，韩康子的城池在安邑（今山西省运城市夏县西北），紧邻着绛水，而魏桓子的领地在平阳（在今山西省临汾市西南），居于汾水旁。现在，一贯蛮横、霸道、嚣张的智伯，能用"水攻"铲除赵襄子，那收拾过赵襄子之后，他是否也会用同样的办法，掘开我们的河堤灌城，从而霸占我们的地盘呢？

当着智伯的面，韩康子和魏桓子不但偷偷用眼神作了交流，还悄悄用肢体动作进行了心领神会的沟通。《资治通鉴》是这样记载他俩当时做出的一个小动作：当智伯说完上述话后，"桓子肘康子，康子履桓子之趾"。意思就是桓子用胳膊肘碰了一下康子，康子用脚踩了一下桓子的脚指头。两人彼此心照不宣，那就是：赵襄子的今天，可能就是我们的明天。我们可不能坐以待毙，不能只有危机意识，还要赶快采取"应变"的措施。

韩康子和魏桓子的"眼神交流"和脚下的"小动作"，只顾神采飞扬、夸夸其谈的智伯没有注意到，但却被站在一旁的一位叫郗疵的人发现了，此人是智伯的谋士。

回去以后，郗疵对智伯说："主公，你可要小心，提防韩康子和魏桓子，我感觉，这两人想密谋造反……"

智伯不以为然道："少胡说八道，这怎么可能？"

郗疵进一步解释说："今天你带他们巡视水灌晋阳城时，我发现他们不但没有高兴，反而满脸惊慌和忧愁。这种反常的表情，难道不是想造反的迹象吗？你一定要有所防范才是。"

智伯瞪瞪眼睛道："赵家比他们势大得多，都被我马上灭掉了，小小的韩、魏，他们敢？借他们几个胆儿也不敢！在我这儿，他们只有服从的份儿，没有参翅儿的胆儿！"

更可悲的是，智伯还把郗疵对他说的话，转告给了韩康子和魏桓子，质问他们："莫非，你们真敢谋反不成？"

韩康子和魏桓子当然矢口否认，信誓旦旦说："绝对没有，也根本不敢，你身上的一根汗毛，比我们的腰都粗，再说，眼看要把赵襄子拿下了，我们马上就能分他的地了，这天大的便宜，哪有不捡的道理。"

郗疵得知，仰天长叹，预感智伯的危机很快就会爆发，就请示出使齐国，其实是要逃亡出去避难了。

他收拾好金银细软，带着两个侍从，刚出了智家的府门，就碰上了豫让。

豫让问："大人，你这就上路啊？"

郄疵说："是的。"

豫让冲郄疵作揖："大人一路平安，盼早日归来。"

郄疵怔了怔，眉头挑挑，将豫让拉到了墙角处："豫让，我有几句话，要对你说。"

豫让点点头："大人请讲。"

"自你到了智家，主公很器重你，视你为心腹，与你行则同车，食则同桌，这话一点不假吧？"

豫让不假思索，并且感动地说："是的，主公对我恩重如山，我豫让没齿不忘！"

郄疵叹气道："唉，我的话，主公根本不放在心上，刚愎自用，使我忧心忡忡。念在智家对我不薄，临别之时，我有一事想最后托付于壮士。请你再次转告主公，韩魏两家有可能会背信弃义出卖智家，我们要拯救智家于水深火热之中啊！"

豫让一惊，迷惑不解地说："我不明白，大人这话是什么意思？晋阳城已经浸泡在大水之中，危在旦夕。我听说，城里的大水深达六尺，百姓家的灶台里，青蛙乱跳，许多人在树上搭巢居住，挂起锅来煮饭，守城的士兵也大都生病，粮食发霉，也快吃光了。赵家才是处于水深火热之中，眼看就要打开城门投降了，怎能说我们……"

"哎呀！豫让啊……"郄疵焦急地说，"难道，你也不相信我郄疵的话吗？"

豫让正色道："我听说你跟主公的争论了，我相信主公，主公是对的！韩魏两卿我见过，都是实在人，对主公唯命是从，不可能反叛。"

"好吧……"郄疵垂下眼帘，转过身顿了顿，又回过头来，对豫让说，"我觉得，主公平素对你言听计从，所以，我现在对你只说一句话。"

豫让望着郄疵眯起了眼睛。

"你赶快给智伯捎句话，必须立即遏制韩魏两家的反水！"郄疵说完，扬长而去。

豫让回去想了又想，觉得还是把郄疵的话捎给智伯为好。宁可信其有，不可信其无，防患于未然，也没什么坏处。

由于智伯在晋阳的战场上，豫让留守在绛城智家城府，一时不能见到智伯，准备过几天去一趟前线。

但是，就在这天傍晚，豫让动身前往晋阳找智伯的半路上，赵襄子、韩康子和魏桓子这三家重新"洗牌"的新组"联军"，内外联手夹击，大破智家军。

从半夜战至天明，智伯全军覆没，赵襄子将智伯斩首，并与韩、魏两家率大军攻入晋都绛城，以叛逆的罪名将智伯二百余口家人抄斩，赵、韩、魏三家平分了智氏的土地。

从此，也就是一夜之间，转瞬之间，智伯及智氏族人在晋国消失了。

强势的智家被韩、赵、魏灭族分地，天下震惊。

晋出公大怒，向齐、鲁两国借兵讨伐韩、赵、魏三卿。三卿提前得到消息，主动联手攻打晋出公。这个"傀儡"君主缺兵少将，无力抵抗，只好被迫出逃，结果病死在了路上。三卿又扶植出晋国宗室的另一个"傀儡"姬骄为国君袭演"门面"，史称晋哀公。

三家灭了智家分得"胜利果实"以后，果然和平相处，各自安心谋求发展，不断做大做强，于公元前437年晋哀公去世后，干脆把晋国瓜分了。

这就是历史上著名的"三家分晋"事件。

后来，即公元前403年，韩、赵、魏三家的继承人韩虔、赵籍、魏斯各派使者去洛邑（今河南省洛阳市）觐见周威烈王，要求周天子把他们三家封为诸侯。

早已被诸侯"架空"而名存实亡的周威烈王不承认也没有办法，还不如做个顺水人情，就把三家正式封为诸侯。

自此，韩建都郑（今河南省新郑市），赵建都邯郸（今河北省邯郸市），魏建都大梁（今河南省开封市西北），均成为中原大国，再加之秦、齐、楚、燕四大国，在历史上被称之为"战国七雄"。

三

韩、赵、魏三家联手在绛城剿灭智伯家族的当晚，豫让正行走在去晋阳寻找智伯的半路上，所以他意外地幸免于难了。

在韩、赵、魏三家继续剿灭和洗劫智氏的族人和残余部队之时，豫让暂时躲进了山里，两天后，才悄悄来到晋阳城外。他从一些人的闲谈和几个逃亡出来但已经奄奄一息的智家兵卒嘴里，得到了智伯及其大军顷刻间灭亡的原因——

智伯制造的"水淹晋阳"已经三个多月了，城内一片汪洋，水面至城墙六尺有余。粮食早已被水泡得发霉了，只好把锅灶支到房顶上做饭，士兵们面黄肌瘦，其中有一多半人生病，毫无斗志。这就是《战国策·赵策一》上所说的："巢居而处，悬釜而炊，财食将尽，士卒病羸。"

赵襄子愁容满面，焦急地对谋臣张孟谈说："这可怎么办？是在这里让水泡着等死，还是开门投降？"

张孟谈皱着眉头不说话。

"你倒是说话啊！半个月估计也坚持不住了，为了全城的百姓，我认为还是投降为好。现在，你帮我想想，投降智、韩、魏这三家的哪一家比较好。"

张孟谈舒展开眉头道："向哪家投降都不好。"

赵襄子一愣："此话怎讲？"

张孟谈笑笑说："主公，臣下有一条计策，可化险为夷，转败为胜。"

"噢！那你说说看？"

"今夜，我就出城，悄悄去韩魏大营，说服韩康子和魏桓子反水。"

赵襄子没表现出惊讶的样子，而是不动声色地问："你真能做到？"

张孟谈信誓旦旦道："我愿以性命担保！"

"好，我要的就是你这句话！"赵襄子这才兴奋地走过来，激动地拍了拍张孟谈的肩膀，"船我已经在城东墙那里准备好了，用缆绳将船和你，还有由我挑选出的随你前往的精兵五人放下去。赵氏家族和全城黎民百姓的生死存亡，在此一举，全靠你了。"

张孟谈笑了笑："我就知道，主公早几天已经谋划好，现在只是要让我自己说出来，以视我的决心。"

赵襄子点点头："投降和死是一样的，危急关头，谋臣应该做谋臣的事。"

子夜时分，张孟谈从东门"缒城而下"，坐船悄悄进入"联军"营地。

当时，智、韩、魏三家"联军"，在晋阳城外分别驻扎围攻赵襄子，历时两年多了，在各段上驻扎有各自的营盘。如今，水灌晋阳城后，城里城外变成了水域，要进入他们的大营，必须乘船前往，然后到达他们为防进水围起的堤坝前，再弃船越过大坝进入他们的营帐。

张孟谈先来到韩军大营去见韩康子。

晋阳城被淹后，"联军"围而不攻，在等待赵襄子的主动弃城投降，因此警戒并不严，堤坝上有站岗的士兵听说来人要找韩卿，立即通报。

韩康子见赵襄子的谋臣张孟谈深夜来访，不由大惊，连忙让人接到大帐内说话。

张孟谈开门见山，把来意讲了，意思是让他和魏桓子倒戈，与赵家联手，把智伯灭了，然后平分他的地盘。

韩康子闻后，望着张孟谈直咧嘴，不置可否。

张孟谈继续说："智伯的霸道，你和魏卿是知道的，不用我多讲。他的野心，不只是要灭掉赵氏。他的目的，是要吞并整个晋国，现在对我赵家下手，无非是先拔掉一个钉子，下一步，肯定就是你们，这就叫唇亡齿寒。你仔细想一想，是不是这个道理。现在，这是个千载难逢的机会，如果失去，你会后悔的，韩氏会带来灭族之祸。"

韩康子打个寒战，想起了智伯放闸水淹晋阳时说过的"这水的威力实在是太大了"，还有"这晋阳城，筑得再坚固也没用，坏就坏在，是建在水边"这些话，不由虚汗滚滚……

是啊，自己的城池也建在水边，日后智伯要收拾自己，肯定也会这么干吧！当时，自己还和魏桓子偷偷用眼神和肢体动作传递了惊慌和后怕……

"请主公三思，别错过这个机会，机不可失，时不再来。智伯是个狠茬儿，这个时候不下手，大祸很快会临头。"

"这……"韩康子欲言又止，似是心有余悸。

张孟谈说："平了智伯，咱们三家各安生息，过太平的日子，这有多好。再说，我家赵卿，是个厚道人，做人言必信，行必果，绝不会亏待韩卿的。"

韩康子又沉默了片刻，这才抬起头来问赵孟谈："可具体你要我怎么办才好呢？怎么做才能确保万无一失，打败智伯呢？"

张孟谈说："如果你同意，咱们再去找魏卿，一起商量攻打智伯的方案。"

于是，第二天晚上，他们一同去找负责围在城南门的魏桓子商议。

魏桓子态度坚决，三人当即歃血为盟，研究制订了联合突袭智伯的作战方案。

入夜，韩、魏两家出兵杀掉智伯守在大坝上的将士，从西边掘开堵住晋水的堤坝，致使奔腾的河水反向灌入智伯的军营。

大水突兀而至，智伯军中大乱，四散奔逃。

等智伯从睡梦中惊醒过来，水已漫到他的床边两尺多深。他跳起来问怎么回事，侍卫们不知，急忙将他扶到一个木筏上。智伯漂到大帐外，一看自己的营地浸泡在滔滔的大水之中，粮草、兵器和旌旗随浪头沉浮。不计其数的将士，正哀号着在滚滚波涛中挣扎。这时，智伯得知是围堵兵营的大坝决口，正恍惚和疑惑不可能时，忽然鼓声大作，韩、魏两家的军队从西南借水势乘着小舟冲杀了过来。

智伯这才大梦方醒，知道韩、魏果然是"反水"了。

叫苦连天、无任何抵抗之力的智伯，在几名侍卫的保护下，急忙换乘小舟向龙山背后逃去。但刚转出山口，赵襄子就打开城门，亲率一支精兵，从山后杀出。这时，韩、魏两军从左右两边夹击智家军，而赵襄子又在正面拦截智伯，不费吹灰之力，就将智伯生擒了……

晋阳城的大水退去了，智家军将士的尸首，一层层一片片浸泡在城周边的污泥浊水里，野狗在啃嚼，苍蝇嗡嗡哄嗅，恶臭扑鼻，大地苍凉，哀鸿遍野。

"主公，我这不是做梦吧，眨眼之间，什么都没了！怨我来晚了，没能向您传达郄疵的一再劝谏……"

豫让悔恨一番，等到夜晚，起身朝晋阳城走去。

他想，智伯被赵襄子活捉了，能不能把他救出来呢？

但晋阳城由于被围困了近三年，又让大水淹了数月，正在进行战后的救灾重建工作，清理淤泥，修建房屋。因此城门把守、盘查非常严格，城里的人出入都有"身份证"。

豫让试了几次，都不能进入。他不甘心，在附近一个村庄的客栈里住了下来，试图伺机入城解救智伯。

不料，三天后，有消息传来，智伯被杀了。

据说，赵襄子把他的头颅砍下来，掏出脑浆，雕刻后上漆，当作饮酒的首爵。

"啊！主公啊！您死得太惨了……"

豫让泪流满面，肝肠寸断，痛不欲生，与智伯从相识到相知，之后亲密地朝夕相处的一幕幕情景浮现在眼前——

五年前，先是范氏门客，后又投奔到中行家的豫让，随着这两族被智、赵、韩、魏四家兼并，投身到了智家门下。主人智伯特别器重他，把他视为上宾，还跟他在一个桌上吃饭，一张床上睡觉，每次行猎，都让他做伴，把他视作亲密无间的朋友。除给他比其他门客高额的俸禄外，还经常差人给他家送去粮食和布帛，彻底改变了他一家人长期以来的生活窘况。忠厚善良的豫让回想自己在范氏和中行氏家里所受到的藐视和冷遇，再看看现在智伯对自己的器重和恩情，真是天壤之别，恍若隔世。对此，豫让常常感慨不已：天下的"主子"，怎么就不一样呢？遇到一个好的"主子"，命运是可以改变的！像智伯这样的好"主子"，也是千载难逢的。有一次，豫让问智伯："我无功无名，你为何如此偏待于我？"智伯说："你做事认真，办事有条理，而且忠厚，最重义气，我不会看错人，壮士迟早会为智家做出大的贡献。"豫让对智伯的赞誉和信任感激涕零，曾多次暗自发誓，一定跟着智伯好好干，出生入死，浴血奋战，勇立战功，报答他的知遇之恩和恩重如山，壮大智家的势力和地盘，自己也好功成名就，封妻荫子。可是，转眼之间，庞大的智氏家族，就这样"断崖"式消亡了，什么都没有了。不但没能为智家做出任何贡献，连同自己美好的前途和命运，也转眼之间变成了一场噩梦。今后，再没有机会报答智伯不说，尤其不能容忍的是，残暴的赵襄子，不但像切瓜那样砍下了他的脑袋，还把他的头颅当酒爵……

智伯死了，死后又如此被辱，使豫让不能接受，他悲痛得昏厥了过去，沉睡了三天三夜。

待醒来，豫让抽出那把佩剑，疯狂地将一棵碗口粗的楝树砍剁得粉碎。

豫让决定刺杀赵襄子，为智伯报仇雪恨。

然而，作为智伯重要门客的豫让，也在被赵家军"斩尽杀绝"的追捕之中。

豫让东躲西藏，大多隐居在太行山深处，直到半年以后，才悄悄返回已经归入赵氏地盘的家乡上党。

四

这年春天，豫让隐名埋姓，装扮成一名"罪人"，来到了赵襄子的晋阳城。

接近赵襄子，是豫让这两年多来梦寐以求的首要"刺赵"行动计划。因为，只有近距离来到赵襄子面前，才能置他于死地。

走近赵襄子，并不是一件容易的事。他深居简出，外出乘辇，出巡或狩猎时都有众多侍卫相随。再说，他又认识自己，贸然或者强行去接近他，无异于自投罗网，白白送死。

当时，豫让就苦于没有机会，现在，更没有了，赵襄子势力更大了，兵多将广。

不料，苍天有眼，豫让终于遇到了一个千载难逢的良机。

有一天中午，一队赵军押着一群"罪人"，从街里过时要在村街里"打尖"休息。

据邻居一位大哥说，这些"罪人"，是被押送到晋阳城赵襄子的宫中修建房子的。

豫让灵机一动，回家换上一身脏衣服，又把脸用锅灰抹了几把，在腰里悄悄掖了一把匕首，趁看守"罪人"的兵卒不注意，一错身，混进了在墙边处坐着打盹的"罪人"队伍里了。

旁边一位和他年纪相仿的"罪人"被挤撞，一下惊醒了，睁开眼睛看看他，惊叫道："你要干什么?"

豫让示意他小声："兄弟，别声张……"

这"罪人"奇怪地望着他："你……"

豫让小声道："兄弟，请问贵姓大名?"

"我叫张三，你可不是我们一伙儿的，你要干什么……"

豫让从怀里掏出五个赵币塞给他："兄弟帮个忙，我替你去晋阳卖苦力，现在，或者到了半路，你就找个机会逃走回家，这算是我给你的路费。"

"啊！"这人惊奇地瞪大了眼睛，"你不会是个傻瓜吧，还有出钱买罪人当的？"

"嘿嘿，咱就这样说定了。"豫让笑笑，双手一抄，佯装困倦的样子靠在墙根里，像其他"罪人"那样眯上了眼睛。

就这样，豫让以"张三"的"罪人"身份，混进了赵襄子的晋阳城。

虽然到了城里，但怎么见到或者贴近赵襄子，仍然是一个重大的难题。

苦苦干了几天垒墙的活儿，机会终于来了。

这天，豫让被差遣去加高厕所外墙并进行冲洗打扫。这个厕所在宫殿旁边，是赵襄子专用的。这是指派他干活儿的官吏告诉他的，让他专心细致一点儿。

豫让在厕所里心不在焉，一边劳作，一边焦急地等待着赵襄子前来"如厕"。时间过得好慢啊！都一个多时辰了，这家伙怎么还不来呢？豫让不断走出厕所向外张望，只见宫殿的院子里，一列列侍卫披甲而立，还有两个佩剑的士兵在附近游走。豫让暗暗劝慰自己，一定要镇静，不要慌张，并反复幻想着等赵襄子进来时，怎么掏出腰间的匕首，以什么样的姿势朝他刺去，刺向他身体的什么部位？是心脏、脖颈，还是胸口、腹部……

这时，身后突然传来一声咳嗽，把正在脑海里"打腹稿"进行暗杀"活动"的豫让吓了一跳。他打个激灵，转过身来，一个高大微胖，穿着麻灰色锦缎长衫，大约不到四十岁的汉子捂着嘴，在厕所门口歪着头吐痰。

没错，正是赵襄子！

豫让迅速掏出匕首，飞个箭步朝赵襄子捅去。

赵襄子身子一歪，匕首刺空。

豫让由于用力过猛，趔趄出几步，等转过身再要去扎趔趄到墙角的赵襄子时，已经没有机会了。

此时，赵襄子不但大喊"有刺客"，而同时，不远处的侍卫也已经冲过来，一拥而上，七手八脚将豫让摁倒在地。

煞费心机，酝酿和谋划多时的"刺赵"行动，就这样瞬间失败了。

惊魂未定的赵襄子站起来，看看被侍卫们已经绑缚起来的豫让，觉得有点面熟。他喘几口粗气，平定一下心绪，眯起眼睛，认真打量豫让几眼，不由大惊："你……你不是……不是智伯的门客……叫豫……叫豫什么来着……"

豫让梗着脖子说："不错，正是豫让。"

"嗯，那年我在智伯家坐宴，见过你，对你印象深刻，你嘴角上有颗青痣，一双手出奇地粗大，一直不曾忘记。"

"那又怎样？"豫让仰着脸不屑道。

赵襄子沉下脸，双眉紧锁，诧异道："奇怪，我与你只是一面之交，素来无冤无仇，你为什么要刺杀我呢？"

"为我家主公智伯报仇！"

"噢！明白……"赵襄子这才恍然大悟，平静地说，"我灭了智家，你心有怨恨和不甘，才企图来谋害于我，是这个意思吧？"

"正是。"

这时，有侍卫近前，对赵襄子说："主公，不必跟他多费口舌，这就拉出去，砍了头得了。"

赵襄子迷茫着双眼，睨斜着豫让不语。

豫让则怒目而视赵襄子："杀吧，皱皱眉头，不是豫让！"

赵襄子笑了笑，捻着胡须对侍卫们说："把绑绳解开，放了他。"

"这……"侍卫一时怀疑可能是听错，押着被缚的豫让没有动。

赵襄子脸一沉："没听见我说的话吗？"

"大人，为什么？"

不但侍卫们惊愕得难以置信，连豫让也惊讶得不知所措，他直勾勾望着赵襄子，怀疑这可能是赵襄子在玩什么花招。

赵襄子感慨道："豫让现在来刺杀我，不是因为他跟我有仇才这样做，而是为了他的主人，可见豫让是个有情有义的人，是要替别人牺牲的义士。所以我不能杀他，杀了他，我就会被人取笑，讥笑我成全了他舍生取义的名节。智伯家族全灭了，没有后代，豫让挺身而出替智家报复我，是可以理解的。知道豫让对我仇恨，想杀害我，以后，我多加小心，你们也多加防范就是了，没必要杀了他，放了吧。"

豫让闻声，跳起脚吼叫："放了我，我还会来找你算账！"

赵襄子怔怔，气愤地挥挥手对侍卫们道："真是嚣张！你们把他轰出宫门，乱棒打走，让他知道什么是疼，再不老实，就没这么便宜的事了！"

豫让是遍体鳞伤，一瘸一拐回到家中的。

他倒在床榻上泪流不止，感到有生以来最大的耻辱、悔恨、愤怒和悲伤，超过了对智伯之死的凄楚和痛苦。

身上的疼，能经得住，不算疼，但心里的疼，实在不能忍受。

"赵襄子不杀我，实在是羞臊我。"

伤愈之后，豫让迫不及待计划对赵襄子实施第二波攻击。

这一次必须成功，不能再失败，再丢人现眼。

赵襄子认识自己，必须易容，改变相貌，这样才能再次接近他。

豫让收拾好行囊，带上佩剑，暗藏匕首，躲进位于家乡十几公里外的深山老林，独自悄悄进行"易容手术"。其实，就是把自己的原本的面貌毁掉，让任何人也包括赵襄子，认不出此人就是豫让。

左腮旁嘴角上那颗黑豆粒大小的青痣，先毫不犹豫剜掉。这还不算，豫让又将眉毛和胡须刮掉。接着，他在山里的漆树身上，用刀划开一道道的口子，让黏稠的汁液渗出来，然后取下来在身上涂满，让全身红肿溃烂，长出疮癞，以此来改变形体和皮肤的颜色。为此，《战国策·赵策一》曰："豫让又漆身为厉，灭须去眉，自刑以变其容。"这里所说的"漆"，是山上野漆树流出来的汁液，称为生漆，具有极强的腐蚀性，涂到皮肤上如同火烧铁烙。豫让用这种方式"整容"，可见忍受着多么大的痛苦和折磨。

半年以后，为了检验易容的效果，豫让装扮成乞丐，偷偷下山溜回村中，到自己的家门口前要饭。

敲开门后，豫让妻子出来了。

豫让端着磕得满沿儿都是豁儿的破碗："大嫂，行行好吧，半块菜饼也行。"

妻子闻声愣了愣，上下打量着他，突然惊叫道："呀！听声音，这不是我夫豫让吗？"

豫让吓得转身就跑，破碗也"当啷"一声掉到地上碎了。

"你……怎么跑了，怎么变成这样了！"妻子在后面边追边喊，"豫让，快回来……"

豫让不敢回头，一口气跑了三里多地，坐到邻村的村头路边气喘吁吁，叫苦不迭。他心寒透了，沮丧不堪。承受着如此巨大自残的折磨和痛苦，没想到一眼就被妻子认出来了，这不是前功尽弃吗？看来，毁容是不彻底的，必须继续进行。可是，问题出在哪呢？往下，该怎样进行"改造"和"加工"呢？

"听声音，这不是我夫豫让吗？"妻子的话在豫让耳边回荡着……

豫让打个寒噤，激动地跳了起来："对，坏事就坏事在我的声音上！"

面目和体形改变了，但声音依旧，不变声，还会让人知道是豫让。

问题找到了，可怎么才能改变声音呢？

不远处，传来"铿铿锵锵"打铁的声音。

豫让站起来，循声朝那里看看，见一老一少在通红的火炉旁，抄起一块通红的铁块，在铁砧子上打制器具。他灵机一动，走过去悄悄站在一旁观看。

这时，一位老者拿起一根铁棍，在炉口里捅了捅，拉响一阵风箱，一堆块状的火炭，很旺盛地冒出一簇金黄色的火焰。

豫让皱皱眉头，突然有了主意。他漫不经心地抄起一把火钳，在炉口里拨拉了几下，夹起一枚犹如枣大的通红的炭粒。

老者奇怪地问："你要干什么？"

豫让没有说话，张开嘴巴，突然把冒着火星的炭块放了进去，接着就"嗞啦"响了一声。

老者和年轻人几乎同时目瞪口呆地惊叫："你有病吧！是傻

了还是疯了……"

《史记·刺客列传》记载："居顷之，豫让又漆身为厉，吞炭为哑，使形状不可知，行乞于市。"

难道，这就是孟子所说的"故天将降大任于是人也，必先苦其心志，劳其筋骨，饿其体肤，空乏其身，行拂乱其所为，所以动心忍性，曾益其所不能"吗？

似乎也不是。

当然，在豫让心目中，"刺赵"也算是他的"天降大任"，但他如此"苦其心志，劳其筋骨，饿其体肤，空乏其身"，就一定能成功吗？

面目全非，喉咙烧坏而嗓音变得嘶哑的豫让，临"行刺"赵襄子前，又回家进行了一次"战前"测试。他如法炮制，还是扮成要饭的去他家门前见他妻子。

这回，妻子没认出他，因为说话的声音已经不是豫让了。妻子骂他叫花子，让他快滚。他心花怒放，高高兴兴地"滚"走了。

但在半路上，他的一位好朋友还是认出了他："这不是豫让吗？"

豫让怔怔，哑着嗓子说："不是，你认错人了。"

朋友撇着嘴说："没错，看身型和走路的姿势，就是你豫让。"

豫让一脸不高兴，只好承认了："是我。"

朋友见他面目全非，一副人不人鬼不鬼的模样，匪夷所思，唉声叹气一番，问他缘由。

豫让拉他在一片小树林里坐下，大致诉说了原因。

朋友听后，唏嘘不已，感慨万千，最后说："听你说的意思，赵襄子好像很赏识你。以你的才干和忠厚，如果投到赵襄子那里当门客，他一定会信任你。这样，你就能潜伏到他的身边，然后伺机杀掉他，不就达到目的了吗？本来轻而易举能做到的事，何苦非要这般自残而活活受着大罪糟蹋自己呢？豫让啊，听我的劝告，你不要这样，按我说的去做吧。"

豫让摇摇头，掷地有声道："做人，坚决不能这样干。如按你所说，我投靠赵襄子，当他的门客，就要全心全意尽忠于他，不能再图谋刺杀人家，否则就是大逆不道，败坏了天下人臣之义，愧对做人的那一撇一捺。再说，我本是智家忠实的门客，怎么能假装又忠于赵家的门客这样一人两面的嘴脸？这和贼寇毫无区别，我做不到。你刚才所说的似乎也有一定道理，那样会很省事，成功的机会也更大。但是，他人可以这样做，而我是豫让不是他人。豫让之所以要这样做，是想要后世做臣下而对君主怀有二心之人，感到羞耻和惭愧。对主公的忠，要一忠到底，对仇家的恨，要恨到海枯石烂，绝不能靠变节投敌去达到目的。"

朋友哑然，望着豫让一脸困顿和茫然。

豫让站起来，怫然而去。

五

经过三年多漫长的苦心"经营"和准备，豫让终于感到万事俱备了，决定开始第二次"刺赵"行动。

他怀着雄心壮志，斗志昂扬来到晋阳城，但却扑空了。

城还在，但赵襄子连同他的"大本营"，三个多月前搬走了。

"搬到哪里了？"豫让大失所望，倒吸了一口冷气。

"听说是大山的东边。"

"那也要有个地方啊，是哪里呢？"

"好像叫信都，也是赵家的领地。"

为了把情况了解清楚，豫让在晋阳城住了一夜，得知赵襄子的确是迁往太行山东侧，距这里五百多里地的信都城后，才踏上"追讨"的征程。

深秋的太行山层林尽染，崎岖的山道在峰峦叠嶂间盘绕。

豫让背着行囊，身藏佩剑自西向东踽踽独行，翻山越岭，沿路乞讨，晓行夜住，终于来到了位于莽莽苍苍的太行山东麓的信都城（今河北省邢台市）。

赵襄子是公元前452年离开晋阳，将都城迁往这里，以图谋华北和黄河中下游一带的发展的。初期，他以信都为政治经济和文化中心，在四周建造若干城池，如鄗城、襄子城、南城子、巨鹿城、杨氏城、东阳、贝丘（分别位于今邢台市周边柏乡、任县、临城、宁晋县）等，其中，赵襄子的宫殿建在襄子城，经考古发现，占地面积约三平方公里。

史料记载，豫让第二次刺杀赵襄子，是在一座石桥下，这座桥，名叫"豫让桥"。

豫让桥，以人得名，是刺客豫让隐身伏击赵襄子之地。

现在，国内有两座豫让桥，一座在河北省邢台市襄都区，一座在山西省太原市西南二十四公里处的赤桥村。

先来看邢台的这座豫让桥。

如今，豫让桥是邢台市一个重要的地域标志，行政区划上有"豫让桥办事处"，在邢台辖区有一个"豫让桥市场"。还有一条"豫让路"，后来又新建了一处"豫让公园"。南宋潘自牧著《记纂渊海》卷二十一记载："豫让桥在府（指顺德府，北宋末期称邢台为信德府）北，豫让刺赵襄子伏此桥下。"该著于宋庆元六年（1200）成书，是目前我国史籍中关于豫让桥所在位置的最早记录。

再来看太原的这座豫让桥。

其依据是明万历《太原府志》："赤桥，在太原县西南七里晋水上，智伯引水灌城。初名豫让桥，至宋太祖凿卧虎山有血流成河，故改今名。"

明代的记载要比上述的南宋记载晚了五百多年。

豫让桥究竟在哪里？是在今河北省邢台市，还是在山西省的太原市？

最早记载豫让行刺赵襄子一事的《史记》《战国策》及《吕氏春秋》均未载明，因此一直存有争议。但大部分学者认为，豫让桥在邢台一说似乎更准确一些。

邢台地处燕南赵北，当时属于赵地。赵襄子在这里统治了二十年，留下了许多遗迹，如襄子殿、豫让桥、豫让祠、赵襄子射箭求水的太子井、建造梅花园的梅花寨以及藏匿赵氏孤儿的赵孤庄等等。许多文人墨客在邢台豫让桥凭吊，留下了很多诗文。

另外，智伯是在"水淹晋阳"的公元前453年被赵襄子杀死的，但两年之后，赵襄子就从晋阳迁都到了太行山东部的信都。而豫让为替智伯报仇，两次行刺赵襄子，史书上虽没有记载详细时间，但根据其提供的事件过程分析和判断，根本不可能在两年之内完成，至少应该在二年以上或更长的时间。

理由是：第一，赵襄子宫殿戒备森严，身边侍卫众多，不是今天想去作案明天就可以实施的，豫让需要周密筹划寻找时机；第二，第一次行刺赵襄子，可能是在智伯被杀，豫让报仇心切的一年之内，但失败以后，机会就不是随时就有了，豫让不可能再那么莽撞地操之过急，急于求成，他需要慢慢等待，认真而周密地进行策划，不可能在短期内实现，需要三五年的时间也不算太长；第三，豫让果然是精心而仔细地进行了既艰苦又漫长的准备工作，自行实施"易容术"，"漆身为厉，吞炭为哑"，这都需要时间，伤疤要等到结痂脱落长出疤痕，烧坏的喉头也需要消肿恢复饮食功能，这个过程进行完，至少也要半年以上，再加"伺机而为"，确保万无一失，可谓"君子报仇，十年不晚"啊！

所以，豫让第一次行刺赵襄子，是在太行山西部的晋阳城里，第二次，应该是在太行山东部信都城的"豫让桥"下。

这座桥，原遗址残存在邢台市的北郊，两千多年未曾更名。可惜的是，该桥在抗日战争期间被破坏，桥边记载豫让事迹的石碑，也在修路时做了桥洞基石。

此外，有史学家在论及这一历史事件时，称这里为"赵国"或"襄都"，都是不准确的。当时，也就是豫让来到这里刺杀赵襄子时，晋国还没有灭亡，各诸侯只能称自己的定都之城为"采邑之地"。为此，《史记》自襄子立才有"襄子元年"之称，即认为自襄子才称赵为诸侯王国。而"赵国"的正式说法，是从赵烈侯（赵襄子的孙子）六年（前403），周威烈王承认其为诸侯国才开始的。"襄都"的来历，更晚一些，是秦末西楚霸王项羽曾在这里的"巨鹿大战"中救赵，入主关中后，项羽分封诸侯，以此地为襄子之国的缘故改"信都"为"襄国"。此说见西晋司马彪撰《后汉书》"襄国地名始于项羽"，后史书沿袭此说。《太平寰宇记》记载："……故曰信都，秦末赵歇据之，项羽更名曰襄国。"

那么，为什么有太原的"豫让桥"之说呢？据分析，可能是豫让第二次"刺赵"事件发生后，影响巨大，而赤桥村距晋阳城又很近，再加第一次"刺赵"是在那里，而赵襄子又杀死智伯于不远处的晋阳城，所以民间就"顺理成章"也把这次桥上的行刺事件演绎到那里了。这并不奇怪，但从时间段上考察和分析，这是不可能的。

豫让在信都城郊外的石桥下藏身，是从凌晨开始的，天还没亮。

在此之前，也就是在他跋山涉水，风尘仆仆来到信都之后，先在远离赵襄子宫殿的郊外，找了一个小的客栈安顿下来，然后开始打探赵襄子的行踪，谋划怎样找到他，接近他，从哪里下手。

豫让愁容满面，愁肠百结。他这才发现，行刺这件事，说起来容易，做起来很难，做成功了更难，难上加难。自己这样一个小人物，与一个有权有势的大人物对抗、争斗，实在是有点力不从心。他甚至有点彷徨和犹豫，寻思过是不是放弃、罢手，返回家乡和妻儿老小去过平淡但却简单欢乐的日常生活……

苦恼和困顿之际，有消息传来，明天上午，赵襄子要外出巡游。

消息是从店主那里得到的，店主的弟弟是赵襄子的一名侍卫，昨天回家闲聊时，说主公明天要去城西北的"梅花园"巡视，附近的道路要从早上进行戒严。

豫让住的这家客店，离"梅花园"不远，据说那里是赵襄子的养鹿场。

借着这个话题，豫让装出若无其事的样子，顺口问店主从宫殿到"梅花园"这条路线的情况。

店主说："出了城向西北走，会路过一片泉水，之后再有三里多地，就是'梅花园'了。"

"附近没有村子吗?"

"有啊，叫翟村，村西南角有个泉，泉水是一片大池塘，旁边的小河上有个石桥，过了桥不到二里地，就是'梅花园'，从咱这儿往北走，一里半就是翟村。客官，那地方风景如画，没事你可以去游玩。"

豫让为之惊喜而振奋，本来有些低落的情绪顿时变得格外高昂。

这一夜，豫让没有睡，天不亮就起了身，穿上长袍，带上那把佩剑，冒着满天星斗走出了客栈。

他要仔细勘查好路线，提前寻找到赵襄子一定会路过的一个便于藏匿、隐蔽，能在暗处伏击，突然冲出去杀死赵襄子的最佳位置。按现在话说，作案前必须先"踩点"。

天上没有月亮，星星倒是很璀璨。

豫让摸黑往前走，一边走一边在星光下辨识周边的景物：房舍、树林、草丛、沟壑……但感觉都不是最佳的藏身之地。

不远处，蛙声一片，聒噪得热烈。

豫让惊喜，紧走一阵，看见前方有一片幽幽的粼光在波动。

嗯，这肯定就是店主所说的那个池塘了。那里泛起的碎光，无疑是天上的群星反射进去所致。耳畔，还有流水潺潺的响声，似是有人在黑夜里拨动着琴弦，动听至极。

正专注往远处眺望时，脚下忽然被绊了一下。

豫让踉跄几步，弯下腰定睛观察，原来脚下有一个台阶，确切地说，是一个石板桥前面隆起的几级台阶。

豫让摸索着过了桥，又返回来，借着星光，仔细看了看石板桥和周边的地形，突然用拳头砸了砸脑袋，欣喜若狂道："太好了，就在这儿了!"

于是，位于信都城的翟村（今河北省邢台市襄都区豫让桥办事处翟村）西南这座无名的小石板桥，因豫让"怦然心动"的藏匿，和豫让一样蜚声天下，名垂千古了。

不远处村子里的鸡叫了，还有狗吠声。

趁天还灰蒙蒙时，豫让悄悄躲在了桥下，静等赵襄子从这里路过。

他倚坐在桥下的一块石头上，在脑海里一遍遍构思和绘制着突袭的"斩首"方案。

从桥下左边，可以看见那条从南边过桥的路，因而可以准确知道赵襄子何时过来，判断出何时能走至桥上。这时，要以最快的速度，从桥下跃起，以迅雷不及掩耳之势冲到桥上，以雷霆万钧之力刺向仇敌。

豫让心潮起伏，不免有点激动，摘下佩剑，从剑鞘里抽出这柄长剑，比画着娴熟地挥舞了几下，猛然向外一指，似乎是在心里已经将赵襄子刺中……

接下来，豫让如释重负般深深出了一口长气，将剑收回来，凝视着颦蹙起了双眉。

这把青铜剑，长二尺六寸，宽五寸，重五斤半，剑身有中脊，两侧出刃，刃作两度弧曲状，顶端收聚成尖锋。剑首向外翻卷作圆饼形，内铸若干道细小的同心圆纹；剑茎为圆柱体，并有两道突起的箍。剑鞘由皮革制成，上面雕刻的饰纹，已经磨损得看不清楚了。这是爷爷毕阳临终前留给豫让的。爷爷生前是晋国闻名的侠士，爱剑如命，不但传授豫让剑术，还教他如何做人。据爷爷说，这把剑，是越国著名铸剑大师欧冶子的一名徒弟所铸，几乎接近了他师傅所铸造的传世的"湛卢、巨阙、胜邪、鱼肠、纯钧"五大名剑的水平，可让头发及锋而逝，铁近刃如泥。

临终前，爷爷把剑交给豫让，怅然若失道："剑客的体面，是死在它的利刃之下，可惜我没有做到……"

天渐渐有些放亮了，桥下的阴暗与潮湿正在一丝丝退却，微弱的秋风拂来，水面上荡起一圈圈涟漪，芦苇穗头摇曳，花蕊飞扬，盛开的一片荷花似是在轻轻微笑，一侧的垂柳像一团团滚动的青烟，鸟儿喊喊喳喳叫唤着。

也许是连日的奔波太累，也许是为这件事几年来没完没了的"蓄谋已久"过于劳心至今终于有了"着落"可以稍微松弛一下了，也许是一夜未睡太困顿了，豫让竟然双手抱着剑打起了盹，之后不知不觉睡着了……

待豫让被惊醒时，他已经被一群官兵扑上来抓住，没来得及明白，没做出任何反应，就这样束手就擒了。

上一次行刺，好歹还捅出一刀，可这次，从谋划和实施，费了好几年的工夫，瞬间就宣告再次失败。不，是意外"流产"。

豫让连悲哀都没有时间，连被捉的真相都不明白。

其实，这次豫让的被缚，是赵襄子的本能反应所致。

赵襄子是坐着马车出巡的，沿途有士兵"护路"，但都是隔几十米在路边警戒，所以并没有发现有人会事先暗藏在这座石板桥下边。因此，豫让的战略部署和行刺计划没有丝毫问题，决策完全英明正确。但问题是当赵襄子坐着马车从桥上过时，有一群麻雀"哧哧棱棱"从桥下飞了出来，惊得一匹辕马跳起前蹄嘶鸣起来。马车剧烈颠簸一下，赵襄子就下意识喊叫了一声："桥下有刺客！"

于是，马车停下，随行的侍卫和官兵冲到桥下，不费吹灰之力就把豫让捉住了。

当然，这也归咎于豫让因在桥下长时间等待，加之不停地

"折腾"又累又困，一不小心睡着了，但即便清醒着，赵襄子没有那个无意识的条件反射，惊觉地喊了一嗓子，豫让就一定能实现那个梦寐以求的夙愿吗？

也许，这就是人算不如天算吧。

豫让被押到了桥上。

赵襄子下了马车，围着豫让转了一圈儿，看了又看，突然惊叫起来："哎呀！这不又是豫让吗！"

豫让似乎还在梦游，眯着惺忪的眼睛望望四周，昂首道："不错。"

赵襄子沉下脸，叹口气，撇着嘴说："唉，我说豫让啊，你这是第二次要杀我了，为什么一直要揪住我不放呢？"

豫让已经彻底清醒过来了，盯着赵襄子毅然道："我说过，我一定要为我家主公报仇，男子汉大丈夫，说到做到。"

"可是，我有一事不明。你从前，在范氏和中行氏手下，都做过门客，他们也是被我们灭族的，你为什么不替他们报仇呢？你投靠智氏最晚，可为什么要偏偏为他如此卖命，一直要替他鸣不平呢？"

豫让振振有词道："我在范氏、中行氏那里时，他们只是把我当普通人对待，我也就以普通人的方式看待他们。可当了智家的门客后，智伯待我亲如骨肉，知人善任，以国士的礼遇对待我，所以，我就要用国士的方式来报答他。"

赵襄子的眼睛闪烁几下，没有说话。

"士为知己者死，女为悦己者容。"豫让的眼睛里，有泪光在闪动。

赵襄子微微点了点头，之后说："你的义气，让我敬佩。可是，上次我放过了你，也算是对得起你的忠烈了。我当时说过，下次就不能再这样了，这也是有言在先。豫让，你说怎么办吧？"

豫让沉吟片刻，突然抬起头来说："我死之前，有一个请求，希望你能答应。"

"你说吧。"

豫让直视着赵襄子说——

现引用《战国策·赵策一》的原文记载："豫让曰：'臣闻明主不掩人之义，忠臣不爱死以成名。君前已宽舍臣，天下莫不称君之贤。今日之事，臣故伏诛，然愿请君之衣而击之，虽死不恨。非所望也，敢布腹心。'"

现在，翻译过来，豫让是这么说的："我听说，明主不掩人之美，而忠臣有死名之义。过去你宽赦我，天下没有不称赞的。今天我到这里行刺，被你俘虏了，按理你应在这里将我处死。不过我想得到君王的王袍，准许我在这里刺它几下，我即使死了也没有遗憾了。到了阴间，也算是对得起智伯了，不知你能否成全我的愿望？"

赵襄子慨然应允，立即脱下黄色长袍，交给侍卫让豫让去刺，并嘱人递给他一把剑。

"我请求用我自己的剑。"

"把剑给他。"

侍卫将缴获的剑从剑鞘抽出递给了豫让。

豫让接过剑，拉开架势，娴熟地舞动了几下，突然跳了起来，以劈刺、点撩、崩截、抹穿、挑提等技法和姿势，朝赵襄子的长袍连刺数剑，然后手腕一翻，剑头向内，剑柄在外，手下发力，朝自己的腹部刺来……

此刻，东方的旭日喷薄而出，光芒照耀大地。

在鲜亮明净的晨曦下，那个硕大的躯体轰然倒塌了，鲜血从刺击处的灰色长袍上汩汩流出，染红了棉质纤维和被阳光涂抹得熠熠生辉的青铜剑身。

豫让，一个失败但却不失伟大的刺客，就这样躺倒在桥上死了……

刺客豫让的故事，不但在《史记·刺客列传》《战国策·晋毕阳之孙豫让》中被详尽记载，还见于《韩非子·奸劫弑臣》《吕氏春秋·季冬纪·不侵》《淮南子·主术训》等多部历史典籍和著作。比同时代任何的君主和诸侯都光彩夺目，都值得张扬和赞赏。

他的那句"士为知己者死，女为悦己者容"，成为千古绝唱万世流芳。

"剑客的体面，是死在它的利刃之下。"豫让死时，才理解了爷爷毕阳的这句话。但可惜的是，他是以生命为代价的。

这就是豫让的价值，以生命和鲜血来体现什么是人类的绝对忠诚，创造了"舍生取义"的成语典故和历久弥新的中国式牺牲精神。

被饿死的国王

（战国年间，一代枭雄赵武灵王被儿子囚禁饿死之谜）

一

一场出乎意料的悲惨结局，似乎是从十五年前赵雍的那个"美梦"开始的。

这是一个阳春三月，桃花盛开的时节，大地流芳，芬芳四溢。

赵雍从都城邯郸（今河北省邯郸市）出发，向西进入太行山腹地，再转向偏南约三百公里外的大陵（今山西省交城县、文水县一带）巡游，随行的大臣和卫队共计一千余人。

可见，这赵雍并非一般人。

赵雍是"战国七雄"之一赵国的第六代国君，史称赵武灵王，此时三十岁整。他十五岁那年从父亲赵语，也就是谥号赵肃侯那里即位，接到手里的是一副"烂摊子"。

面对国力虚弱，兵力不强，经常受到周边中原大国的欺侮，再加林胡（战国时代对北方游牧民族的统称，分布在今山西朔县北至内蒙古自治区内）、楼烦（古代北方部族名，约在春秋之际建国，其疆域大致在今山西省西北部的保德、岢岚、宁武一带）等游牧民族不时骚扰，邻境较小的中山国（今河北省中部太行山东麓一带）也时常进犯。赵雍大胆改革，推行新政，发展商业，重视人才，可以说是殚精竭虑，励精图治，在夹缝中求生存。

转眼十几年过去了，国体日渐壮大，疆界也相对平静。在此之前，赵氏只是晋国的一个大卿，称为侯，自赵雍开始，才被举国拥戴的臣民称作王的。如今，人民安居乐业，呈现出一片繁荣景象。因此，他觉得可以稍微喘口气了，于是便忙里偷闲，下旨去境内著名的古邑大陵巡视，其实也就是度假游玩，放松一下。

大陵城是晋国时期筑建的平陵邑，城郭壮观，东有汾河，南有文水，巍峨挺拔、层峦叠嶂的吕梁山泛起一派浅浅的绿色，水墨画般淡雅。

这天，赵雍在群臣的簇拥下，来到城郊的汾水岸边，沿河漫游了一会儿，然后顺着一条小径，登至一处山的半腰停下，举目向西俯瞰。

只见河边的旷野里，一片油菜花盛开，像撒下了一地黄灿灿的碎金子，而旁边，还有一片桃林和杏林，桃花粉，杏花白，艳得让人炫目。不远处的汾河，仿佛一条青蟒蜿蜒着爬行，目极之处的文水，像一条白丝带在大地上和林间缠绕。天空湛蓝，阳光明媚，白云悠悠，温风和煦。这时，一群不知名的鸟儿，突然从山上的树林里飞出来，犹如唱歌一般叫着从头顶上掠空而过……

赵雍收回视线，眼睛随着这群飞翔的小鸟眺望，突然，看见在油菜花的尽头，有一个红色的物体在晃动着游弋，仿佛是一块硕大的金锭上燃起的一束小火苗……

"你们看，那油菜地里的红点是个什么？"赵雍好奇地问。

群臣随着他手指的方向朝黄色的油菜地里观望。

相国肥义眯着眼睛说："君王，那不是个人吗？"

"人？"赵雍瞪大眼睛道，"离得太远了，看不清楚。"

站在赵雍身边的赵成说："是一个穿红衣服的女人。我和肥相国都这般年纪了，还能看出是个人在地里行走。"此人是赵雍的叔父，号称公子成，目前担任赵国的司寇之职，就是主管刑狱的大臣。

"父王，那是个小女孩。"旁边的赵章说，"穿的是红衣服。"

赵章是赵雍目前唯一的儿子，今年十岁，一出生就被封为太子了。这次外出巡游，被父亲赵雍带了出来。

太傅（辅佐大臣）李兑则微笑道："分明是一位红衣少女……"

赵雍哈哈大笑起来："女人，女孩儿，少女，众爱卿说的可能都不错！不过，在如此美景下，又有一位红衣美人出现，实在是太美妙了。"

俗话说："日有所思，夜有所梦。"

游玩时偶遇的美景和"红衣女"，催生和孕育出赵雍当晚做了一个"美梦"，或者说做了一场"春梦"，再通俗或者明白一点儿说，他"做梦娶媳妇儿"了。

人家自己做的梦，旁人怎么能知道？肯定是杜撰瞎编的吧！

关于赵雍的这段历史故事或者说"风流韵事"，并非虚构。

《史记·赵世家》原文记载："王游大陵。他日，王梦见处女鼓琴而歌诗曰：'美人荧荧兮，颜若苕之荣。命乎命乎，曾无我嬴！'异日，王饮酒乐，数言所梦，想见其状。"

现翻译过来的意思是："武灵王赵雍游览大陵。有一天，武灵王梦见一位少女弹琴并唱了一首诗：'美人光彩艳丽啊，容貌好像苕花。命运啊，命运啊，竟然无人知我嬴娃！'另一天，武灵王饮酒很高兴，屡次谈起他所做的梦，想象着梦中少女的美貌。"

原来，是赵雍在第二天，就当着众臣，毫无忌讳地讲述了自己所做的这个"美梦"。之后，还反复大谈特谈这次的梦中"艳遇"，并绘声绘色讲述着自己幻想中的那位"美少女"的模样。

"她大概十七八的样子，不高不矮，不胖不瘦，瓜子脸，双腮红晕，犹如艳丽的苔花；柳叶眉下，一对水汪汪的大眼睛，亮若朗星；含笑唱歌的时候，露出一口瓷一般光洁白亮的牙齿，声音似银铃；翩跹起舞的样子，像飞燕那样轻盈；手指纤细，翘起来似乎是鲜嫩的葱尖……寡人实在是不知道该怎样形容她的样子，反正是太美了，从没见过这么好看的美女，也不知道，这世上究竟有没有这样的佳人？……对了，她左边的嘴角上方的脸颊上，有个小酒窝，还有，她右眼角上，长着一粒绿豆般大的黑痣……"

　　在宴会上就座的群臣和侍从，聆听着赵雍对"梦中情人"陶醉般动情的讲述，都惊讶地瞪大了眼睛，直勾勾望着他不知所措。

　　宴会大殿最后一排的墙边处，有一位叫吴广的大陵地方官，是负责这次接待工作的。他闻听国王赵雍对"梦中情人"的描述，简直震惊得目瞪口呆，神魂出窍。因为，他的女儿吴姚，居然长得和赵雍所描述的那个梦里的"美少女"一模一样。

　　吴广心花怒放，宴会结束后，立即找到肥义禀报此事，最后说："相国大人，半点儿都不错，小女年方二八，名叫吴姚，尤其是，她有酒窝，左眼角还有一颗仔细看才能发现的小黑痣，和君王所叙一般不二，难道，这不是天意吗？"

　　肥义惊愕，有点儿不相信，让吴广把女儿带来，一看，果然如此。

　　接下来，在肥义引荐下，吴广带着女儿吴姚来见赵雍。

　　赵雍一见吴姚，大惊失色，狂喜道："天哪！寡人梦见的，就是她！莫非，寡人还在梦中不成……"

　　就这样，赵武灵王十六年（前310），赵雍迎娶了他一生中第二个也是最后一个女人吴姚，梦想而成真，心满而意足。

吴姚来到邯郸后宫，被大家爱昵地称为吴娃。

"娃"在赵人词汇里，是美丽姣好的意思。

有后世的论者称，赵武灵王是中国历史上唯一美梦成真的风流君王。

"美梦成真"一点不错，但"风流"失之偏颇。

赵雍一生只有一妻一妾两个女人，都是明媒正娶。前者是韩国宣惠王的女儿迟虞公主，当时赵雍才十七岁，纯属两国结盟时的政治婚姻，不久生下赵章，即现在十岁的太子；后者，就是这位按现在时髦的说法，旅游时"偶遇"的"梦中情人"，也可以说成是"一见钟情""自由恋爱"并成为自己妃子的吴娃。这在妻妾成群，"六宫粉黛三千众"的中国历代帝王中，实在称不上是个"好色"或者"风流"的皇帝。而且，赵雍对吴娃情有独钟，无比珍惜，宠爱有加，此后再没有过任何女人也无丝毫的绯闻，正如一首歌中所唱："一生只爱这一回，爱到入骨又入髓。目光轻触时，已把梦交汇，粉身碎骨我不会后退……"

可见，赵雍是个性情中人，对自己喜欢的女人非常专一。

具有这种禀赋的男人，对于普通人来说，是非常可贵的，但对于帝王来讲，却是非常可怕的致命弱点。

当赵雍沉湎在大陵之行的这次神奇的艳遇，欣喜于这段天赐的美好姻缘，与美艳绝伦的吴娃纵情欢愉之时，一场残酷的、震惊中国历史的、改变赵国前途和命运的重大事件，业已开始悄悄布局了。仿佛写文章那样，题目定下后，已经开头儿了。

所有的一切，似乎都是命中注定。

如同赵雍与吴娃这场轰轰烈烈的"爱情"，也是前世注定。

二

一年以后，赵雍与吴娃有了"爱情"的结晶。

是个男孩，赵雍非常高兴，赐名为何，叫赵何。

赵雍深爱吴娃，也溺爱他们的儿子赵何，这就是爱屋及乌，因母宠子。

但是，在赵何八岁那年，母亲吴娃得了重病，吃不下饭，强行吃了又呕吐，时好时坏，迅速消瘦。御医们束手无策，赵雍更是心急如焚，忧心忡忡。

这天，吴娃望着俯身在病榻前的赵雍，伸出一只手递给他，有气无力地说："夫君，我快不行了，现有一事相求，不知当讲不当讲？"

赵雍紧紧握住吴娃枯枝般冰凉的小手，爱怜地说："你我相濡以沫，还有什么不能讲的？爱妃，你说吧。"

吴娃点点头："我死后，最不放心的，就是咱们的儿子……"

"你放心，我会照管好他的。"

吴娃欲言又止道："我是说，你能不能……"

"你说吧。"

吴娃顿了顿说："能不能把他立为太子？"

"这……"赵雍心里一沉，沉吟片刻道，"可现在赵章是太子，咱俩相识时，就正式下诏册封，已经很多年了……"

吴娃叹息道："唉，可见，咱儿赵何不够优秀啊！"

赵雍连忙说："优秀，优秀！赵何天资聪慧，性情温良，机智过人，深得族人和群臣的赞赏。"

"夫君，你嘴上说得再好，可在你心目中，也好不过赵章啊……"

赵雍摇摇头："并非如此，赵章是长子，立为太子，纯属是典章制度所致，周礼即有'立嫡立长不立贤'之说。"

吴娃不以为然，冷笑道："咱们赵国的始祖赵襄子，有五个儿子，却传位于他的侄子，而赵襄子本人，则是小妾所生，并非嫡出。难道，这就是你所说的制度吗？这制度，从何而来呢？制度是人定的，应因人而异，老祖宗尚有'立庶不立嫡，立贤不立长'的先例，这前车之鉴，你为什么就不能遵循呢？"

"这……"

吴娃黯然神伤，垂泪道："看来，你不是真心爱我，你还在宠护着迟虞和赵章。这对母子生性残暴，飞扬跋扈，心狠手辣，上上下下没有不痛恨的。我很快就撒手人寰了，让你改立赵何为储君，我并不能得到什么荣耀和富贵，我实在是为大赵国的社稷着想。夫君，我爱你，也爱赵国，更爱咱们的儿子。我从大陵来到宫中，陪王伴驾这些年，从没有向你提出过任何要求，也没有给你添过任何麻烦。现在，我一个将死之人，一生中只求你一件事，你难道就不答应，让我死不瞑目吗？"

这一席话，把赵雍说得哑口无言，愧疚不已。

望着吴娃哀怨和伤心的样子，赵雍轻轻擦拭她眼角的泪水，抚摸着她曾经妩媚而今却黄瘦干瘪的脸庞，回想起当年与她梦中相会的情景，还有那一幕一幕自与她同榻共枕带给自己的恩爱、缠绵与激情，不由感慨万千……

"好，我答应你。"赵雍拥着她说，"废长立幼，是国之大事，容我跟大臣们商量一下。"

吴娃欣慰道："夫君，希望在我断气之前，能实现我的愿望，让我梦想成真。"

又一个梦想成真。

吴娃让赵雍梦想成真了，赵雍就不能让吴娃梦想成真吗？

冥冥之中，这似乎是一次"梦想成真"的交换。

充满浪漫色彩和理想情怀的赵雍，当然会按照自己的思维逻辑，一意孤行来满足心爱女人弥留之际的最大夙愿。

但是，好端端的就"废长立幼"，并不是那么简单的事，怎么说服众臣，给太子赵章和母后以及国人一个交代呢？

赵雍找来相国肥义商量，并把此事的动议和忧虑如实说了。

肥义是赵雍父亲在位时的贵臣，赵雍继位时，年纪尚小，其父遗诏由肥义辅佐并担任相国。这些年来，国家的军政大事，都由赵雍与肥义商定，两人相处得十分默契。

肥义是赵雍与吴娃"幸福婚姻"的见证人，他曾经有一种预感，感到"废长立幼"这一天肯定会来，但没有想到这么快。现在，这么快的原因他知道了，缘于吴娃病入膏肓的迫不及待。

面对赵雍的担忧和困顿，肥义没有正面回答他，而是望着他问："君王，你一定还记得推行胡服骑射时的情景吧？"

赵雍困惑，攒紧眉头说："当然记得，但跟这件事有什么关系呢？"

肥义眯起眼睛，似是在回忆往事："那时候，君王要在全国实行穿胡人衣服，组建骑马射箭的军队，这对我们中原人来说，是亘古未有，史无前例的事，可以说 百人之中，有九十九个反对。当时，我们君臣二人，有过一次对话，我所说的一些话，应该也是对现在这个问题的解答，请君王仔细回想一下吧。"

七年前，也就是赵武灵王十九年（前307），赵军在北方和游牧民族军队的一次作战中，赵雍御驾亲征。当他在战场上看到自己的官兵穿戴着厚笨的盔甲，赶着沉重的战车，与穿短裤马甲，骑着快马，并在马上搭箭射杀的胡人进行战斗，赵军惨遭失败的情景时，不由痛心疾首，受到了强烈的震撼。赵军繁复的长袍和缓慢的战车，怎么敌得过胡人轻便的战服和飞快的战马？自家将士使用的长戟，最长也只有丈余，人家的弓箭，至少能射出百米甚至更远，赵军根本到不了人家面前就毙命了。赵军的作战方式和武器装备，太落后了，太不适应当下的战争环境了。于是，赵雍决定学习和效仿胡人的做法，改革多年来中原军队一直在沿袭使用的建制和武器装备，穿胡人的短式服装，像他们那样骑马射箭作战。但此事前所未有，是事关国体和全军体制的重大变革。为此，赵雍心事重重，对"胡服骑射"犹豫不决。

这天，赵雍私下召见肥义，对他说："现在，寡人想继承襄子的功业，开发胡、翟地区，但我担心一辈子也没人能理解我的用心。敌人薄弱，我们不必付出太多力量，就会取得非常大的成果，不使百姓疲惫，就可以得到像简子、襄子那样的功勋。建立盖世功勋的人，势必会遭受世俗责难；而有独到见解的人，也必然会招惹众人怨恨。现在，寡人准备教导民众穿着胡服练习骑射，但这样一来，必会招致国人的非议与指责。爱卿，你说该怎么办呢？"

肥义说："臣听闻，做起事情犹豫不决就无法成功，行动在即却顾虑重重就不会成名。现在君王既然下定决心背弃世俗偏见，就不要去顾虑天下人的非议。凡是追求最高道德的人，都不会去附和俗人的意见；成就伟大功业的人，都不会去与众人商议。昔日帝舜跳有苗的舞蹈，大禹裸身进入不穿衣的部落，他们并非是想放纵情欲，怡乐心志，而是想借此宣扬道德，建立功业，求取功名。愚蠢的人在事发后还看不明白，而聪明的人却能在事未发前就有所察觉，君王应该按自己的想法去付诸实施，不要被他人的主张所左右。"

赵雍点点头说："寡人并非是对胡服骑射这件事有什么顾虑，而是担心天下人会笑话我。狂狷的人觉得高兴的事，有理智的人会为此感到悲哀；愚辈高兴之事，贤者却会担忧。如果国人支持我，改穿胡服的功效就不可估量。即使举世百姓都讥笑我，北胡与中山国也定会成为我赵国的领土。"

"那还担心什么？"肥义毅然道，"臣会与君王力排众议，将改革进行到底。"

就这样，肥义的劝谏和鼎力支持下，才有了赵雍"胡服骑射"的千古佳话。

"胡服骑射"对当时和以后的中国社会发展，都产生了深刻的影响。不但提高了整个汉族部队的战斗力和单兵作战能力，而且，如今的汉族服装，正是从这时候起，开始废弃了长袍和大裆裤，逐渐演变成了合体的衣裤。更重要的是，这一变革，使赵国由弱变强，在七国割据的局面下脱颖而出，迅速逆袭。至赵雍时代的后期，灭掉了中山，南抑制魏齐，北逐三胡，开疆千里，还占据了如今陕北一带，曾一度和秦国分庭抗礼，对其构成了直接的威胁。

"胡服骑射"的经历让赵雍释然了，他明白了肥义的提醒，意思是，自己认准和决定要做的事，不要犹豫，也不要怕别人说长比短。

"可是，废黜太子和王后，找个什么理由呢？"

肥义说："欲加之罪，何患无辞。"

于是，赵章以"不孝"为由被废黜太子，其母"不才"为名被打入冷宫；改立次子赵何为储君，其母吴娃为赵惠后。

诏旨颁出，举国哗然，但很快就平静了，连当初反对"胡服骑射"的叔叔赵成，都一反常态支持拥护赵雍的这一决定。

这一年，赵何八岁。

第二年春天，与赵雍共度九年"幸福时光"的吴娃病逝。

死前，吴娃心满意足地对赵雍说："你是真心爱我，日月可鉴，天地可表。"

赵雍痛不欲生，以国葬的形式为吴娃举行了隆重的葬礼。

三

有魄力，有胆识，敢为天下先，不拘泥于传统，敢于挑战世俗，坚持己见，勇于改革和创新，做出的重大决策常常让人匪夷所思甚至不可理喻，情感世界丰富，念及儿女情长，似乎是赵雍与生俱来的秉性。

这不，才过了两年，赵雍又做了一件令人震撼、惊天动地的大事。

他突然宣布"退位"了，颁诏太子赵何继位，称自己为"主父"临朝听政。

此时赵何才十岁，即后世所称的赵惠文王。

如今耳熟能详的"完璧归赵""价值连城""负荆请罪""鹬蚌相争""将相和"等成语典故，都出于他执政时期。

《史记·赵世家》载："二十七年五月戊申，大朝于东宫，传国，立王子何以为王。王庙见礼毕，出临朝。大夫悉为臣，肥义为相国，并傅王。是为惠文王。惠文王，惠后吴娃子也，武灵王自号为主父。"

这是为什么？

难道，这是要对"爱妾"吴娃爱得坚决和彻底吗？

因为，赵雍才四十一岁，正值壮年，身体强壮，精力充沛；而年幼的国王，还尚未有独自的理政能力。

赵雍这样做的目的，对外没有详细的说法，但其用意主要有以下三个方面：

第一，尽早培养赵何的治国能力。赵雍趁自己还年轻让位于赵何，多给新君当几年"后台"，避免老了或者突然去世，让赵何在"断崖式"的情况下惊慌失措，引起国体动荡。所谓"主父"，就是主人的领导也，是以"太上皇"的身份参政议政。因此，这期间赵何还是得听赵雍的，事事还得向"主父"请示汇报。况且，赵何还小，仍然让言听计从的"自己人"肥义当相国和太傅，等于是赵雍的一个"眼线"在监视着赵何。所以，这个"让位"，是一举两得，既没有失去大权，又可以早点培养和锻炼赵何的执政能力。

第二，避免陷入王位争夺的危机。从赵国的历史看，在赵雍之前，宗长资格以及主君资格的继承，一直是一个没有通过有效制度解决的问题。除吴娃所说的赵襄子传位于侄子，之前，赵籍（赵烈侯）故去后，其弟赵武（赵氏孤儿）夺位；赵武故去后，赵章（赵敬侯，与赵雍长子重名）刚复位，就发生了公子赵朝进行的一场武装政变，政变虽平息了，但曾为首都三十八载的中牟（今河南鹤壁山城区一带）却被糟蹋了，于是迁都到了如今的邯郸；接下来，赵种（赵成侯）早期有赵胜（与平原君重名）争位，赵语（赵肃侯）早期有赵绁、赵范争位。可见，赵雍以前的赵国，几乎代代都有君位继承的纠纷发生，而且都是因为"立贤"引发的"还嫡与夺位"之争。所以，赵雍需要考虑的是，怎样避免这种无论"立贤"还是"立嫡"都会引发的动乱,因为,他此前所做的"废嫡立贤",正处于这一危机之中。赵雍提前让位,正是想巩固赵何的地位,使政权平稳过渡。尽管后来的事情并没有按他的想法实现并最终导致了悲剧的发生,但这种预防措施是没有错的。

第三,全方位推进改革成就伟业。赵雍以"宠妾"吴娃的遗言,以及赵何"年少机智"为由"废长立幼",源自对自己即位以来通过改革与发展建立的权势和自信。这一举措,虽然隐伏着赵何与赵章两党斗争的危机,但赵雍的退位,则是巧妙地把这种危险的裂痕弥补了起来。因为这样就可以彻底打消赵章"复位"的念想,明确告诉他,赵何已经是国君了,你自己一定要安分守己。同时,赵雍趁着自己在世时,用自己南征北战的权威以及赵何掌握行政资源的机会给赵何增强权势,这无疑是一次对君位继承纠纷频发所做的改革尝试,虽然也夹杂了一定的情感因素。这种尝试,无疑也与他推行胡服骑射以来的军政改革有关,换言之,这种军政"二元制"或许正是胡服骑射改革的延伸。而且,在赵雍退位之前,历时多年的"中山攻灭战"正处在关键的时刻,退位正好可以让他腾出手来解决位于赵国领土腹地的大患。可以说,赵雍退位实在是其在内政、继承、战略三方面的一石三鸟之策。

当时,一般人并没有理解到赵雍"退位"的深谋远虑和煞费苦心。

肥义依然义无反顾支持他,并欣然去当赵何的相国,全心身辅助这位少年君王。

而这时候"不在其位"的赵雍,由赵何坐镇邯郸王宫处理国内外政务,自己则轻装上阵,雄赳赳、气昂昂,以三军统帅的身份率领大军去攻打中山国了。

中山国是由狄族（先秦时期对西北民族的统称）建立的一个"侯国"，经多年发展不断成长壮大，自迁都于灵寿（今河北省灵寿县，因城中有山而得国名）后，在赵雍即位以前，就依托齐、魏两国的支持侵略赵国。当时，中山国雄踞在赵国与燕国（今北京与天津市的全部和河北中、北部及辽宁省西部一部分）、代地（今河北省张家口市蔚县一带）之间，几乎将赵国割裂成一分为二。因此，除了西部强秦的威胁外，中山国也是危及赵国安全的一个心腹大患。面对这样的严峻形势，赵雍即位之初就有感而言："今中山在我腹心，北有燕，东有胡，西有林胡、楼烦、秦、韩之边，而无强兵之救。"基于这种忧虑，他多次发动对中山国的战争，但并没有取得彻底成功，只是遏制了他们的骚扰，没能完全消除这一巨大的威胁。于是，在全面推行胡服骑射的"强军计划"后，赵雍选择退位，全力以赴灭掉中山国，对抗强大的秦国，亦是他的雄心壮志之一。

临行之前，赵章觐见父王赵雍，要求跟随他带兵出征。

赵章自太子位被废后，一直比较消沉。刚开始的时候，他十分震怒，但得知是母亲的因素，就稍微平静下来了。据说，母亲在后宫做出了"不才"的"下流"之事，因为自父王有了妃子吴娃之后，就再没有与母亲同床共枕过，这么多年，母亲难免寂寞，但在后宫有没有"淫乱"，做儿子的实在说不清楚。于是，在母亲被打入"冷宫"之后，面对强势的父王，赵章只得接受这个太子"被废"的残酷事实。愤恨和剧痛之后，他便夹起尾巴老老实实做个普通的"公子哥"了。后来，父王为安抚他，还带他率军出征，他也表现出了良好的姿态，一切听从父王的安排。但是，这次父王突然宣布传位于赵何，使他刚刚平静的心绪又掀起了狂涛巨澜，气得病倒了，一个月没有出门。

"跟我去打仗？"赵雍狐疑地看看赵章，"听说你身体有恙，怎么能上得了战场啊！我正说派人去探望你呢。"

"已经好了。"赵章拍拍自己的胸脯，之后真诚地说，"听说父王要去攻打中山国，作为孩儿，怎能不去助父王一臂之力呢？别说孩儿已经恢复了健康，即便染有小疾，也要为国尽忠效力。再说，我也曾随父王征战过中山，路途遥遥，战事维艰，有孩儿早晚服侍在父王身边，孩儿心里也安然啊！"

望着高大魁梧，留有两撇八字小黑胡，一脸虔诚的赵章，赵雍微笑着点了点头道："好，章儿，父王恩准了！"

消沉和低迷的赵章，为何一反常态，主动请缨要随父亲赵雍上战场呢？

原来，这是大臣田不礼的主意。

田不礼曾是齐国一个落魄的贵族，失去权势后投奔到了赵国。因他能说会道，深有谋略，一表人才，深受赵雍的信任和器重，任他为右效司寇之职，相当于如今的司法部副部长。而且，在当年赵雍迎娶宣惠王女儿迟虞公主时，是派他作为使臣带着聘礼去韩国（今河南省新郑市）把迟虞公主接到了邯郸公驿馆，然后才举行的成婚大典。因此，在赵国，是田不礼最早认识的迟虞公主，还曾经当过赵章幼年时的老师。为此，有传闻说是他和迟虞有"奸情"或者说关系暧昧，但这是不可能的。不过，田不礼与赵章的关系一直比较亲密，赵章在"太子位"期间，他是"太子党"一系的重臣。

赵雍宣布由赵何继位，赵章万念俱灰，痛不欲生，田不礼劝他道："公子，你现在颓废的情绪和萎靡不振的样子，实在让我担忧。如果这样下去，你就真的是彻底输了，再没有翻盘的机会了，无异于自己葬送自己。"

赵章凄楚地说："赵何已经登基临朝，我哪里还有希望呢?"

田不礼反问他："在你小的时候，我给你讲过越王勾践的故事，你难道忘了吗?"

赵章眨眨眼睛道："记得啊，可这有关系吗?"

田不礼说："越王勾践败不馁，忍辱负重，卧薪尝胆，最后转败为胜。从这个故事中我们都知道，越王勾践是一个个人魅力和意志力十分坚强的人。人生不如意十之八九，但只要看到那十分之一二的如意，就可以了。如果你还可以努力，可以付出，就不要轻言停止和放弃。在你停止努力的那一刻之前，一切都还没有真正的结果。别看赵何已经即位，但主父还在，一切都还在主父的掌握之中。眼下最重要的，是要取悦于他，求得他对你的赞赏和称道，以实际行动和能力来证实自己的优秀和卓越。"

"可是，我该怎样做呢?"

"请求主父，随他出征中山，这是在他面前建功立勋，展示你才能的最好机会。"

赵雍带着赵章率大军二十万，从曲阳出发大举出击中山国，最后攻入国都灵寿，中山王逃到了齐国。至此，赵国领土进一步扩张，边界推进到与燕国、代地相邻，几乎多出了三个赵国。《战国策·秦策三》有言："中山之地方五百里，赵独擅之，功成名立利附，天下莫能害"，史称"时赵之强，甲于三晋"。

消灭中山国后，赵雍得胜回朝，兴高采烈在邯郸的丛台举行隆重的庆祝宴会，论功行赏，大赦天下。连接相聚的众多楼榭台阁花团锦簇，旌旗飘扬，鼓瑟欢快，击缶磅礴，一派欢乐和喜悦的景象。

赵雍和赵何并肩坐在高高的观礼台上，接受群臣的朝拜大礼。

这时，赵雍朝台下望了望，突然看见身材高大、身穿战袍，显得英武强壮、威风凛凛的大儿子赵章，虔恭地匍匐在地，给自己也是给他小了整整十一岁的弟弟连连跪拜磕头时，心里突然怦然一动。再扭头看看身旁还满脸稚气，正微微含笑的次子赵何，眉头就皱了皱，一股怜悯之情油然而生……

立赵何为太子并传位于他，是不是对赵章不公，亏待了他委屈了他呢？

像赵何这么大时，赵章就伴随自己出征打仗了，尤其是最后这两次进攻中山国，他统领的是中军，负责向中山国腹地出击，屡次得胜，功勋卓著，深得将士们的赞扬。而赵何，则从小在蜜罐里长大，除了在宫里读书，至今都没有经历风雨见过世面……

莫非，自己是因为过于溺爱吴娃的因素，一时冲动的决断有所失误吗？或者说，压根儿就不该"废长立幼"尤其不该早早让位给赵何？

但是，覆水难收，木已成舟。

还有没有办法弥补呢？

赵雍在台上思考须臾，终于有了主意。

当庆功活动以及论功行赏进行完毕，赵雍突然宣布："封赵章为安阳君，属地代郡，由田不礼为相，即刻前往。"

《史记·赵世家》载："三年（赵惠文王），灭中山，迁其王于肤施。起灵寿，北地方从，代道大通。还归，行赏，大赦，置酒酺五日，封长子章为代安阳君。章素侈，心不服其弟所立。主父又使田不礼相章也。"

代郡的治所在安阳邑，也就是今河北省张家口市原阳县的开阳古堡，现遗迹尚存。

这是赵雍又一个出人意料的决定，为他步入深渊挖下的又一个"大坑"。

四

赵章被封安阳君，最先感到担忧和危机的是李兑。

李兑现在是相邦，相当于相国肥义的助手。是赵何继位称王时，主父赵雍从自己身边将他和肥义一起调至大殿，共同辅佐赵何的。

这天晚上，李兑来到肥义的相府，对他说："我仔细想了想，封赵章为君，是主父对他有所同情，还可以理解，但让田不礼为相去辅佐他，则令人不安。赵章生性贪婪，野心勃勃，本就不服赵何立王，这些年是出于无奈暂时佯装安分。而今，残忍好斗、诡计多端的田不礼去了他的身边，必然会挑唆赵章本已压抑的欲望，让他的野心死灰复燃。这样一来，两人必定相互勾结、沆瀣一气、狼狈为奸，加之赵章当太子多年，党羽众多，有可能生出事端并密谋夺权。大人啊，你是赵何的相国，位高权重，正处于权力中心，必然是他们作乱时进攻的重要目标。换句话说，就是他们倘若造反，首当其冲会拿你开刀。仁慈的人爱护万物，聪明的人在祸难未成前先做准备，如果不仁慈不聪明，怎能治理国家？您何不推说有疾闭门不出，把国政交付给赵氏宗亲的耆老赵成？避开这个祸害和冲突的漩涡。"

肥义想了想，摇摇头说："不能，不能！我不能像你说的这么做。当初，主父把赵何交给我，曾对我说：'不要改变你的宗旨，不要改变你的心意，要坚守心志始终如一，直到你离开世界。'我答应了主父，这话至今犹如警钟在耳边回响。作为臣子，必须一诺千金，自始至终遵守自己的诺言，根本不能考虑和顾及个人安危。如果像你所说，我退下来，那岂不是让咱们君王赵何失去屏障了吗？我必须尽到一个臣子应尽的职责，当好这个挡箭牌。贞节之臣在祸患来临时显现出节操，忠心之臣在灾难及身时彰示出德行。你对我的建议是一片好心，但是我已有誓言在先，绝不能轻易放弃！"

李兑深受感动，不由垂泪道："好吧，大人勉力而为吧，要多加珍重！我能见到您，恐怕只有今年了。"

接着，李兑又去了赵成的府邸，商议防备田不礼之事。

赵成是赵何的爷爷辈，主父的叔叔，目前是赵氏宗亲中居官最高的人。

两人经过一番分析和研究，最后决定先采取三条措施：一是在宫中监视赵章党羽官员的举动，清洗其死党；二是安排亲信，赴代郡的安阳邑观察赵章和田不礼的动态，有情况立即报告；三是整顿和加强邯郸的城防，撤换那些亲近"公子章"的将领。

难道，赵章和田不礼，真像李兑他们所担心的那样，需要加强防范他们有可能的图谋不轨吗？

其实，一开始并非如此。

奔赴代郡掌管一个地方的"安阳君"赵章，带领辅佐他的田不礼和一帮人马，心情十分愉悦地前去"就任"了。他心满意足，踌躇满志，觉得主父对自己还是不错的，宠爱说不上，但并没有完全忘记自己，在他心目中还有自己的一席之地。另外，这次当着"小国王"和众臣封自己为"君"，谁也没敢吱声，可见赵国还是名义上"退位"而实质上却在"幕后听政"的主父说了算，赵何只不过是个傀儡而已。只要恭维好父王，让父王高兴了，多干事，干好事，会干事，能干事，东山再起还是有可能的……可见，田不礼深具韬略，有先见之明，若不是他动员自己"放下包袱"跟父王出征，是得不到这个安阳君的。田不礼，是值得信任和依赖的，有他相助，自己一定能像芝麻开花那样节节高……

这只是赵章的内心活动，并没有具体的实际行动。

赵章来到代郡以后，主要任务是巩固北部边境的防御，发展边区生产。其中最艰巨的工作，就是整修和加固这一带自二十年前就开始的长城建设，这就是历史上和现今所说的"赵长城"，至今有些遗迹尚存。后来秦始皇时代的万里长城中的许多节段，都是在"赵长城"的基础上重修的，并非他的原创而只是个"升级版"。

赵国所筑的长城分为南北两段。南长城修建早于北长城，为赵雍父亲赵肃侯所建，从邯郸境内由漳水、滏水的堤防连接而成，大体从今武安西南起，向东南延伸至今磁县西南，折而东北行，沿漳水到今肥乡西南。北长城修建晚于南长城，是赵雍进行"胡服骑射"改革后所建。东起于代（今河北省张家口境内），经云中、九原（今内蒙古包头市境内），西北折入阴山，至高阙（今内蒙古自治区乌拉山与狼山之间的缺口），长约一千三百里。如今，这一段赵长城的遗址残垣，还断断续续绵亘于大青山、乌拉山、狼山之间。

此说见于《史记·匈奴列传》："赵武灵王变俗，胡服，习骑射，北破林胡、楼烦，筑长城，自代并阴山下，至高阙为塞。"

北长城由于年久失修，很多墙体都坍塌了。

赵章的辖地，正处在北长城的边界。他来到这里以后，从如今的河北省张家口市宣化附近开始，沿逶迤西行的阴山山脉，一直修补加固到河套狼山山脉的高阙塞，翻山越岭长达二百六十余里，用黄土夯筑，在一些土壤不多的山谷口，则多用石块垒砌筑建，高处达五米，下宽五米，可见工程的繁重与艰巨。

虽然，赵章在这里才一年多的时间，但却征召了数十万劳工，昼夜施工。

与此同时，他还整饬军队，打退了胡人多次进攻和骚扰。

是年，风调雨顺，粮食大丰收。

赵章非常兴奋，给邯郸送去了一百多车粮食、胡麻油和当地的土特产，还给父王赵雍特意捎去九十九匹汗血宝马并写了一封信，请他前来视察。

赵雍很快来到了代郡，在赵章陪同下对各地进行了视察。

当赵雍看见他当年下令筑建的长城正在由赵章修补加固，蜿蜒的山岭都是黑压压抬土打夯的人群，干得热火朝天；远处的大草原牛羊遍地，成片的莜麦盛开着淡黄色花蕊；戍边的士兵精神抖擞；安阳邑大街上驼队游走，商业兴隆等一片繁荣景象，不由心花怒放。他赞赏赵章"守土有功"，也表扬了田不礼，还高兴地把赵章叫到自己的行宫同吃同主，见其仪仗与自己的阵势一样，也未加指责。

这次视察本没有什么可大惊小怪的，但问题是催生了赵雍下面这个"议案"的发生，并促成了赵章与赵何两个亲兄弟反目成仇的直接决裂。

赵惠文王四年（前295）春节，是赵何即位的第四年。他在宫殿召见群臣，赵章奉召，带着田不礼也从代郡赶来。朝堂上，全体群臣跪倒在地，向赵何行叩拜大礼，之后由重点岗位上的大臣轮流汇报工作。当然，赵雍像以往那样，以主父的名义在一旁听政。

待赵章"述职"完毕，赵何颦蹙双眉道："据报，修长城时，你强征民夫，下至十多岁儿童，上至七旬老翁，百姓叫苦连天，而且，还不发工钱，可有此事？另外，这笔钱可是从国库里调出了，是你，还是你下边掌管此事的官吏截留了，给本王交代清楚！"

赵章连忙给赵何叩头："君王，没有此事，肯定是道听途说的诽谤之言……"

"噢！你是说本王在胡说八道！"赵何瞪着眼，怒斥他道，"本王还听说，你把在长城上累死的劳工，换上胡人的军服，然后再捅刀插箭，冒充是杀敌之功，是否属实？"

"全是凭空捏造，请君王明察。"赵章伏在地上说，"去年父王曾巡视代郡，他老人家自有明断……"

"哼！此事我知道，父王说过，但你是否作假欺瞒，也尚未可知。"赵何冷笑之后，严责道，"本王会派人前去调查，倘若属实，这可是掉头之罪，你明白吗？"

"下臣明白，明白……"

赵何大声呵斥他道："你好自为之，给我退了下去。"

"是……是……谢主隆恩……"赵章又磕头作揖一番。

在一旁的赵雍，目睹到这一幕，心里不由一阵阵绞痛。当时，他想说话，但在朝堂之上，当着群臣的面，还是忍住了。

夜里，赵雍失眠了，赵章和赵何这两个同父异母的亲兄弟，从小长到大的情景，一幕幕在他脑海里重演，尤其是白天朝堂上，弟弟像训斥孩子那样痛责哥哥，太让当父亲的忍无可忍了。即便哥哥真做出了那样的事，也不能当着群臣的面如此大加呵斥，可以私下里说，况且哥哥在代郡干得不错，成就卓然，这可是自己亲眼所见。赵何也太猖狂，太不近人情，太不顾及骨肉同胞的面子了。赵章如此受辱，心里本就不服，往后会怎样，他能永远这样忍气吞声吗？怎么做，才能平息他们的对抗呢？才能压制一下赵何的嚣张，安抚一下赵章受伤的心灵呢？甚至说，趁此机会，平分他们的权力，让他们先平分秋色一段时间，自己再复位重掌大权呢？这四年来，自己已经体会到了大权旁落后，趋炎附势的众大臣对他的冷漠……如此这般苦思冥想到天亮，赵雍终于有了主意：封赵章为代王，把赵国的代郡分割出去，让赵章与赵何平起平坐。这样，赵何就不能管赵章了，不能如此受委屈让赵何随便欺负了……

这事太大了，不能对赵何说，先找肥义商量。

肥义闻后，目瞪口呆道："主父，你要把赵国一分为二，分裂国家？"

赵雍说："非也，寡人是不想让赵章受奇耻大辱。昨天你都看到听见了，我心里很难受，只有这个办法了……"

"不可，不可！"肥义摇头似拨浪鼓，"主父，你大错特错了。"

这是自为相以来，肥义第一次强烈反对赵雍。

"此话怎讲？"

"这还用解释吗！天无二日，国无二主。天下只能是一个人的天下，两个人的天下就是产生是非的天下。家可以分，但分国闻所未闻啊！难道，你如果心疼十个儿子，就要把赵国一分为十吗？"

"寡人并非你所言的这个意思，意思是，给赵章一部分权力。"

肥义以敏锐的目光看看赵雍说："主父，是不是惠后（指吴娃）离世已久，你对传位于赵何后悔了？"

赵雍不置可否，而是反问肥义："我让你为赵何当相，是不是一头偏到他那，如今也不把寡人放在眼里了……"

肥义坦然道："我只是遵从当初主父对臣下的嘱咐，全心全意辅佐君王。目前，已经是第三朝了，我是在为赵国的强盛服务，而不是看着它分崩离析。主父，您一世英明，但在个人私情问题上处理不好，是会害己误国的。"

赵雍不以为然，辩解说："分割出赵何一部分权力，让他们兄弟平衡一下，如有争执和分歧，不是还有我吗，怎么就能分裂呢？你说得严重了，寡人听闻了。"

肥义怔怔，以陌生的目光打量着赵雍，皱着眉头问："主父，你莫非是想重回王位？"

赵雍顿了顿道："如果形势所迫，也未尝不可。"

"啊……"肥义惊叫一声，迷茫的双眼里溢出了老泪，然后双腿一弯，跪在赵雍面前道，"主父出尔反尔，难道要把赵国三分不成！如果那样，我年事已高，不能为赵国的江山社稷鞠躬尽力了，请主父恩准下臣告老还乡吧……"

怎么能舍得三朝元老肥义辞职，赵国离不开他。

其他大臣，大多也都反对。

肥义和众多重臣的极力阻止，迫使赵雍立赵章"代王"的计划流产了。

《史记·赵世家》记载："四年（赵惠文王四年，前295），朝君臣，安阳君亦来朝。主父令王听朝，而自从旁观窥群臣宗室之礼。见其长子章傫然也，反北面为臣，诎于其弟，心怜之，于是乃欲分赵而王章于代，未决而辍。"

消息传到代郡，本来就因受赵何侮辱而愤慨的赵章怒不可遏。

又一条祸根，就这样埋下了，什么时候发芽、结果，只是时间问题。

五

这天清早，一列庞大的车队和人马，在豪华仪仗的开道下，前后簇拥着从邯郸城出发，顺着官道浩浩荡荡向东北方向驶去。

队列中，赵雍的舆乘在前，赵何、赵章分别乘着自己的车辇跟随其后，在宫殿侍卫将军信期率兵警戒下，一路前行。今天，他们父子三人，是要去距邯郸都城不足一百公里处，现在是赵国离宫别苑的"沙丘宫"巡游。

这次巡游，是一个月前由主父赵雍作出的决定，对外宣称是"春游"，对内，赵雍说是要在那一带为自己选择墓地，必须让两个儿子赵何和赵章参加。但实质上，是赵雍欲立赵章"代王"的议案被否决后，风传赵何与赵章矛盾加剧，而大臣们也议论纷纷，他才采取这么一个方式，把两个儿子叫在一起，找个僻静和安静的地方，调解和缓和一下两人目前的紧张关系。

按主父赵雍的要求，父子们都是轻装简行，各自身边只允许带去不超过五十人的近臣和随从。赵何带有肥义，而赵章，则由田不礼相随。

天阴得很重，田野上笼罩着一层薄雾，刚刚返青的小麦挂满一层露珠，大地上最先开花的植物，依然是桃花、杏花、迎春花和油菜花。

这又是一个春天，与赵雍十五年前游历大陵时"做梦艳遇"吴娃的季节相同，但他的心境却与那个时候有着天壤之别，也与彼时和此时的天气大相径庭。如果说，那次巡游充满了温馨和浪漫，使他欣喜若狂，而这次却杀机四伏，使他命丧九泉。看来，快乐的起点和悲哀的终点，都起源于春天，仅仅相隔了十五个春秋。而这一切，赵雍却浑然不知，做梦也没有想到，他的两个儿子，暗地里已经势不两立，磨刀霍霍了。

赵何临行前的一个晚上，李兑前来向他禀报："据报，这几天，邯郸城里发现不少陌生人，还有三五成群的人在宫殿四周活动。君王，臣下有所担心，怀疑这是赵章和田不礼从代郡带来的刺客和化装成平民的武士，咱们要加强戒备，采取一些防范措施。"

赵何一惊，想了想说："把咱们的人叫过来，大家商量一下吧。"

当晚，肥义、李兑、赵成、赵豹、信期等大臣和将领，都来到了殿前。目前，他们都是赵何身边的亲信，对赵何忠心耿耿。

大家面临目前的局势，所研究的一个最严重的问题，就是提防赵章和田不礼突然发动的宫廷政变。

"不会有这么严重吧?"赵何眨了眨眼睛说，"赵章作乱有可能，不至于武力夺权，父王还在呢，他能有那么大的胆，敢吗?"

李兑说："这次主父让你们兄弟俩离开邯郸，跟他去沙丘，万一是个调虎离山的计策呢? 万一是怂恿或者是他默认赵章兵变呢? 当然，这都是推测和假设，以防万一，有备无患，大家都不希望这样的事发生。"

年幼单纯的赵何，不再吱声了，头上有虚汗冒出。

肥义说："我陪同君主去沙丘宫，信期前往护驾，我们离开后，城里的事，都交给李卿和赵公了，你们手下虽有不少人马，但大部队受乐毅节制调遣，这是臣下有所忧虑的。当然，乐毅也是君主的爱将，但他和赵章曾一起攻打中山国，关系至厚是众人皆知的……"

赵成说："这好办，君主下令，把他叫过来，将其虎符收回，暂时剥夺他的兵权，交与李卿。"

"这……"赵何有点儿犹豫，紧皱双眉道："乐将军是父王的人并由他任命的，收其兵权，不经父王，这合适吗……"

赵成不屑道："现在，你是一国之君，有权罢免任何人。再说，这是特殊时期，为防万一，只是暂时的，等险情过后，再将兵权交付于他就是了。"

于是，赵何当晚解除了乐毅的大将军之职，并将其秘密软禁，由李兑取而代之。

会议结束时，肥义对信期说："到了沙丘宫，你一定要机警，不管是什么人，但凡有事要找君王，一定先通知我，我同意后，方可会见，没有我的同意，不得直接去见君王，你一定牢记在心。"

信期点头答应。

大家如此防范赵章，并提前做好了应变的准备，真的必要吗？

不但有，而且很及时。

春节朝拜，赵何当廷在众臣面前呵斥赵章，赵章感到蒙受了从未有过的奇耻大辱。返回代郡以后，他暴跳如雷，咬牙切齿地对田不礼说："不报此仇，我誓不为人！"

田不礼面色凝重道："那就撕破脸皮，破釜沉舟吧。"

"好，一切由相卿来安排，事成之后，赵国的江山是你我君臣二人的。"

田不礼的计划，是暗杀赵何，用现在话说，就是"斩首行动"，采取"定点清除"。

赵章和田不礼利用在代郡辖地，远离国都邯郸的便利环境，以修长城为名，在招募劳工的同时偷偷扩充军队，并从中精挑细选出一千名大多为胡人的精壮勇武者，宣誓效忠后组成"死士团"，相当于现在的特种部队，配有快马、弯刀和弓箭，进行严格的封闭式训练。

当赵雍通知赵章前来邯郸"父子三人聚首"赴沙丘宫后，田不礼建议趁机提前开始"斩首行动"。

赵章和田不礼来邯郸的三天前，一千快骑死士团组成的"暗杀队"，先期抵达邯郸城区和城郊，化装潜伏下来，待赵章来后得令行动。

一方蓄势待发，一方严阵以待。

而这一切，都暗藏在父子三人兴高采烈奔赴沙丘宫的游玩之下。

蒙蒙的细雨下来了，淅淅沥沥，春寒料峭。

行至中途小憩时，赵何和赵章都从车辇上下来，伏在父亲赵雍的舆乘前请安。

"父王，我看您老穿得单薄。"赵章望着赵雍，动手从身上脱自己的上衣，"别冻感冒了，穿上孩儿这件夹袄吧。"

赵雍摆摆手，笑了笑说："不必，不必，为父的里面有羊皮马甲。"

但赵章已经将自己的夹袄脱了下来。

赵雍扭头看看赵何，对赵章说："给何儿披上吧，他冻得嘴唇都发紫了。"

这时，已经有随从在身后给赵何披上了一件斗篷。

赵何推开赵章递过来的夹袄，微笑着说："谢谢贤兄，快穿上，小心自己着凉。"

赵雍手捻须髯，欣慰地点了点头。心想，自己的这两个儿子，谁说就不能和谐相处呢？能，一定能，肯定能！赵章已经二十五岁了，长得像自己一样高大英俊，方脸，阔口，浓眉大眼，不但相貌酷似自己，而且也像自己那样能打善战；赵何虽然才十四岁，但已经成人了，挺拔的腰身，椭圆形的脸庞，细皮嫩肉，相貌和体形似乎更多一些他母亲吴娃的特征，但他聪明、睿智、机敏，这些优点似乎是他强大的基因使然，经过四年的执政历练，基本上是称职的，众臣都还是非常服气的，王权逐渐巩固。如果说赵章偏向于武略，那么赵何就是侧重在文韬，兄弟俩一文一武，加上自己才四十五岁，正年富力强，以"主父"作为坚强的后盾形成赵国的"铁三角"，天下社稷肯定会固若金汤，自己这一代，也必将成为赵氏宗族中最荣耀最强盛的一代流芳千古！嗯，没什么大不了的，如同举家过日子，难免锅沿儿碰瓢勺产生点儿小隔阂小矛盾。这次到了沙丘宫，跟他们好生聊聊，让他们相互谦让，相互帮助，以大局为重，团结起来，共创伟业……

沙丘宫遥遥在望，很快就要到了。

沙丘是一个古老的地名，位于今河北省邢台市广宗县境内西北大平台乡大平台村的村南，老漳河西岸一带。当时，这里紧邻的大陆泽还汪洋一片，到处水泊纵横，林木茂密。商代时期的商纣王发现这里风光旖旎，景色绝世，便大兴土木，建设离宫别馆并高筑苑台，号称沙丘宫，在里面放置了各种奇珍异兽。他还用酒装满池子，把肉挂在树林里，叫做"酒池肉林"，让赤身裸体的男女互相追逐嬉戏，还令乐师作淫声伴奏，狂歌滥饮，通宵达旦取乐。后来武王伐纣，在最后的牧野之战中，纣王被灭，他所建造的沙丘宫也被战火毁坏。如今，七百多年过去了，赵国在邯郸建都后，因为距离沙丘宫不远，这里又是一处著名的皇家园林，便在原址上重新进行修建，恢复了一些宫殿，并安排专人管理，成为赵国王族或重臣度假休闲的一处胜地，但四周的原始林木，却比原来还蓬勃茂盛。

现在的沙丘宫，主要馆苑有三处，按现在的话说就是三栋别墅。主殿名为拱台，其次是两处配殿，名叫北苑和南苑。设施当然是拱台最好，北、南两苑稍微差点。三处馆驿并不在一起，相距大约都是三里左右，有石铺的甬道相连，各有各的大门和院落，自成一体。

来到沙丘宫时，天已向晚。

安排住处时，赵何和赵章都建议父亲赵雍住在拱台。

赵雍连忙摇头："这可不行，何儿是国王，当着众多大臣，哪能失了礼数坏了规矩。"

赵何年幼，哪好意思，就让赵章去住："既然父王不去，兄长就去拱台吧，我住在南苑即可。"

赵章脸红道："父王还不肯，我哪里敢啊，还是当王的住吧。"

看着兄弟俩在谦让，赵雍很高兴，笑着一锤定音道："呵呵，哥儿俩不必争了，听父王的，何儿住拱台，为父的和章儿分别住北苑和南苑。今天累了，晚上都好好休息，有话，咱们明天一起围猎时再说。"

但万万没有想到，或者说，他们做梦也没有想到，他们没有了期待中的"明天再说"。

再说时，已经刀光剑影，血流成河……

事件首先由赵章引起，换句话说，是赵章点燃了"战争"的导火索。

乘去沙丘宫巡游之机，在这里"行刺"赵何，是赵章和田不礼三天前的密谋。

田不礼说："宫里戒备森严，不好下手，去沙丘宫是个最好的机会。"

赵章有点犹豫："可父王也在啊，当着他的面?"

"只要杀死赵何，主父也就束手无策，不得不承认这个既定的事实。难道，他还会把你也杀了不成?已然死了一个，会再死一个吗?君主，你仔细想想，是不是这个道理?"

"这……"

"机不可失，时不再来啊!如果这次不下手，以后就没机会了。"

赵章思忖片刻，咬咬牙道："好!干吧!不是鱼死，就是网破!但一定要做得干净，彻底，万无一失。"

田不礼点点头，从怀里掏出两份竹简，展开后对赵章说："这是我让人模仿主父手写的两份诏书，一份是主父让赵何来你住处议事的，一份是让赵何让位于你的诏旨。他极有可能不从，要与你一同去面见主父，这时就一刀结果了他。君主，这样是不是很周密?不会有差错的，事后主父知道了，木已成舟。赵何一死，国王自然就是你的了。"

赵章接过两份诏书看看，喜出望外，感慨道："还真像父王的笔迹!好妙，相卿真不愧深谋远虑的神人啊!"

"以防万一，我届时会安排那一千人的死士团，提前在沙丘宫周围的树木里隐藏，一旦出现不测，他们会武装占领沙丘宫，强行将赵何一帮人斩尽杀绝。只是，君主需要配合好这次行动，沙丘之行，一定在他们面前表现得谦恭而多礼。"

于是，赵章和田不礼的死士团，在前一晚上，已经悄悄潜伏在了沙丘宫周边的密林深处，而赵章则以彬彬有礼麻痹父亲赵雍和弟弟赵何，策应"斩首行动"顺利实施上演的一出大戏。

吃过晚饭，天仍然阴沉，业已黑透了。

赵章按照计划，从南苑馆苑派人前去给住在拱台馆苑的赵何送诏书，假借主父赵雍之名将他骗至南苑，然后再以另一份诏旨逼他让位。

前来送诏书的使者，被拱台大门口的警卫拦住了，接过诏书先送给了东厢房的相国肥义。肥义仔细把诏书看了三遍，皱着眉头想了又想，便手持诏书来到正殿向赵何禀报，并疑惑道："主父说晚上休息，没说要议事，可现在怎么突然要召见君王了呢？"

赵何放下诏书说："可能是父王有事了，临时动议要找我说话吧。"

"君王，你仔细看看，我觉得，这诏书不像是主父的亲笔，像是有人模仿所写。"

赵何又拿起竹简，在灯下睬着眼睛看了一遍，以不容置疑的口吻道："是父王的笔迹，本王太熟悉了，这不会有错，不妨也让大家都看看。"

在场的几位大臣轮流看了看，都说没有问题，的确是赵雍的笔体。

赵何站起来说："我这就去，让人备车吧……"

肥义连忙说："慢！为安全起见，还是微臣坐君主的车辇先去看看。"

赵何不解道："相卿，这是为何？"

肥义说："我先去面见主父，如若是他召见，我再回来，君王再去；如若我不回来，那就是出事了，君主要做好应变准备，快马去邯郸让李兑和公子成前来救援……"

赵何惊愕："相卿，这……"

"君王不必多说，切记下臣所言！"

这是赵国忠心耿耿的三朝元老、相国肥义与国君赵何所说的最后一句话。

六

夜漆黑，伸手不见五指。

宫苑甬道两旁竖立的豆灯，在橘黄色的纱罩里散发着朦胧的光晕。

肥义带着几名侍从，坐在赵何的车辇里，在赵章派来送诏书的一行马队的带领下驶向了甬道。因这里所在位置居中，距北苑和南苑只有不足三里地，很快就到了。

由于天太黑，赵章手下的人，并不知道车辇里坐的不是赵何而是肥义，而肥义坐进车辇之后有车帘罩着，只知道是去主父所住的北苑，并不知道这辆车在赵章手下的引导下，径直去了赵章所住的南苑。

车辇在南苑大门口停下，提前得到禀报的赵章带着田不礼等人出来迎接，这才发现来的并不是赵何而是肥义。

有人撩开车帘，提着灯笼朝车里看看，对赵章说："君主，来的是相国肥义。"

赵章一惊，伸过脑袋问肥义："怎么是肥相国？你来干什么，赵何呢？"

肥义这才发现，此处是赵章所住地，并不是主父的下榻处，就反问赵章："不是主父找君王议事吗，怎么到了这里？"

赵章怒吼道："别废话，我就问你，赵何为什么没来？"

肥义微微一笑："呵呵，下臣就知道，你是假传圣旨。"

赵章气急败坏："老东西，都是你搞的鬼……"

赵章吩咐手下，没让肥义下车，而是跟田不礼进行了紧急磋商，认为赵何肯定是发现诏书是假冒的，所以必须实施第二套方案，先下手为强采取突然袭击的夺权行动。

肥义和他的侍从，在车辇上被赵章的手下全部杀死。

因此，肥义是替赵何死的，没有肥义的赴汤蹈火，就没有后来赵何（赵惠文王）三十二年的王位可坐。

后来，为怀念肥义，赵何将邯郸东部的土地，作为肥义的封地。五百年后，汉魏帝曹丕为弘扬肥义的忠烈，将此地置为一县，名曰肥乡，意为肥义之乡，"肥乡"地名一直沿用至今，这就是今天的邯郸市肥乡区，并建有"肥义公园"。

当晚，赵章和田不礼调动埋伏在沙丘周边森林里的一千名死士团，偷袭赵何居住的拱台，与赵何的宫廷侍卫长信期所率侍卫展开激战。信期带的人少，敌不过强悍的死士团，失败后，赵章和田不礼率众将大殿团团包围。

拱台的大殿围墙高大，大门紧闭，围攻的部队只是持有刀枪剑戟，并没有事先准备破城攀墙的工具。

攻不进大殿，赵章有些焦急，和田不礼等人商量怎么破门。有人建议，不远处有商纣王时期留下的残破的石碑，可搬过来将大门撞破。

这样一来，就耽误了时间。

此时，在邯郸通往沙丘宫的大道上，李兑和赵成率领的五千精锐骑兵，正风驰电掣般朝沙丘宫进发。他们是得到急报，前来这里"救驾"的。

原来，肥义他们在车里被杀前，有一名侍从在肥义暗示下，从一侧偷偷溜下车，趁黑夜的掩护，钻入一旁的树林里，然后跑到拱台向赵何报告了情况。赵何大惊，急忙派快骑去邯郸向李兑和赵成请求支援……

当赵章的死士团破开大门，将守门抵抗的卫队斩杀，即将冲进大殿的时候，突然背后喊声震天，看不清有多少骑兵，在围攻拱台的人群里横冲直撞，见人就杀。还有一队骑兵，直接冲进大殿的院子里，把即将攻入大殿的武士全部消灭。

拱台苑区的里里外外，尸横遍野。至黎明时分，一千死士团被李兑和赵成带来的骑兵全部歼灭。

而这个时候，住宿北苑的赵雍正在睡大觉，也许还在做着明天"父子三人"围猎言欢，不计前嫌，和睦相处的好梦呢；也许还重温了十五年前，在游历大陵时的那个"美梦"呢！那个"美梦"的另一个重大收获，是得到了赵何。而自有了赵何，一切都改变了，更有了许多让人喋喋不休或者是欲说还休的故事。

赵雍是在急促的擂门声中惊醒的，当他睁开惺忪的眼睛问侍从什么事时，大门的侍卫已经把两个满身血污的人领了进来，他们是赵章和田不礼。

赵雍大惊，急忙穿衣起床，恐骇地问："章儿，这是怎么回事，出什么事了？"

赵章跪倒在地，号啕大哭："父王……赵何要杀孩儿……请……请父王救我……"

"啊！这是为何……"赵雍大怒，让人将赵章扶起，问田不礼，"究竟怎么回事，快快说个清楚！"

田不礼跪倒："刚才君王从邯郸调来大兵，突然把南苑包围，臣下和君主，是翻墙逃出来的……一会儿，他可能会追杀过来，恳请主父为我们做主……"

对着赵雍，田不礼不能实话实说，因为那样是没有理的，自己这方企图灭掉赵何在先，赵何那方反击在后。"官司"打到主父这里，主父也是有口难言。

赵章和田不礼，是从拱台的激战或者说乱战中逃亡出来的。

当他们的死士团被剿杀殆尽，大势已去之时，浑身沾满鲜血的赵章绝望地对田不礼说："怎么办？赵何的人绝不会放过我们……"

田不礼思忖片刻，咬咬牙说："在赵国，咱们无处可逃，现在只有一个办法，到主父的北苑躲避，倚仗他的庇护。"

李兑、赵成和信期平息叛乱之后，不见了赵章和田不礼，尸体中也未有二人。很快有人来报，说是他们跑到北苑主父的宫馆里去了。于是，大家立即禀报赵何，一起率兵赴北苑追杀赵章和田不礼……

赵雍望着痛哭流涕、狼狈不堪的赵章，长长叹出一口气，吩咐侍从道："把大门关严把紧，没有我的旨意，不得打开！"

但话音刚落，李兑和赵成就气势汹汹带着兵丁进来了，之后，赵何也在众人簇拥下直接来到了正殿的门口前。大门口的侍卫，都是侍卫长信期将军的手下，忠于赵何的信期一个命令就开了，所以他们是长驱直入来到了北苑的庭院里。

赵雍得知，连忙让赵章和田不礼到后面的侧室里躲藏起来。

李兑和赵成率人进入大殿，赵雍怒目而视，连声质问："尔等为何硬闯寡人内宫，要干什么，还有没有礼数了？"

这时，赵何从后面走过来，躬身跪倒在赵雍面前："父王，请为孩儿做主……"

又一个要父亲做主的儿子，赵雍蒙了。

"不是你要加害章儿吗？"赵雍这样问，证实了赵章恶人先告状，此刻一定躲藏在这里并得到了主父的保护。

"非也。"

赵何向父亲赵雍简述了赵章和田不礼在今夜假冒诏书骗他前

往南苑，由肥义替他前去被他们杀害后突然发动政变袭击拱台，企图将自己杀害的经过。

李兑、赵成和信期等人做了补充。

赵雍听得惊心动魄，不寒而栗，眨巴着眼睛沉默了片刻，望定赵何问："即使真的这样，何儿你想怎样？"

赵何又给赵雍磕头："父王，弑君之罪，该如何处置，你比孩儿清楚。"

"可他是你的亲兄弟，同胞骨肉啊！"

"父王，自古就说，君不正，臣不忠，臣投外国；父不正，子不孝，各奔他乡。父王，您错就错在，您既然立我为王，就不该再立赵章为君。他野心勃勃，谋反篡权，孩儿是迫不得已，才起兵剿之。现在，你又偏袒于他，如此下去，赵国会永无宁日，非内乱不可。父王，赵何算是不孝了，再次给您老叩头了……"

"你想怎样？要与父为仇不成……"赵雍咆哮。

赵何不再说话，冲李兑和赵成使个眼色，起身往外走。

赵雍追了出来："何儿，你等等，为父还有话要说……"

在众人簇拥下，赵何下了台阶，快步朝大门口走。

趁这工夫，李况和赵成令人，从宫殿侧室里将赵章和田不礼搜出来押到了大殿里。

赵章踉跄到台阶旁，望着赵雍高大的背影呼救："父王，快救孩儿……"

赵雍回头，看见李兑和赵成各自拔出佩剑，分别刺向了赵章和田不礼的前胸……

"章儿……"赵雍悲哀地呼唤一声，昏厥在地失去了知觉。

等赵雍醒来，已经是午后了。

天放晴了，阳光从云层的罅隙中透过，又在高大宫墙里刚刚绽放新绿的枝丫间过滤下来，使得刚刚睁开眼睛的赵雍感到一阵眩晕。周围静悄悄的，没有任何声音，静得很可怕，偌大的庭院里空空荡荡。他挣扎着想坐起来，但感到四肢无力，浑身酥软，努力在恢复自己的记忆。噢！想起来了，先是赵章来了，接着赵何来了，两个兄弟反目为仇，都让他做主？可手心手背都是肉啊……这时，有鸟儿在树枝上跳跃着啁啾，枝杈上蓬乱的巢穴边缘，几只黄嘴雏鸟叫唤着嗷嗷待哺，一只大鸟啣啗一条虫子，正往雏鸟张开的大嘴里丢食。赵雍似乎是条件反射，突然觉得饿了，腹中立即像有一只斑鸠咕咕噜噜叫唤，使他毕生第一次体验到了什么是饥肠辘辘。对了，从昨晚吃了御厨送来的夜宵，到现在一直还没有进食呢。可是，人呢？这么大的宫殿里，怎么突然没了人，人都哪里去了？赵雍艰难地支撑起身子，向四周打量一番，突然看见有两具尸体，横躺在大殿门前的台阶旁，一个壮硕，一个瘦小。天啊！这不是长子赵章和他的重臣田不礼吗？想起来了，是李兑和赵成把他们刺死的，这两个乱臣贼子，敢杀王子，可是犯了诛灭九族之罪。此刻，死去的赵章脸色瓦灰，面目狰狞，胸口和嘴角的血已经凝固成了厚痂，有苍蝇在上面叮吮……

"来……来人啊！"赵雍恐惧之后，有气无力地喊了一声，见无人应答，扶着身边的一棵树勉强站起来，趔趄着跟跟跄跄朝大门口蹒跚。

大门紧闭着，赵雍拉了拉没能打开，像是在吆喝，但发出的声音却如同游丝般的气息："人呢……把门……给……寡人开……开……"

将赵雍反锁在这里，是李兑和赵成的主意，事先并没告诉赵何，但赵何肯定知道，只是知道后没有表态，那就是默认了。因为，作为一国之君，赵何不能在历史上留下“囚禁父王”的大逆不道的罪名。而李兑和赵成，由于兵围赵雍行宫，又亲手杀了他的长子赵章，如果赵雍活着从沙丘宫回到邯郸国都，肯定倚仗权威砍下他们的头还会株连其九族。

封门之前，他们令在这里服侍赵雍的所有人迅速离开，不然会被诛杀。所以，众人一窝蜂般散了，只剩下了已不省人事的赵雍，待他醒来，并不知道自己是被李兑和赵成故意封锁在这里，才陷入叫天天不应，喊地地不灵的境地。

宫殿大门不但被反锁，而且门前还堆起了一道高大的土埂，沿整个北苑宫殿围墙的五十米以外，设有重兵警戒，任何人出不去也进不来。

就这样，留下的食物吃完了，赵雍只得把树上的雏鸟用杆子捅下来吃，逢下雨把盆盆罐罐都接满，又坚持了三个多月，终于被活活饿死了。

为此，《史记·赵世家》记载：“公子章之败也，往走主父，主父开之。成、兑因围主父宫。公子章死，成、兑谋曰：‘以章故，围主父；即解兵，吾属夷矣！’乃遂围之，令：‘宫中人后出者夷！’宫中人悉出。主父欲出不得，又不得食，探爵鷇（哺食的雏鸟）而食之，三月余饿死沙丘宫。主父定死，乃发丧赴诸侯。”

消息传来，赵何痛哭流涕，率众大臣来到沙丘宫打开北苑的宫门，按大礼装殓赵雍并为他举行了盛大的国葬。

一代枭雄、英明一世、呼风唤雨、霸气冲天，将赵国带入最辉煌时代，被梁启超称为“黄帝以后的第一伟人”的赵武灵王——赵雍，最后却落下了这样一个令人扶额叹息，唏嘘不止的结局，终年仅四十五岁。

怨李兑和赵成吗？不这样做，他们会死，怨赵何不管不问的默许吗？不这样做，他的国王会被罢黜，没人不愿意当皇帝。怨赵章起兵谋反吗？不这样做，哥哥永远被弟弟所奴役，他想夺取本应该属于他的权力，怨赵雍废长立幼并过早退位吗？爱屋及乌也算人之常情，主动让贤也是一种高贵的品德和非凡的勇气。怨赵雍过于沉湎骨肉亲情怜悯弱者没有义无反顾的魄力吗？人之所以是人，就不该像畜生那样冷血无情……

赵雍这样的结局，究竟该归咎于谁或者其祸根在哪里呢？

其实，这起旷世谜案的罪恶根源，起源于赵雍十五年前那个"美梦"，而"美梦"最终"成真"并诞生了赵何。这一切，本不该有的，但却有了，因此谁都不能怨，这是天意。

天意，无人能够改变，只能顺其自然。

秦始皇之死

（以细节展示一场旷世阴谋致使大秦帝国灭亡的前奏）

一

天气炙热，大地像是在火里烧烤，万里无云，苍穹湛蓝，阳光强烈、刺目，没有风的消息。驰道坦荡、干燥，两旁的庄稼地里，玉米须毛、高粱穗头萎缩耷拉，谷物和豆类的禾叶蜷曲，显现出遍地沮丧的样子。

一支浩浩荡荡的豪华车队，在宽敞的驰道上自东向西缓缓而行。这条大路是首都咸阳（今陕西省咸阳市）通往全国各地的九条驰道之一，名为"东方道"。起点是自咸阳出函谷关，沿黄河经河南、河北，到山东半岛的最东端成山角，也就是现今的荣成市为终点。

这支由数百辆车舆和数百名虎贲军骑兵及秦军步兵，还有仪仗和旌旗组成的庞大而漫长的队伍，冒着炎炎烈日，颠簸着艰难行进，样子疲倦而沉重，行驶缓慢。现在，是下午的申时，金镜似的太阳已经西斜，车轮与马蹄下的扬尘，迎着刺眼的日光，在驰道上弥漫成橙黄色的雾霾和烟云。

前面，隐隐约约出现了一个村庄，路边还有一所驿亭。

大秦驰道，宽五十步，相当于现在的七十米，路面以碎石和黏土混合夯实铺筑，两旁相隔三丈植有松树，路基两侧修着泄水的沟槽，十里设有一亭。

这时，车队在驰道上突然停下了。

"蒙毅……蒙毅……"

微弱而沙哑的轻轻呼唤声，是从五辆銮舆中的第三辆里发出的。这五辆銮舆，一模一样，都是由六匹雄健的枣红马牵引，曰"天子六驾"，而前后的所有属车，有一部分是四马所拉，为大臣所乘，曰"四驾"，史称驷马，其他的，则是两马或者一马。

"陛下，蒙正卿不在。"首席太医郑本绪凑近道。

郑太医呼唤的"陛下"，名叫嬴政，时年四十九岁，是秦国的国王，统一六国后，他把中国历史上的"三皇""五帝"各取一字合称，谓之"皇帝"，即秦始皇。

"噢……"嬴政咳嗽几声，翻个身道，"朕忘了，忘了……"

"蒙正卿是前天夜里走的。"郑太医补充说。

正卿是蒙毅目前的官职称谓，是秦朝管理中央政府内部事物的官员，相当于现在的中共中央办公厅或国务院办公厅主任。蒙毅是蒙恬的亲弟弟，其父叫蒙武，祖父叫蒙骜，都是秦国的著名将领，为秦国的统一立下了汗马功劳。大秦帝国统一之后，蒙恬受命率三十万大军在北方抵御匈奴并修筑长城，蒙毅则在都城侍奉始皇嬴政，无论休息、上朝还是出游，都陪伴在嬴政身边，皇上有事就随时呼唤他。

郑太医俯过身子，将冰壶凉簟往嬴政的肩膀前移移，掏出一块冰来，将他额头的毛巾取下，重新裹进去冰块敷上，轻声问："陛下，您要喝口水吗？"

嬴政病了，病得很厉害。他是在平原津病倒的，发高烧、咳嗽、胸闷、气短、浑身抽搐，还曾几度昏迷，已经躺在床上不能起身了。平原津位于现今的山东省德州市平原县西南约十五公里处，当时是古黄河下游一个重要的渡口。

嬴政摇摇头，闭着眼睛没有说话。

郑太医叹口气，仔细看看躺在銮舆内床榻上的嬴政。见他脸色灰黄，厚厚的嘴唇呈紫黑色，比两天前在平原津突然患病时的猩红色暗了很多，绾起的发髻束冠平添了一缕缕的白发，额头、眼角布满了皱纹，左嘴角有一条哈喇渐流渐长……郑太医连忙用毛巾给他擦了擦嘴角，一股从未有过的怜悯之情从心底油然而生……

曾经多么健壮，多么英勇，多么刚强，多么伟大，多么雄才大略，多么不可一世的君主啊！十三岁继位，二十二岁加冕亲政，十五年征战，灭掉韩、赵、魏、燕、楚、齐六国，统一成大秦帝国。什么废封建、设郡县、车同轨、书同文、统一货币和度量衡……这些天下大事郑太医不太懂也不大关心，他只知道皇帝陛下遭遇四次大暗杀时，是多么的大义凛然，满不在乎，这可是郑太医亲眼所见的啊！

第一次要暗杀皇上的，当然是荆轲。十七年前，燕国太子丹密使刺客荆轲去刺杀秦国国王嬴政。荆轲能接近或者见到嬴政的理由是，要把燕国督亢（今河北省涿州市、易县、固安县一带）的地图，还有一个名叫樊於期的首级交给他。嬴政大喜，目前正是统一六国，完成霸业之时，有了这张地图，对征讨燕国时排兵布阵再及时不过了。而这个樊於期，本来是秦国的将领，因伐赵国时兵败畏罪潜逃到了燕国，如今有人向他献上樊於期的首级和督亢地图，当然是求之不得的事。于是，嬴政在咸阳宫隆重接见了荆轲，在交验樊於期头颅、献督亢地图时，图穷匕见，荆轲抓起匕首，突然朝嬴政刺去。嬴政反应迅急，侧身一躲，飞快掏出佩带的长剑朝荆轲还击。荆轲见没有刺中嬴政，撒腿便跑，嬴政绕着宫中的柱子追杀荆轲，并把他刺成重伤，荆轲随即被拥上来的侍卫杀死。

第二次遇险，是高渐离要害嬴政。荆轲刺杀嬴政未能成功，给燕国带来了灭顶之灾。五年后，燕国被秦国所灭，秦王嬴政将曾与燕太子丹及荆轲有过来往的人悉数搜捕杀戮，以绝其后患。唯有荆轲好友、侠士高渐离埋名隐姓，藏匿于民间做"庸保"才幸免一死。隐匿数年之后，高渐离以为人们对自己已不复认识，便以一手高超的击筑技艺得入秦宫，寻机行刺。岂料很快被人认出，嬴政令人用马粪将高渐离的双眼熏瞎，令他为自己击筑取乐。高渐离虽双目失明，但刺杀嬴政为荆轲复仇之心不死，他将铅水铸入筑腹，在一次为嬴政击筑时，以筑猛击嬴政，但已瞎的双目却分辨不清目标。再加嬴政早有防备，见状冲上乐池，挥剑将高渐离刺死。

皇上的这两次遇刺，郑太医都在现场，惊心动魄地目睹了陛下临危不惧、随机应变的英勇果敢和高超武功。

第三次遇刺，是八年前皇上第三次离宫出巡，在博浪沙（今河南省原阳县东南），遇到张良雇来大力士用百斤铁锤藏在路边袭击銮舆，但却没有打中。因为，嬴政出巡时，为确保自己的安全，准备了跟"天子六驾"一模一样的多辆副车，所以张良和大力士所袭击的却是一驾伪装的銮舆。

第四次距上次遇刺仅两年。有一天夜晚，嬴政率随从出宫游玩，在咸阳城附近的蓝池遭遇一群刺客袭击，但嬴政带有众多武功高强的侍卫，当场将刺客全部擒杀……

始皇嬴政总能逢凶化吉，遇难呈祥。他机警而敏捷，在外出巡察时，都备有多辆"六驾"銮舆，以混淆是非，侍卫近百人，沿途还有地方警戒。无论是安保措施，防范体系还是应急机制，都是相当完善和严密的，加之嬴政体魄健硕，气宇轩昂，他是不会有什么大恙的。至于民间传说的什么"蜂准、长目、鸷鸟膺、豺声"等生理缺陷，特别是"鸷鸟膺"，即今医学上所说的"鸡胸"，是软骨病的一种特征，"蜂准"则是马鞍鼻，"豺声"表明有气管炎——完全是一派胡言。郑太医最清楚了，他二十二岁接替父亲成为嬴政首席太医，伴在陛下身边已经三十年了。一直以来，陛下饮食、睡眠都极其正常，面色红晕，头发油亮，皮肤光洁，体态不胖不瘦，身材匀称，四肢灵活，思维清晰，房事尽管频繁，生有儿子二十二人，女儿十一人，共计三十三个子女，但并没有影响到他充沛的精力，每天批奏章文书重达一百二十斤之多……无论从外部的"刺杀"，还是来自本身的"健康"，都不可能让他"消失"。可是，来到平原津，就要返程回咸阳宫了，陛下却莫名其妙突然病倒了。那些已经灭亡的六国里的一些贵族和臣民，或诅咒或谋害不能置他于死地，而如今却要殇没于这场突如其来的怪病之上吗……

人世间为什么有生老病死？人活着，什么都在，山河依旧，或者说，山河一新，人死去，什么都没了吗？包括山河和岁月，功名和利禄。

噢，怪不得皇上这些年乞求于长生不老呢！他原来什么都明白，只有他的长生，才能确保大秦帝国的长治久安，与他一同万寿无疆。但是，他为什么又要从即位那天开始，就要在骊山大修陵墓呢？据说，在那里修陵墓的，每年仅用工就达七十万人之多，日夜兼程修到现在，已经整整三十六年了。

一方面，为了长生求"仙"求"药"，另一方面，从十三岁起就为自己建造死后葬身之墓，身为中医世家的郑太医实在是想不通。有一次就悄悄对丞相李斯说："丞相大人，总觉得这不吉利，你怎么不劝劝陛下呢？陛下会长命百岁的……"

"这是礼制，新王从即位开始，就要开始建陵。"李斯瞪他一眼，道，"这不是我说的，这是《周礼·礼祀》上说的：'国之大事，唯戎与祀。'懂了吗？"

郑太医眨眨眼睛说："不懂。"

李斯捋捋花白的胡须道："礼制就是规矩，三叩九拜有用吗？不能免灾也不能去祸。还有，难道，非等下雨了你才去买伞吗？当好医生，别操皇帝的心。"

"可我是太医，就得为陛下的健康和生命操心啊！"

皇上说病就病了，病得突然而蹊跷。当时，巡视的车队从芝罘（今山东省烟台市）的海边回来，就要一路正西返程回京都咸阳了。来到位于大平原上的平原津时，天气又闷又热，皇上突然感到不适，浑身乏力，咳嗽，头晕。郑太医前来为他诊疗，以为他是中暑了，因为根据他的脉象和苔色，加之他身在床榻上还气喘吁吁、大汗淋漓的症状，便召集随行的"太医组"经过紧急会诊，而陛下又拒绝和忌讳"病"与"死"的说法，只得称是"天炎之过、染有小疾"。之后，建议当即传出旨意，令平原县令差快马疾车去济南驮来"大明湖冰块"，放置行宫内消温降暑。这种冰块，是趁隆冬时节大明湖结冰时采割的，采后一块一块用棉布包裹起来，放置于事先挖至深有数丈的地窖里，然后用厚土封上，待到来年的夏天，供宫廷及达官贵人或者商户降温所用。此冰窖一旦开封，必须将一冰窖的冰块全部卖出。县令运来了两冰窖的冰块，放置在嬴政下榻的寝宫内四周。渐渐地，嬴政平静了下来，终于睡着了，但到了入夜，突然从床榻上跳起来，冲到客厅用头颅去撞击门前的立柱，好在蒙毅和御前侍卫们都没有睡觉，上前将他抱住了。

"是你……蒙毅？"嬴政怔了怔，一屁股坐到了地上，又问了一遍，"蒙毅？你是……"

蒙毅匍匐在地："陛下，小人蒙毅。"

嬴政咳嗽两声，出口长气，指着蒙毅道："你，火速返回会稽，替朕祷告山川，保佑朕永世健康平安。"

二

一个月前，嬴政率领出巡的文武大臣和随从，已经在会稽山（今浙江省绍兴市北部）祭拜过大禹，并立石刻歌颂秦德，赞扬他的丰功伟绩，其中有锦句曰："圣德广密，六合之中，被泽无疆。皇帝并宇，兼听万事，远近毕清。"他相信，其中的"无疆"和"并宇"，都是在昭示着自己的精神和肉体与日月同辉，与星辰共存。现在的嬴政，脑子还十分清醒，他感觉，如今突然生病，自己不能重返会稽山祈祷神灵了，让自己最宠爱、最信任、对自己忠心耿耿的蒙毅替代自己祷告，再合适不过了。

多年来，嬴政一直相信有"神仙"的存在，坚信世上肯定有"不死之人"和"长生不老药"。

难道不是吗？去年秋天的某一个夜晚，在华阴平舒道上，大秦帝国一位使者遇到一位手持玉璧的人。这人把一块晶莹剔透的玉璧交给使者，并说："把这个替我交给滈池君。"使者大惊，滈池是一位水神的名字，怎么可能？正恍惚着，这人又说："今年祖龙死。"使者惊恐不已，再看那人，突然就不见了。使者惴惴不安来到宫中，向嬴政汇报了此事。嬴政沉默片刻，笑笑道："这山神，也不过只能预测一年的事。"再看那块玉璧，便有些惊讶：这不是八年前出巡渡江时掉到江中的那块玉璧吗！当时，派人下江打捞，不但没捞出来，连人也没能上来。如今，这块玉璧怎么到了山鬼手里，并且还让人交给水神？这件怪事出现不久，也就是几个月的时间。今年年初，有人禀报，说东郡，也就是现今河南省濮阳市一带，从天而降一块巨石，上写"始皇死而地分"字样，嬴政立即派出御史前去查看，果然如此。御史回来如实汇报，嬴政大怒，派军队将巨石附近的居民全部杀掉，将巨石焚烧成灰，以防谶语泄露外传。

冥冥之中，真的有"仙人"和"神灵"。看来，今年似乎真的是有一场"生死劫"。

这次外出巡游，也有躲灾避凶之意。每到一处，嬴政都要祈祷神灵，立碑存志。

但没有料到的是，几天前，也有"大喜事"降临。

在琅琊（今山东省青岛市东南一带），嬴政意外遇到了徐福。

徐福被嬴政赏识、信任，是从九年前就开始的。那是嬴政的第二次出巡，大队人马簇拥着嬴政在泰山封禅刻石之后，又赴渤海湾，登上了芝罘岛。这时，嬴政往东眺望，云海之间突然浮现出时隐时现的山川和人物，而且场面宏大，蔚为壮观。嬴政又惊又喜，问："海面的云端上出现这些奇妙的场景和活灵活现的人物，是怎么回事，这是哪里的仙境啊？"本来这是海市蜃楼，属于自然现象，但身边的方士们为了逢迎嬴政一直期盼长生不老的心理，便说这就是传说中的海上仙境，世外桃源，人间天堂。这时候，曾跟随鬼谷子学习辟谷、气功、修仙、武术的方士徐福，近前对嬴政说："陛下，这东海之上，有三座仙山，分别叫蓬莱、方丈、瀛洲。上面有仙人居住，找到他们，可以得到长生不老的仙药。"嬴政心花怒放，对徐福道："好，那你去给朕取来仙药。"徐福说："仙人的药不是随便就能给的，需要供奉，尤其是要献上一批童男童女。"嬴政按徐福的要求，下旨从西南夷的少数民族部落里选来数千名童男童女随徐福出海。嬴政求药心切，便住在芝罘等待徐福从仙山上带药回来。不久，徐福从海上回来了，但什么也没有带来。嬴政大怒，但徐福却解释道："我在仙山上见到海神了，把礼物全部送给了他，可他嫌弃礼物太少，说什么也不给我仙药，所以……"嬴政一惊，皱着眉头问："送多少礼物才肯献出仙药呢?"徐福想想说："除了金银珠宝，童男童女要增加到三倍，神仙还说，要在仙山上种庄稼，这些庄稼，还要有人管理，那意思，是既要送去种子，还要有技术人员……"嬴政深信不疑，于是，下令增派童男童女三千及工匠、技师、谷物种子，令徐福再度出海。嬴政继续留了下来，等着徐福带回仙药，但这次一直等候了三个月，仍不见徐福返回，且其踪影全无。因此嬴政只好闷闷不乐地结束了这次巡游回到了咸阳。其后几年中，秦始皇又派燕人卢生等入海寻求仙药，也是一无所获……

　　这次，确切地说是五天前。在琅琊，徐福听说始皇来这里巡游，主动来找嬴政请罪，一见面就匍匐在地："请陛下开恩，小人徐福有罪!"嬴政忍着性子说："这一晃九年了，在芝罘时，你两次入海，你提出的条件，朕都答应了，说是一定能取回仙药。可朕不但没见到仙药，连你人也不见了。你是不是在欺骗朕啊?该当何罪!"徐福磕头如同捣蒜道："小人着实有难言之隐，一直不敢面陈陛下。这不，听说陛下到此巡察，小人主动前来，冒死觐见陛下，请陛下听小人解释。"嬴政想了想，徐福所言也对。前几年，他还差人不断打听徐福的消息，但又几年过去了，他几乎把这事件忘记了，这次来琅琊，并没有传召徐福，他的确是主动前来请罪的。于是，就问："有什么难言之隐？你说来朕听听。"徐福说："那年我带着人马去蓬莱仙山，在海上遇到了一条大鲛鱼，阻挡我们上岛去寻求仙药。我们与大鲛鱼搏斗，死伤大半，船队全部覆灭，我是抱着一块木板逃回来的。当晚，神仙托梦给我，说要登山取得仙药，必须把鲛鱼射死，而一般凡人是不能将鲛鱼射死的，只有至高无上和英明威武的陛下才能够做到……"徐福本来是编造了一番谎话，以搪塞这些年来因航海所消耗的巨大人力物力，没能取来仙药会遭来的杀身之祸甚至满门抄斩。但碰巧的是，就在昨天夜里，嬴政恰恰做了一个与大鱼搏斗的噩梦，梦见这条鱼变成人群与他打仗。嬴政惊醒后，唤来随行的占卜师解梦。占卜师说："这大鱼是水中之神，如果能将其诛杀灭死，陛下一定能得到长生不老药。"昨天这个梦，怎么与刚才徐福说的海中大鲛鱼一定由自己射杀不谋而合呢？嬴政惊喜不已，连忙问徐福："徐方士，那下一步该怎么做？"徐福见自己的谎言生效了，振振有词道："请陛下派出弓箭手，与我一同前往蓬莱。当然，陛下也要据弓在身，遇到鲛鱼，陛下先弩射之，余下万箭齐发。待鱼阵破后，尔等舰船破浪而行，定能抵达仙山神岛，取回仙药，确保陛下龙体长生不老，万寿无疆，大秦帝国的江山千秋万代，永世流芳！"经过几天的准备，嬴政在徐福的引领下，率领随行的近臣和侍卫及兵卒，乘船由琅琊启程，航行数十里，经过荣成山，再前行到芝罘时，果然看见前方的海面突然翻腾出了一片巨大的浪化。片刻之后，浪花渐渐平息，一条长有数米的黛黑色鱼脊鳞浮出了海面。"陛下，就是这条大鲛鱼！"看来，这一切都是真的，都是应该应验的。嬴政兴奋不已，令龙船靠前，随行的船队紧随其后。快接近大鲛鱼时，嬴政迅速执弩，将箭矢装于"臂"上的箭槽内，俯首通过"望山"瞄准，扳动"悬刀"使"牙"下缩，箭在弦上"嗖"一声脱钩，正中鱼脊背的中部。"陛下威武！放矢！"船上有人喊了一声，旋即，舰队的侍卫和兵卒连弩齐射，箭矢齐发，雨点般刺向目标。中箭的大鲛鱼脊梁剧烈抖动几下，突然腾空跳跃起来，翻个身，然后从半空中快速垂落到海面上，之后就淹没于海水之中了，溅起的水浪，把一排大大小小的船只冲得剧烈飘摇着。"鲛鱼已破，陛下万岁万岁万万岁……"一切的预言和梦境，都在现实中真实呈现，不用多说了。徐福要什么，嬴政给什么。徐福准备停当，开始了他第三次东渡。嬴政高兴地说："朕在咸阳等你的仙药。"

《史记·秦始皇本纪》记载："南登琅邪，大乐之，留三月。"说的就是这一段经历。

从琅琊返程的这一路上，嬴政很兴奋，至芝罘取道临淄上了"东方道"一路向西，当行至平原津时，就突然病倒了。当他意识清醒之后，首先想到的是，让蒙毅代他再赴会稽祷告山川祈求神灵的保佑，那里有先帝大禹陵。祷告山川，再待徐福取回仙药，什么事都不会有的……

蒙毅见嬴政病得如此严重，抬头顿了顿，问："遵命，现在就去吗？"

因为，现在已经是子夜时分了。

嬴政有气无力道："即刻启程，朕在咸阳等你。"

于是，蒙毅带着两名随从，连夜驾车奔赴会稽去了。这里离今浙江绍兴东南一带的会稽，有一千多公里路程，疾马快车、昼夜不停也要四五天的时间。蒙毅这一走，是与嬴政的永别，也从此改写了大秦帝国的历史。

三

嬴政在平原津行宫突然患的病非常奇怪，一会儿昏迷，一会儿疯癫，咳嗽、流泪、气短，采取各种办法医治，没有任何好转，一天比一天严重。

自去年十一月出巡以来，如今已经九个多月了。这是始皇嬴政的第五次巡游，除车辆仪仗骑兵步卒后勤保障之外，还带领了近臣左丞相李斯，中车府令兼行符玺令事——也就是掌管车舆马匹和皇帝官印"符"和"玺"的宦官赵高，还有最小的儿子时年十九岁的胡亥。在咸阳朝中留守的，则是右丞相冯去疾，当然，中央办公厅主任蒙毅是必须跟随的，而且和嬴政一同坐在銮舆里。这支豪华排场的队伍从咸阳出武关，一路南下，沿汉水流域到达湖北的云梦山、湖南南部的九嶷山，然后顺长江而下，到了江苏、浙江的一些地方诸如虎丘山、会稽山等地，之后从镇江附近上船至长江口，沿海北上，到达了山东的琅琊、荣成山、芝罘。这一路尽管有各地官员高接远送，大队人马和大小臣子伺候，但嬴政还是感觉到了疲劳。

"朕是不是岁数大了？"有一次，嬴政皱着眉头问李斯。

李斯笑笑道："没有。陛下，常言说，有志不在年高，无志空活百年。再说，陛下身躯凛凛，骨健筋强，相貌堂堂，气宇轩昂，有万夫难敌之威风，话音铿锵，有气吞山河之壮志。您一定会长命百岁的。"

嬴政叹口气问："李斯，你跟朕多年了，你怎么看朕？"

李斯不假思索道："您是千古一帝，陛下，您会名垂青史的。"

"噢！你给朕说说看。"

李斯习惯性捋捋胡须，慢条斯理地娓娓道来："陛下，秦国历经六代帝王。当时，七国割据，争地以战，杀人盈野；争城以战，杀人盈城。建立大一统的中国，是秦国历代国王的光荣与梦想，但谁也没能实现，是陛下您吞并了东周和西周，灭亡了诸侯，雄霸天下，完成了先辈的统一大业。您的功德至高至伟，流芳四海。平定六国以后，陛下把诸侯国的首都变成了郡县的城邑，还废除了那些由天子分封的侯卫，重新任命了新的郡守和县令，实行了中央集权制，从此天下太平，安居乐业。秦国占据着天下的险要之处，把首都设在天下的上游咸阳，牢牢控制着全国。统一之前，北方的骏马、猎狗，南方的鸟羽、象牙，东方的鱼盐、纺织品，西方的皮毛都在中原流通，但在诸侯割据的情况下，各国度量衡货币不一样，给商品交换带来不便。加之各地关卡林立、赋税繁多，还有官吏种种的敲诈勒索，更是对商业活动造成极大的危害。于是，统一度量衡货币包括文字和道路，都使大秦帝国的政治、经济、社会和文化得到了迅速的发展。举个例子说，一个'马'字，七国有七个写法，赵国写出来让楚国人看，居然不认识，可见统一文字之重要。陛下还礼贤下士，平易近人，喜欢接触不同阶层的各界人士，倾听他们的意见。顿弱的'不拜而见'的要求，您答应了，您还召见了巴郡一名叫清的寡妇，还为她筑了一座纪念碑'怀清台'，表彰她的'贞节'。陛下扩疆拓土，修筑灵渠，沟通水系。大秦南征百越，在那里设立了桂林郡和象郡。百越各国的君王都心甘情愿给陛下当手下的官吏。陛下北击匈奴，派蒙恬和您的长子扶苏在北疆修长城，筑建国家的屏障，把匈奴向北赶出了七百多里。从此，胡人不敢南下牧马，也不敢向秦地射箭或者抱怨什么……所有的这一切，陛下都是在不到二十年的时间里完成的，可谓翻天覆地，史无前例。陛下，您的伟大、非凡，您的高瞻远瞩、雄才大略，您的叱咤风云、力挽狂澜，将与日月同辉、大地共荣……"

"嗯，知君者还是丞相啊！可是……"嬴政欣慰地点点头，继而垂下眼帘道，"有人骂朕是暴君，是个独裁者，抱怨朕焚书、坑儒，说修长城、寝陵、阿房宫是劳民伤财……"

李斯不屑道："这都是为臣的建议，陛下是执行者。秦国刚刚取得天下以后，各地儒生夸夸其谈，妖言惑众，不满统一，迷恋奴隶时代，反对我们进入封建社会，他们借古讽今，顽固不化，鼓吹复辟，妄想让大秦帝国倒退到民不聊生的战乱时代。陛下，三年前，在咸阳宫举行的那场宫廷大宴上，您也听到了，那位博士淳于越简直是一派胡言。在全国，像他这样坐而论道，严重脱离现实的儒生有很多，并且形成了一股势力。他们不师今而学古，道古以害今，如不加以禁止，秦国统一可能遭到破坏。为了别黑白而定一尊，树立君权的绝对权威，思想必须统一，行动必须一致，不能有别的声音，不然就会天下大乱，我这才向陛下提出焚毁古书的三条建议。但臣的建议中，保留《秦纪》、医药、卜筮、农家经典、诸子和其他历史古籍，并不是都要烧毁啊……"

嬴政面呈喜色，感慨地说："丞相说的极是，思想舆论对一个国家的统治最为重要，特别像秦朝这样刚刚统一的大国，开天辟地的事，主张太多言论太杂，是个会团结和谐步调一致的。那些儒家著作因循守旧，全是陈词滥调，糟粕秕糠。尊法反儒，势在必行，这关系到举什么旗、走什么路的大是大非问题，朕一点都不糊涂。没有独裁，就没有稳定，就没有统一的意志，像秦国这么大的国家，没有权威怎么能万众一心？为了大秦帝国的千秋社稷，朕不怕留下这个千古罪名！"

李斯气愤地说："所谓坑儒这件事，陛下杀的并不是儒生，而是方士，世间所说的完全是以讹传讹。像侯生、卢生这些人，是方术之人，是占卜或巫术者，都是骗子。他们不但没能为陛下找来长生不老药，还诽谤辱骂陛下，实在是可恶，坑之不足以解恨。"

嬴政沉吟片刻，眯着眼睛道："长生不老的仙药是有的，朕对此深信不疑。你看，徐福所说的大鲛鱼挡道，果然就有这条鲛鱼，而朕前一天晚上做梦，也梦到与大鱼交战。而今朕一举射杀这条大鱼，打开取仙药之道，一切都在于上天的安排和神灵的保佑。那侯生和卢生等一帮四百六十人不学无术，为人无道，欺骗有方，理应得到严惩。朕这次出巡最大的收获，就是再次见到了徐福，最高兴的事，就是他第三次出海为朕求取仙药。可是，这一路下来，朕也感到了十分疲劳，不如前四次那样精力旺盛了……"

李斯拱拱手说："路程赶得有点紧了，天气又这么炎热，到了平原津行宫，可多休息几日。东方道坦荡宽敞，距咸阳也不太远了，臣传旨下去，车队可缓慢一些。陛下，卑臣告退，您好生歇息。"

本来想在平原津多逗留几天，但嬴政突然病倒后，意识不清，难以理事。李斯、赵高和胡亥经过紧急磋商，决定立即起驾，快速回宫。

车队还在驰道上停着，郑太医问赶车的驭手"六指"："前面怎么还不走啊？"

"六指"是专为嬴政驾驭銮舆的职业步辇手，双手都是六个指头，所以大家都叫他"六指"。

"前面好像有一群小孩……"六指手搭凉棚，迎着渐渐西斜的、十分刺眼的太阳向前眺望，"我看见丞相和中车府令大人了，正朝这边走来。"

他说的丞相是李斯，中车府令大人是赵高。

郑太医问："前面好像有一个村庄，是什么地方啊？"

六指说："九年前，咱和陛下从这条道上走过，但时间长了，具体记不清了，但凭印象和从平原津出来所行进的路程上判断，差不多快到沙丘宫了……"

"啊！"郑太医一惊，"我从不记路，真的快到属于过去赵国的属地，现巨鹿郡的沙丘平台了吗？"

"应该是，但不确切……"

这时，贴身宦官吴必前来禀报，说丞相李斯和中车府令赵高要求觐见陛下。

李斯和赵高进入銮驾内，见嬴政在睡觉，他们简单向郑太医问询了一下这一路上嬴政的情况之后，跪拜在床榻前轻轻呼唤着"陛下"。

嬴政睁开了眼睛。

李斯说："陛下，是不是要驻跸歇息一下。"

"到了什么地方？"

"再行不足二十里，就是沙丘宫了。"

"噢……沙丘……"嬴政呻吟一声，咳嗽了起来，挣扎着往起坐。

赵高上前扶住嬴政，吴必则轻轻摩挲他的后背："陛下，沙丘的行宫早已收拾妥当，当地郡守县令等都在那里迎候多时了。"

郑太医端过来一盅水，嬴政喝一口，精神好了许多，怔了怔道："沙丘？可是商纣王的那个被世人称作酒池肉林的行苑，还有赵武灵王被儿子囚困在这里活活饿死的地方？"

"是的。"李斯在一旁说，"之后赵国势力大衰，终被我大秦所灭。如今，那里修葺一新，地方官员亲自建设行宫，已达半年之久，所有设施一应俱全。周边是大陆泽水系，绿茵如盖，鸟语花香。陛下可在这里静养一下。"

嬴政耷拉着眼皮，默不作声。少顷，睁开眼看看李斯和赵高，问："朕在平原津拟出的诏书，派人送走了没有？"

李斯示意赵高回话。

赵高迟疑片刻道："陛下，还没来得及送出……"

"为何？"嬴政有些生气。

"陛下，这是昨晚的事，当时想让蒙毅前往，他是最合适的人选了，可陛下让他连夜去了会稽，微臣一时没有……"

"即刻发出！"嬴政出口长气，看看李斯，歪歪身子躺到了床榻上，"丞相负责监督这件事，再有延迟，朕拿……拿……你是问！"

李斯拱手道："陛下放心，马上安排。"

嬴政问："这里距沙丘宫还有多远？"

赵高道："还要过一个驿亭，十几里地吧。"

嬴政咳嗽几声，有气无力地说："切记，不得驻跸沙丘，且要绕道而行。"

这里距沙丘行宫约十五里。

沙丘是一个古地名，位于今河北省邢台市广宗县境内西北大平台乡大平台村的村南，老漳河西岸，紧邻大陆泽。大陆泽由华北平原的黄河和海河众多河流水系冲积填造而成。在亿万年时间里，这里形成了大大小小的平原湖泊，大陆泽就是其中最大的一个。这里广袤百里，众水所汇，波澜壮阔，一些高处的沙堆积垒成丘，故古名沙丘。再因在一块平缓之地沙台上建有行宫主殿，又称之为沙丘平台。商代时期，商纣王在沙丘大兴土木，建有离宫别馆，高筑苑台，放置了各种奇珍异兽。还用酒装满池子，把肉挂在树林里，叫做酒池肉林，让赤身裸体的男女互相追逐嬉戏，还令乐师作淫声伴奏，狂歌滥饮，通宵达旦取乐。他的同族人比干劝谏他，将比干杀害，还残忍地将比干的心挖了出来。这就是"酒池肉林"成语的由来。战国时期，沙丘为赵国属地，赵王又在这里设离宫。公元前298年，雄才大略、推行"胡服骑射"强军富国的武灵王赵雍传位于次子赵何，即赵惠文王，自号为主父。四年后，赵主父离都城邯郸，北游沙丘。他的长子赵章企图谋杀弟弟惠文王赵何夺取王位，兴兵作乱，兵败后逃到主父赵雍所住的沙丘宫。惠文王派公子成和李兑率兵包围沙丘宫，杀死哥哥赵章，然后把父亲赵雍围在里面。为避讳被世人唾骂"杀父"的罪名，赵何采取"以围代诛"的方式，不给父亲送食，生生将年仅四十五岁的赵武灵王饿死在了宫中……

现在，病入膏肓的嬴政，意识一会儿清楚，一会儿糊涂，当听说快到沙丘宫时，怎能在这样一个"不祥之地"驻跸呢？不但不能停留，而且要绕道过去，但驰道，就在沙丘平台的西边，是回京都咸阳的必经之路。

刚才的车队突然停滞不前，是因为前面有一群儿童在路上玩耍阻挡住了。

按说，嬴政出巡的车队每经一处，提前会有侍卫和兵卒配合当地郡县乡里"探路""护路"，路上和两旁庄稼地那高深的青纱帐里是不会有人碍道或者藏匿的。但是，不知突然从哪里跑来一群顽童，大约有十几个，五六岁的样子，在驰道上用沙土堆垒着一个个房屋造型的"沙器"玩耍，开道车和仪仗只得停下来前去

"清道"。不料，这帮孩子置之不理，继续兴致勃勃地玩着，将垒好的沙器造型一个个击打得粉碎，然后再垒，再打碎。

这时，胡亥从车队里走过来，见状挥着长剑冲这帮孩子怒斥道："哪里来的愚童，快快闪开！"

孩子们齐声呼喊："来沙丘……打沙丘……毁沙丘……"

胡亥大怒，令侍卫杀掉这些孩子。但剑刺到哪个孩子跟前，这孩子就突然消失了，直到全部无影无踪……

胡亥和众人正恍惚时，李斯和赵高过来了，得知情况后，也很惊讶，既然这帮孩子离去了，就命令车队继续前行，但奇怪的是，带队车舆的两匹大马嘶鸣着腾空跳起，就是不肯前行。

据报，再向西南行进十几里，就是沙丘平台了。

李斯根据刚才路上发生的蹊跷事，嘱胡亥在这里稍作休整，自己和赵高前去拜见皇上。

自嬴政在平原津病倒后，为了保密，免得皇上的病讯外传，将原先侍奉他的宫女全部遣散。銮舆内，自蒙毅走后，只留郑太医一人照料，宦官吴必在旁边的车轿里，需要了才前来传递膳食和奏章……

四

车队又开始前行了，炎热的太阳硕大而浑圆，渐渐朝西边的太行山里滑落，一团游移过来的云彩，遮挡住了一部分日光，边缘之处霞光四射，红彤彤映染着天际。

突然，排空传来了一阵歌谣，一遍一遍锐声地朗朗诵读，如泣如诉，余音袅袅，似乎是天籁之音。起初，大家听不清楚吟唱的是什么，也不知道声音是从哪里发出来的。后来才发现，歌声是从驰道东侧幽深的高粱地里发出的："秦始皇，何强梁。开吾户，据吾床。饮吾酒，唾吾浆。飧吾饭，以为粮。张吾弓，射东墙。前至沙丘当灭亡。"

"什么人唱歌？"嬴政突然坐了起来。

童谣声又骤然荡起，如同一阵阵脆响的银铃，清晰地传入銮舆内。

郑太医听得真真切切，但他不敢说："陛下，没人唱歌，可能是起风了。"

嬴政突然瞪大眼睛，颤抖着一只手朝上指指，想说什么但没有说出来，身体一歪，颓然倒下去断了气……

"陛下……陛下……"郑太医惊叫着，抱住嬴政泪如雨下，"六指，皇上驾崩了……快……快停车！"

銮舆停下以后，后面的车舆以为皇上有旨意吩咐，宦官吴必乘机带着两名宫女前来给嬴政送点心和水果，一掀銮舆的后帘门，看见郑太医跪在嬴政床榻前哭泣，吓得惊叫了一声……

嬴政死了。

车队全部停了下来，距沙丘平台三里多。再行半里地，是一个岔路口，南行，是隐翳于树林和亭榭之间的行宫；往西，则是过巨鹿郡穿过信都，也就是今邢台市朝西南经三门峡过函谷关直接赶往咸阳。原本，车队遵照嬴政的旨意，不但不能在沙丘平台行宫驻跸，还必须绕道而行。

现在，始皇嬴政突然驾崩在出巡的途中，身为左丞相的李斯，成为此次出巡队伍里最高的官员。怎么办？李斯必须当机立断。

昨晚，在平原津时，打发蒙毅去会稽后，嬴政趁病情相对稳定之时，传来李斯和赵高，口授诏书，其实也就是遗诏，让赵高记录，是写给长子扶苏的，书曰："以兵属蒙恬，与丧会咸阳而葬。"如今，三十一岁的扶苏正在上郡（今陕西省最北部榆林市一带），做蒙恬将军的监军。扶苏是两年前因不满父亲嬴政的"焚书""坑儒"，几次上书父亲劝谏他对读书人要宽怀慈悲，从而触怒嬴政，才被"发配"到边疆，去监督蒙恬的几十万大军抵御匈奴并协助他修筑长城的。其实，在嬴政心目中，长子扶苏是他众多皇子中最中意的一个，从表面上看，是他把扶苏赶出了京都长安，但实际上，是让扶苏去艰苦地区锻炼一番，并向蒙恬学习带兵打仗，是为日后继位"镀金"的。这不，嬴政感到自己将要绝于人世了，便传下遗诏让扶苏把军队交给蒙恬，前来咸阳主持他的丧葬，实际上也就是让扶苏继承皇位。遗诏拟好后，由赵高盖上玉玺并密封。派谁去上郡送诏书？当然是蒙毅最为合适，但蒙毅被嬴政所使，已连夜去会稽了，所以也就暂时搁置了下来。嬴政没断气前，叮嘱李斯即刻将诏书送出，可还没来得及和赵高选定去上郡送诏书的"使差"，嬴政就驾崩了。

在銮舆上，嬴政的尸体用单子蒙了起来，李斯、赵高、郑太医、宦官吴必，还有这次护驾的总领徐将军，按礼制跪拜过皇上的遗体之后，神色沮丧，垂着脑袋，一时不知道说什么，下一步该怎么办……

徐将军搓搓双手道："天快黑了，不能总这样停着。这样停滞不前，会引起整个车队的猜忌或者……"

赵高眨眨眼睛对李斯说："丞相大人，马上就到沙丘了，咱到那里再从长计议吧。"

李斯沉吟片刻道："皇上有旨意，不让驻跸沙丘，还要绕道而行……"

"可皇上现在不能说话了，不能管事了，您是丞相，如今，是大人您说了算，应履行监国之职啊！"

"为臣者，不能违背皇上的旨意。"

赵高想了想说："可往下怎么办呢？您说，皇上驾崩的消息发布不？"

"不能，万万不能！"李斯态度坚定地说，"这会天下大乱的……"

赵高皱紧眉头道："回咸阳还要好几天才能到达，这一路上，文武百官要觐见皇上，有奏章要呈送皇上，还有皇上的日常起居等等，如果大家一直见不到皇上，我们该如何处置？还有，这么热的天气，皇上的龙体是会腐烂的啊！"

"这……"因为嬴政突然病逝在出巡的半道上，一切都来不及处理，李斯也没有过多考虑。从前，包括这一路上的大事小事，他都是听嬴政的，嬴政说什么，他就执行什么，作为丞相，他早已习惯了以嬴政为中心。但是，从现在开始，以后的行程，包括扶苏的继位、皇上的安葬，甚至说天下大事，特别是帝国的命运，都要由他这个丞相来暂时决策了，所以他思忖片刻道："这需要我们仔细商议，但暂时封锁消息，密不发丧。"

"要不要把消息告诉胡亥公子？"

"暂时不要，等我们将诸多事宜商定之后，再告诉他。"

赵高焦急地说："李大人，要赶快有个决断啊！我建议，就在沙丘半台驻留吧，好把诸多事宜定夺下来。"

李斯想了想，说："好吧，看来只能如此了。你传旨下去，皇上要在沙丘驻跸。"

"遵旨！"赵高应声，继而问，"到沙丘后，紧急磋商都需要什么人参加？"

李斯稍加思索道："现在知道皇上驾崩的，只有驭手六指、郑太医、徐将军、吴内官，还有你和我，再加到沙丘后告知胡亥公子，别的一律不得知晓。议事的时候，你和公子，我们三人即可。"

接着，在舆车上，李斯又神色凝重地叮嘱六指、郑太医、吴必和徐将军，绝不可将皇上的死讯泄露给任何人。

这时，郑太医说："有两名宫女，随吴大人从后边的膳食车里给皇上送来糕点时，正遇到皇上断气……"

"噢！"赵高一惊，望定吴必问，"她们看到了？"

"是的。"吴必惊慌地点点头，"当时我让她们来给皇上送点水果和糕点，没想到……"

"这可使不得！"赵高看着李斯，有点不知所措，"大人，怎么办？"

李斯道："此事交给徐将军去办吧。"

赵高转头对徐将军道："赶快，不得留有活口！以后若有得知、猜忌或者疑传者，一律格杀勿论！"

徐将军应道："遵命！"

"即刻秘密去办，不得惊扰车队中任何人。"

五

庞大豪华的车队缓缓驶入沙丘行宫。

按照往常的程序，随行的兵卒在四周安营扎寨进行警戒，守候在这里的地方郡县及乡里官员，被赵高和吴必一律拒之殿外，称皇上一路劳顿，今晚不接见任何人。嬴政的尸体，就密封在行宫院内的辒辌车里。下榻的大殿后室，依然灯火通明。有宫女送来膳食，由宦官吴必在门前接下，然后端到室内，有奏章报来，也是吴必接下。平时在路途的行宫驻留时，亦是这样的起居程序，纯属正常。

一切都在有条不紊、风平浪静地进行着，大家各司其职。

高大雄壮、巍峨绵延的太行山脉，此刻收尽了太阳的最后一点余晖，天空变得昏暗而沉重，大地朦胧，旷野阒静。行宫四周的树木和花草在微风中轻轻摇曳，殿厅楼阁亭台的旌旗，在橘黄色灯笼的映射下，如同硕大的花蝴蝶翩跹起舞。

用过饭之后，天完全黑了下来。

遵照李斯的安排，为应对皇上嬴政出巡途中突然病逝于千里之外的巨鹿郡沙丘平台的突发事件，由此次陪同嬴政出巡的重要随员——左丞相李斯、中车府令兼行符玺令事赵高、嬴政第十八子胡亥——共同秘密商议对策，迅速处理嬴政出巡途中因病驾崩的突发事件。

在远离京都的沙丘宫，"三人密议"，决定着大秦帝国的前途与命运。

"密议"的时间，定在晚上戌时正点，也就是现在的夜晚八点，地点是沙丘行宫主殿左侧厢房李斯下榻处的一间侧室内。

主持人为李斯。

秘密会议正式开始前，赵高前去拜见胡亥，将其父皇驾崩的消息告诉了他。

胡亥大惊，呼喊着父皇跪伏在地上号啕大哭起来。

赵高上前拉住胡亥并捂住了他的嘴："公子，节哀节哀，万万不可声张，此事事关重大，皇上驾崩的消息还在严密封锁着。"

胡亥止住哭泣，眼泪汪汪地说："师傅，天塌了啊！这可该怎么办?"

赵高本是秦国宗室远亲,后来,他的父亲因为犯罪被施刑,其母受到牵连沦为奴婢,因此,赵高弟兄数人世世都是卑贱之人。后来,赵高发愤读书,入宫当了一名内官厮役,为人勤奋,能言善辩,又精通法律,得到了秦始皇嬴政的赏识和信任,便提拔他为中车府令兼掌管皇帝车舆的官员,成为嬴政身边最亲近的人,同时,嬴政还让赵高教导自己最小的儿子胡亥学习法律和判案断狱。胡亥很尊敬赵高,张口闭口称他为师傅,两人关系极其亲密。

赵高劝慰胡亥一番之后,叹口气道:"皇上在平原津患病后,拟有一份密诏,你知道是怎么说的吗?"

胡亥说:"不知道。"

"诏书是我记录并封包的,现在还在我这里保存着。"

"噢!"胡亥拭拭泪眼,抬头望着赵高问,"父皇的遗诏,是要交给谁的?"

"大公子扶苏。"

"这样啊……"胡亥耷拉下眼皮,沉吟片刻道,"师傅,那为何还不送出呢?"

"一是事情紧急,昨晚才拟定的,一时没能想好派谁去上郡送达……"赵高转转眼珠,望着胡亥说,"二是,送出之前,臣下想征求一下公子的意见。"

胡亥嗫嚅道:"我能有什么意见,一切都要遵从父皇的旨意。"

赵高意味深长地说:"皇上的遗诏是让你哥哥到咸阳主持他的葬礼,显然是要你哥哥扶苏继位,你身为皇上最宠爱的儿子,难道就没有一点儿想法……"

"没有,我能有什么想法?听从父皇的安排吧。"时年才十九岁的胡亥，实在是还没有那么多心计。

赵高摇摇头，苦笑道："如今皇上突然去世，之前没有下诏封其他儿子为王，只赐给在上郡做监军的长子扶苏一封书简。这扶苏一到，就会即位为皇上，而同样作为皇子的你，却得不到一寸封地啊，该怎么办呢？你难道就无动于衷吗？"

胡亥平静地说："师傅，事情好像本来就应该如此吧。我以为，英明的君主了解自己的臣下，英明的父亲了解自己的儿子。父亲不封其他儿子为王，自有他的道理，对此我无话可说啊……"

"但现在事情并不是这样，诏书没有发出，皇上驾崩，再不能发号施令了。当今大秦帝国的大权，其实就掌握在公子你、我，还有丞相李斯的手里了。这是千载难逢的机会，也是上天的赐予。公子，我希望你慎重考虑，莫失良机。"

"噢？师傅的意思是……"胡亥抬起头来，看看赵高，摇着头说，"不可，不可，都是兄弟，谁继承皇位都是一样的。"

赵高焦急地说："怎么能一样呢？让别人当自己的臣下与当别人的臣下，控制别人与被别人控制，听从别人差遣与自己发号施令，怎能一样呢？你一旦继位，你就会坐拥天下，一呼百应，就会拥有享受不尽的权力和威严，君和臣的那种滋味和感觉，怎么能一样呢？"

胡亥想了想，皱紧眉头说："废长兄而立幼弟是不义，不遵奉父皇诏令而贪生怕死是不孝，自己没有能力而倚仗他人取得成功是无能。这三条都是违背伦理和道德的，天下人不会服从，自己的皇位也坐不稳，一旦江山被颠覆，宗庙也将没有人去祭祀供奉了。"

"公子，此言并非如此。"赵高继续劝说胡亥道，"史书上说，商汤王、周武王杀死他的君主，天下称为正义的行动，不算不忠。卫君杀死他的父亲，卫国认为是维护道德的行为，不算不孝。孔子在《春秋》中就记载了这些事，是给予褒扬的。干大事不必谨小慎微，行大德无须推辞谦让。如果只顾及细枝末节就会忘记当务之急，事后必然会有祸患；如果瞻前顾后、犹豫不决，以后必然会后悔。当机立断，敢作敢当，顺势而为，连鬼神都要回避，最后也必能成功，希望你抓住机会。我这里没说的，会全力支持你，李斯丞相那里，你必须亲自去表达你的意愿，当然，我也会去他那里为你游说为你争取。"

"可是……"胡亥有点动摇了，但依然犹豫和彷徨，"父皇刚刚去世，丧事还没有办理，怎么能在这个时候去说这件事干扰丞相呢？"

赵高毅然道："机不可失，时不再来，当断不断，必受其乱。公子，必须当机立断，不然，恐怕会错失良机。"

"原来是这样，这……这……不是不道吗……"胡亥望着赵高沉吟片刻，闪烁着眼睛道，"那好吧，我听师傅的。"

赵高高兴地说："好，我这就去找李丞相谋划此事。"

从胡亥住所出来，赵高径直来到李斯下榻的厢房，简单寒暄之后，直截了当道："李大人，皇上去世前，赐给扶苏遗诏，让他继承皇位，命他回咸阳主持办理丧事。可遗诏还没有发出去，皇上就驾崩了。遗诏的内容，目前除了你我，没有人知道。皇上赐给扶苏的遗诏以及符节印章都在我这里，因此，确定太子的事或者说继位的事，就在于大人和我怎么说了，如何定夺了。"

李斯闻声皱起眉头，警觉地问："你这话什么意思？我没有听懂……"

"如今，是你和我，在决定着大秦帝国的命运，也可以说，也决定着我们自己的命运，何去何从，我是来请教大人，跟大人商议的。"

"商议？"李斯捋捋胡须，颦蹙双眉，歪着头瞥赵高一眼，淡淡道，"还用商议吗？皇上的诏书写得明明白白。现在的问题，是赶快派使差送抵大公子扶苏。一会儿我们和胡亥公子磋商往后的事宜，我还要谈及此事，你赶快安排送书的人选即是。"

赵高笑了笑说："你愿意让扶苏继位吗？难道，我们就不能篡改了遗诏？"

李斯拍案而起，怒斥赵高道："住口！简直是一派胡言！你身为皇上的宠臣，怎么能说出这样大逆不道颠覆社稷的话呢？这可不是我们做臣子的应该说的话啊！"

"大人，您请息怒，听我说嘛……"赵高不动声色道，"大公子扶苏是蒙恬将军的监军，关系亲密，他们在边关上郡拥有三十万重兵，一旦扶苏继位成为秦二世，蒙恬必然得势受到重用，那你的结局会是怎么样的，大人你仔细想过没有？"

"我是左丞相，一人之下，万人之上，会怎么样？"

赵高反问李斯："您自己觉得你与蒙恬相比，谁的能力强？谁的功劳大？谁的谋略深而没有失误？谁不被天下人怨恨？谁与扶苏的交情近而且会得到其信任？"

李斯想了想说："如果从这几个方面讲，我都比不上蒙恬，可这又能怎么样呢？"

赵高郑重地说："我进入宫廷已经二十多年了，从来还没有见过被秦王重用的丞相功臣，能在第二代继续接受封赏的，而且到了最后，他们都遭到了杀身之祸。如今，始皇有二十多个儿子，其长子扶苏的品性和为人，大人您是非常清楚的。他刚强坚毅而且武断，善于重用新人和人才，况且与始皇在一些问题上看法相左。他登上皇位后，必然改用蒙恬为丞相，因为他在上郡给蒙恬当监军，关系处得非常紧密。到了那个时候，蒙恬将您的丞相之位取而代之，不用多说，您的结局如何，就可想而知了。所以，我劝大人设身处地，在大秦帝国的继位问题上，还是多考虑考虑自己未来的结局和命运。"

李斯迷惑地看看赵高："让扶苏继位，是皇上的安排。你现在口出此言，非议大公子扶苏，是什么意思？"

赵高笑笑，道："大人，我个人觉得，胡亥承袭比较合适。我教授训练胡亥法律政务多年，从没有见过他出现什么过失。他为人慈善仁爱，忠实厚道，轻财重义，胸怀坦荡，不善言辞，恪守礼法而尊重知识，皇上的其他公子，可都比不上他啊！希望大人您考虑一下，把这件事情定夺下来……"

"还是一派胡言……"李斯怒斥赵高道，"你还是给我安守本分吧！我李斯遵奉皇帝诏令，听从上天的旨意，根本不会考虑你这荒唐且大逆不道的决定！"

赵高仰天大笑："呵呵，李大人，你的魄力哪里去了？你一贯奉行的识时务者为俊杰，此刻也丢在了脑后了吗？如今，你连自己面临的危险都认识不到，而且不能抓住时机把危难化为平安，这与平时被大家崇敬您的如此尊贵、如此睿智、如此无所不通的名声太不相符了，您现在优柔寡断、软弱无能、逆来顺受的样子，真是让人觉得太可笑了！"

李斯叹口气说："唉！我本是上蔡（今河南省上蔡县）乡下的一介平民，承蒙皇上信任和宠爱，提拔我为当朝丞相，封我为通侯，子孙也都得到了显赫的职位、丰厚的俸禄，并将国家存亡安危的重任托付给我。如今皇上驾崩，我怎么能辜负皇上对我一贯的信任、重托和期望呢？忠臣不能为了躲避死亡而苟且偷生，做人臣的一定要恪尽职守，守住自己的底线。你不要再说下去了，否则将会让我违犯禁律而获得大罪不得善终……"

赵高仍不甘心，继续动员道："古人说，英明的圣哲做事没有固定不变的办法，必须适应变化，顺势而为，看到细枝末节而能知道事物的本源，观察征兆动向而能知道事情的结果。当今天下的大权，实际上都掌握在胡亥手中，这从皇上带他出来巡游，足以证明了这一点，皇上是喜爱胡亥的。胡亥在内，扶苏在外，胡亥为上，扶苏为下，如果由内部控制外部，由上面控制下面，自然方便。一旦错过机会，上下内外的形势发生变化，再想反对扶苏，就变成了乱臣贼子。秋天草木凋零，春天万物生长，这是必然规律，客观形势足以决定人的行为和取舍，这些道理，大人你怎么还不理解呢？"

李斯皱紧眉头说："晋献公改立太子，结果三代不得安宁；齐桓公兄弟争夺王位，结果使公子纠身败名裂；商纣王杀死叔叔比干，不听劝谏，结果使首都化为废墟。这三人做事违背天道，让祖宗神庙都断了祭祀。我李斯还算得上一个明白事理的人，怎么能参与谋划这种违背天理的事情呢？不可，不可啊！"

"大人，我最后再说几句。"赵高站起身来，望定李斯道，"如果胡亥继位，就能与你同心合力，国家就可以长治久安；我赵高呢，也会与你团结一致，事情便能够无懈可击。您听从我的计划，就可以永久保持高官厚禄，世代荣华富贵，并能健康长寿。您要是放着这条路不走，不仅您得不到好的下场，而且会祸及您的子孙。欲加之罪，何患无辞！如果失去皇上的宠幸，就丢掉了保护伞，不但会失去尊严，还会失去权力，甚至还会丢了性命，如果那样实在让人寒心啊！聪明的人能够因祸得福，何去何从大人您看着办吧。看来，大人您所谓的'仓鼠生存'法则，也只是夸夸其谈，徒有虚名罢了！"

李斯直勾勾地看着赵高，心中微微一震，一时说不出话来了。

现今业已六十五岁的李斯，头发斑白，满脸皱纹，在那个时代，已经是进入人生的暮年了。他生于战国末年，刚步入社会时在楚国做过掌管文书的小吏。司马迁在《史记·李斯列传》中记载了这样一件事：有一次，他看到厕所里吃大便的老鼠，遇人或狗到厕所来，它们都赶快逃走；但在米仓里看到的老鼠，一只只吃得又大又肥，优哉游哉地在米堆中嬉戏交配，没有人或狗带来的威胁和惊恐。为此，李斯认为，同为老鼠，但是仓库里的老鼠又住大房子，又不用整天担惊受怕，多好！于是就得出"人之贤不肖，譬如鼠矣，在所自处耳"这样的人生感慨。人会有什么样的生活，全看自己处在什么样的环境之中，这种环境是要靠打拼换来的，因为仓鼠是经过刨洞才能进入到仓库里面。"人无所谓能干不能干，聪明才智本来就差不多，富贵与贫贱，全看自己是否能抓住机会和选择环境"成为李斯的人生信条和处世之道，即李斯的所谓"仓鼠理论"。"老鼠哲学"从此成为李斯的处世哲学，也是他脱离贫穷和困苦，依附权贵求得名利的最大动力。而当时年轻的李斯，正处在战国那个弱肉强食、人人争名逐利的混乱时代，李斯决心靠个人奋斗改变命运。为了达到出人头地、飞黄腾达的目的，他辞去楚国的小吏，到齐国求学，拜荀卿为师。荀卿是当时著名的儒学大师，他是打着孔子的旗号讲学的，但是，他不像孟子那样墨守成规，而是从当时的政治形势出发，对孔子的儒学进行了发挥和改造，因而很适合新兴地主阶级的需要。荀卿的思想很接近法家的主张，也是研究如何治理国家的学问，即所谓的"帝王之术"。李斯学完之后，反复思考应该到哪个地方才能显露才干，干出一番事业，得到荣华富贵呢？经过对各国情况的分析和比较，他认为楚王无所作为，其他各国也都在走下坡路，于是决定到秦国去。临行之前，荀卿问李斯为什么要到秦国去，李斯回答说："干事业都有一个时机问题，现在各国都在争雄，这正是建功立业，成名成家的好机会。秦国雄心勃勃，想奋力一统天下，到那里可以大干一场。人生在世，卑贱是最大的耻辱，穷困是莫大的悲哀。一个人总处于卑贱穷困的地位，那是会令人讥笑的。不爱名利，无所作为，并不是读书人的想法。所以，我要到秦国去。"李斯告别了老师，到秦国去实现自己的愿望了。在秦国，李斯得到当时的丞相吕不韦器重，这才有机会接近秦王嬴政并得到赏识，被提拔为长史，也就是丞相和将军幕府中的幕僚官。得到重用后，李斯以卓越的政治才能和远见，顺应历史发展的趋势，佐助秦王嬴政制定了吞并六国，实现统一的策略和部署，并努力组织实施。结果仅仅用了十年的时间，就先后灭了六国，于公元前221年建立了中国历史上第一个统一的、中央集权制的封建国家，第一次完成了统一大业。秦朝建立以后，李斯升任丞相。他继续辅佐秦始皇，在巩固秦朝政权，维护国家统一，促进经济和文化的发展等方面屡建奇功。他建议秦始皇废除了造成诸侯分裂割据、长期混战的分封制，实行郡县制。把全国分为三十六郡（后增加到四十一郡），郡下设县、乡，归中央直接统辖，官吏由中央任免。在中央设三公、九卿，分职国家大事。这一整套封建中央集权制度，从根本上铲除了诸侯王国分裂割据的祸根，对巩固国家统一，促进社会发展起到了积极作用。所以，这一制度在秦以后的封建社会里一直沿用了近两千年。秦统一后，由于过去各诸侯国长期分裂割据，语言、文字有很大差异，对于国家的统一和经济、文化的发展极端不利。李斯及时向秦始皇提出了统一文字的建议，并亲自主持这一工作，他以秦国文字为基础，废除异体字，简化字形，整理部首，形成了笔画比较简单、形体较为规范，而且便于书写的小篆（也称秦篆和斯篆），作为标准文字。同时，他还在统一法律、货币、度量衡和修驰道、车同轨等方面付出了巨大努力，做出了重大贡献。明代著名思想家李贽说："秦始皇出世，李斯相之，天崩地坼，掀翻一个世界。"鲁迅曾称赞李斯："秦之文章，李斯一人而已。""然子文字，则有殊勋。"他的书法"小篆入神，大篆入妙"，称他为书法鼻祖。一人得道，鸡犬升天，李斯的长子李由担任三川郡守，儿子们娶的是秦国的公主，女儿们嫁的都是秦国的皇族子弟……然而，这所有的一切，一世的功名和权贵，都会随着秦始皇嬴政的去世烟消云散了吗？是的，一朝天子一朝臣，天下没有不散的宴席，也没有永远不息的掌声和永不凋谢的鲜花。赵高说的有道理，倘若按皇上的旨意执行，扶苏继位，自己的丞相之位会很快失去被蒙恬取代，但是，如果篡改了遗诏，让胡亥成为秦二世，大秦帝国的江山社稷将令人堪忧啊！执意完成皇上的遗志吗？那势必得罪了胡亥和赵高，将来自己肯定是举步维艰，两边都不讨好，会像落架的凤凰那样不如鸡，被双方碾压甚至迫害。自己岁数大了，当不当丞相倒无所谓了，关键是自己的子女亲属们将来的下场怎样。如今，皇上去世了，不能说话了，没有威严了，遵从不遵从，又能怎么样呢？皇子胡亥敢篡位，掌握印玺的宦官赵高敢改诏，自己执意坚持，有什么意义和好处呢……

想到这里，李斯仰天长叹，泪流满面地喘着粗气说："唉……老天啊！怎么偏偏碰上这个混乱世道，没有跟随先帝去死，连身家性命都难以保全……"

"大人，您怎么哭了……"赵高惊愕地望着李斯，"您是愿意还是……"

李斯茫然道："唉，反正迟早都是个死，死到谁的手里也就无所谓了，这事，你看着办吧……"

赵高闪闪眼睛，高兴地说："好，好，您同意了，那我即刻去禀报公子。"

李斯抹一把泪问："公子？"

"是臣下代表公子胡亥来请求您的。"

"噢，原来这样……"李斯似有顿悟，"原来，遗诏没有立即送出，也是你们故意……"

"不，不!"赵高摇摇头说，"原本是计划派蒙毅去送，可蒙毅被皇上差遣去了会稽，真的是一时没找到合适的人。可蒙恬的弟弟蒙毅这一走，正好少了一个障碍，公子、你、我，我们三人，就可以把天下大事定夺下来了。"

李斯晃晃脑袋，无奈地喟叹道："看来，这是天意啊……"

六

夜晚戌时许，大地沉寂，沙丘行宫静谧而酷热，大殿与驿馆等各处悬挂的灯笼在漆黑里闪耀着辉煌。

用过饭以后，奔波劳累了一天的巡游队伍中，无论是官兵、驭手、宫女、厨师、杂役等都在各自的住处休息了。负责警戒的随行秦军，在三里外的四周驻扎站岗，虎贲军骑兵在各个路口游弋，皇家卫队则在行宫里里外外或流动或固定执勤。嬴政下榻的行宫正殿，像往常每到一处行宫驻跸那样，都在按部就班地运作着。只是，皇上的膳食，宫女们只需送到大门口，由近身宦官吴必接过。透过窗棂上的薄纱，可以看到有一个人头的侧影在影影绰绰晃动，那是贴身的首席御医老郑假扮的……

总之，一切都很正常，都很平静，似乎什么事都没有发生。

在左丞相李斯下榻寝室一侧的密室内，赵高、胡亥、李斯合谋改变大秦帝国命运，并成为中国历史上最大"篡诏"阴谋的"三人密议"，正在悄悄地进行。

名义上，是李斯在主持这次会议，他是被"绑架"者；而实际操控者，则是赵高；受益者，是想当上皇帝拥有至高无上权力的胡亥。

首先，赵高烧掉了秦始皇嬴政生前写给扶苏的诏书竹简，之后，他们商议着重新拟写遗诏，并假称是皇上生前交给丞相李斯的，遗诏明确立公子胡亥为太子，由他来继位。同时，又撰写了一份秦始皇嬴政给大公子扶苏的诏书。两份诏书，都由赵高代笔，因为嬴政生前的那份遗诏，就是在嬴政的口述下，由赵高执笔记录的。编纂给扶苏的诏书全文如下："朕巡天下，祷祠名山诸神，以延寿命。今扶苏与蒙恬，将师数十万以屯边，十有余年矣，不能进而前，士卒多耗，无尺寸之功，乃反数上书，直言诽谤我所为，以不得归为太子，日夜怨望。扶苏为子不孝，其赐剑以自裁；恬与扶苏居外，不能匡正，应与同谋，为人臣不忠。其赐死！以兵属裨将王离，毋得有违！"其大意是：我巡视天下，祈祷祭祀名山众神来延年益寿。而你扶苏和将军蒙恬带领几十万大军驻守边境已经十多年了，不仅没有建立点滴功绩，反而屡次上书诽谤我的行为。扶苏因为没能做上太子，而日夜怨恨不已，作为儿子这是不孝，就用赐给你的剑自杀吧。将军蒙恬对扶苏的行为不进行规劝和纠正，作为臣下这是不忠，也赐剑自杀，把军队交给副将王离，不得违背！

接着，赵高在两份诏书上加盖嬴政的印玺并分别密封。

待仿造的遗诏制作完成之后，李斯长出一口气，问赵高："给大公子和蒙恬的遗诏，派谁去送？"

赵高说："大人放心，这事交由我去办，一会儿，我会差我的心腹，连夜加急赶往上郡。"

这时，胡亥突然匍匐在地，冲李斯和赵高作揖道："丞相，师傅，孩儿会对二位长者的器重和辅佐感恩戴德，没齿难忘，今受孩儿一拜，孩儿会比父皇更加敬重和依赖二位贤臣……"

"公子，快快请起，您以后就是陛下了，这可使不得，使不得！"

最后，他们三人又议定了以下"应变"对策：

一、严防嬴政的死讯泄露，百官照样奏事，宦官照样送食，车队排列及行进顺序照旧，出巡者众人之中，除五人知晓之外，途中万一再有知情者，一律斩杀。

二、时值酷暑，将遗体装在可以密封车厢的辒辌车中，但尸车仍有可能散发出恶臭，需在车内装上一石鲍鱼掩饰其臭味。

三、为使遗诏送达上郡大公子扶苏手中，必须拖延进京的时间，因此车队要绕道而行，佯装出继续巡游的样子，明早从沙丘行宫北上，过井陉（今河北省石家庄市井陉县）到九原郡（今内蒙古自治区包头市附近），然后再取直道而南下回京城咸阳。

子夜时分，枝头凄厉的鸣蝉，叫得大地愈加万籁俱静，空气阒热而干燥，天上的群星像翰海里点点滴滴的碎金沉浮闪烁。假扮嬴政的郑太医走出殿门去小解，在东侧的厢房的小院门口，看见丞相李斯在独自徘徊。屋檐下的灯光，将李斯的身影拉得很长，投在地面上的黑印如同踩高跷的傀儡躺倒着晃动……

这时，宦官吴必从身后走了过来，拍拍郑太医的肩膀，朝李斯指指，道："李丞相这是……"

郑太医叹口气说："临危监国，难啊！"

"你说，这秘不发丧，最后，连你我这知情者，是不是也会被……"

郑太医怔怔，回头望着吴必没有说话。

吴必感慨道："当你没有用的时候，大家会毫不犹豫地把你抛弃啊！别说你我，连不可一世的始皇也是如此啊！咱们等着看吧，大秦帝国的土崩瓦解，可能从今晚就开始了。"

郑太医打个寒噤，伤感道："正如没有不落的日头，没有人不被抛弃的，无论帝王将相、才子佳人，还是走卒贩夫、引车卖浆者，概莫能外啊……"

黄巾军的崩溃

（东汉末年，太平道教主张角的沉浮）

一

"宴桃园豪杰三结义、斩黄巾英雄首立功。"

这是长篇历史小说《三国演义》开篇第一回的章目。

在这里，作者罗贯中以文学的表现方法，简约描述了"黄巾"造反的起因，其影响巨大，传播力甚广，可以说是家喻户晓，人人皆知。初看这一章目，就很想知道"斩黄巾"的英雄是谁？他们都立了什么功？读完该章才恍然大悟。原来是说刘备、关羽和张飞三个英雄初次会面，在桃园中结拜成为"生死"弟兄，后奔赴镇压黄巾起义的战场，且首战告捷，崭露头角，由此拉开了他们南征北讨，致使东汉瓦解、"三国鼎立"的序幕。

似乎是，有了黄巾军的"天下大乱"，才促成了"桃园三结义"。

这也难怪，生于明末清初的罗贯中，以当时的价值尺度和道德判断，把黄巾军视为"贼寇"，将"斩黄巾"者视为英雄，也无可厚非。但是，他为塑造刘、关、张的高大英雄形象，开篇就拉拽出他们是"斩黄巾"的"英雄"而"首立功"，则与事实谬之千里，误导了一代又一代的后世读者，严重影响了人们的审美取向和价值判断。事实是，黄巾起义时，刘备才二十三岁，在涿县（今河北省涿州市）组织了一支地方武装抗击黄巾军，关羽和张飞在他手下当兵，实在是各路地方豪强组建的"义勇军"中微不足道的一支。黄巾起义被镇压后，刘备靠皇室宗亲的关系，才当了个县令，可见并无多少战功，关张二人就更别说了，"跑龙套"而已。当然了，罗贯中是小说家，所写《三国演义》是"演义"，已经说清楚了，不必当真，当文学作品来读即可，尽管它被列居中国"四大名著"之首。

可见，发生在东汉末年，在中国历史上称之为"黄巾军大起义"，被著名的历史小说家罗贯中当作创作这部巨著开篇的"药引子"，是多么值得记载和怀念，而且具有深刻影响和历史意义的重大事件啊！可谓惊天动地，震古烁今。

说到黄巾起义，必须先让张角"闪亮登场"。

张角和黄巾军以及黄巾军起义是并列在一起的，也是无人不知，无人不晓。除历史教科书上说他是"我国第一次大规模农民起义的黄巾军领袖"之外，罗贯中还在《三国演义》里对他进行了较为详细的介绍："时巨鹿郡有兄弟三人，一名张角，一名张宝，一名张梁。那张角本是个不第秀才，因入山采药，遇一老人，碧眼童颜，手执藜杖，唤角至一洞中，以天书三卷授之，曰：'此名《太平要术》，汝得之，当代天宣化，普救世人；若萌异心，必获恶报。'角拜问姓名。老人曰：'吾乃南华老仙也。'言讫，化阵清风而去。角得此书，晓夜攻习，能呼风唤雨，号为'太平道人'。中平元年正月内，疫气流行，张角散施符水，为人治病，自称'大贤良师'。"罗先生的这种说法，可能比史料记载更详细，更通俗，因此"读者群"庞大，影响极广。流行于广大青少年间的网络游戏《三国杀》《三国群英传》《三国战记》等等，几乎都把张角的"角色"设计成面目狰狞的武将，技能是

"闪电""雷击""鬼道"，一副妖巫的形象。这或许都是软件设计者从这部名著里得到的启发吧。

首先，我们要弄清楚被"妖魔化"的张角，到底是怎样一个人？家庭出身和成长背景如何？

正史记载和罗先生说得都不错，张角是巨鹿郡人。

但问题是，当时巨鹿郡的区域面积很大，从秦代就有这个行政区划了，是大秦帝国"一统天下"后在全国开始实行"郡县制"所设置的三十六个郡之一，管理范围极广。辖区面积大致在今河北省白洋淀、文安洼以南；南运河以西；高阳、宁晋、任县以东；平乡、威县以北地区，包括今石家庄市东部大部分县、保定市东南部分县、邢台市大部分县、沧州市大部分县、山东省德州大部分县和邯郸市东北部分县，累计三十余县。郡府的治所在巨鹿城，也就是今河北省邢台市平乡县西南的平乡镇。导致秦朝灭亡的那场著名的"巨鹿大战"，就发生在这里，使得项羽创作出"破釜沉舟"的传世佳作全歼了章邯率领的秦军主力。到了西汉时期，巨鹿仍为郡，但管辖范围缩小了，下有二十个县，至东汉末年，也就是《三国演义》开篇以张角"黄巾大起义"作为时代背景之时，巨鹿郡属冀州，领县十五个，辖廮陶、巨鹿、杨氏、任县、南和、广宗、平乡、南䜌、鄡、下曲阳、广平、斥章、曲周、列人、广年，治所在廮陶。

所以，说张角是"巨鹿郡人"，等于按现在的行政区划，说他是"河北省人"是一样的，等于你对人说你是"北京人""广东人"似的，没错，但不具体，等于白说。

那么，张角到底是哪里人呢？就是说，他的出生地或者说家乡所在位置，是在现今的什么地方？最起码，要具体到县以下吧。

据《中国古今地名大词典》记载："钜鹿县，秦置，汉因之，即今直隶平乡县治"，又"钜鹿郡，秦置，治钜鹿县，即今直隶平乡县治"（治，即治所，县城所在地）。以上二说，均说明秦汉时期的钜鹿郡、钜鹿县的治所都在今天的河北省平乡县。据1999年版《辞海》第1311页记载："张角钜鹿（今河北平乡）人。"所以说秦汉时期的钜鹿并非是今天的巨鹿县。又据《资治通鉴》记载："汉灵帝光和六年（183）初，钜鹿张角奉事黄、老，以妖术教授，号'太平道'。"叶桂刚、王贵元所译白话《资治通鉴精华》注解中说："钜鹿，今河北省平乡县南。"由此可见，东汉时期的张角就是今天的平乡县人。南京高级陆军学校1984年使用的由翦伯赞编著的历史教科书上记述："张角是钜鹿（今平乡镇）西北11.2公里人。"据此说法测量地理位置，再参考历代传说，应为今平乡县油召乡第二疃村一带。

一千八百多年过去了，沧海桑田的大地和田野上，物也不是人也非了，昔日辉煌的城郭连同古人的经历，早已如尘埃落入泥土不见了踪影。再探寻和追究张角的出生地已不再重要也没有意义。我们只是试图在张角生活过的这个可能存在的地理坐标上，重现他"出世入世"，创建黄巾军的社会背景和时代氛围。

这是一座小城，现在当然是埋在河北省平乡县油召乡第二疃村一带的地下深处了，那时，这里是巨鹿郡的政府所在地，名为廮陶县。就如同现在的河北省会驻石家庄市，巨鹿郡的治所，在廮陶县。

张角肯定不是个农民，应该是在城里出生的。罗先生说他是个"不弟秀才"，证明他从小就上学读书了。当时的启蒙教育，只有私塾，一般人家，尤其是在贫瘠的乡村，没有特殊的家庭背景，是没有钱上私塾的，所以张角家一定不算穷，绝不是靠种地为生的。史书上说他是"郎中",罗先生又说他"入山采药",可见张角是个医生。那时候医生可不是想当就能当的,一般都是祖传的"门里出身",不然谁能相信一个年轻人会治病?因此,从小读书,而且"学问不小",能读懂艰涩深奥的《太平经》,还能发挥性创造出"太平道"的张角,一定出生在一个开有诊所的中医世家里,家境还算殷实。

张角的父亲叫张俊,母亲贾氏,在巨鹿郡治所廮陶城的南街,开了个诊所,兼有药铺,店号"济世堂",靠采药行医为生,吃喝不成问题。除大儿子张角外,还有老二和小三,分别叫张宝和张梁。张角懂事以后,张俊送他去私塾读书。张角很聪明,是那一帮弟子中的佼佼者,经常被先生赞赏。

踌躇满志的少年张角发愤读书,满怀憧憬,想以后考取"太学"获得功名,但残酷的现实却事与愿违。

东汉末年,还没有实行"科举制度",当时的教育状况有"官学"和"私学"两种,官学就是太学,私学就是私塾。进入政府开办的太学,有三个途径:一是官宦子弟可以直接进入;二是由州、郡、县里推荐;三是由私塾学成后报考;名曰"察举制"。也就是说,一般的平民子弟,要想"入仕"当国家公务员,必须报考太学被录取才有可能成为政府官员,跟隋唐以后的"科举"和现在的"考大学"近似。但当时的社会背景是,汉灵帝荒淫奢侈、卖官鬻爵的腐败行为达到了极点,明码标价公开卖官。四百石官四百万,两千石官两千万,公卿等官千万、五百万不等。县令按县土丰瘠各有定价,富者先交钱,贫者到官后加倍缴纳。太学里的"太学生"多至三万人,都在等着"交钱"才有可能被安排到政府机关工作。在社会上无论办什么事,都要靠权势和金钱说话。一个平民子弟的张角,要考入"太学"谈何容易？那不是一个凭学识和才华，能"学成文武艺，卖于帝王家"的时代。当时社会上流行着这样一首童谣："举秀才，不知书。举孝廉，父别居。寒素清白浊如泥，高第良将怯如鸡。"可见"察举制"这种选官制度的腐败和荒唐程度。

因而，《三国演义》说"那张角本是个不第秀才"，一点都不奇怪。但是，汉代还没有实行"科举"，"秀才"（刘秀登基建立东汉以后，为避讳"秀"，把对读书人的"秀才"的说法改作了"茂才"）一说从严格意义上来讲并不十分准确，还有学者说他"写错"了。其实，罗贯中只是用一个通俗的文学说法，让大家知道张角曾经是个"文化人"。按现在说法是，曾考过大学但落榜了。

在这个皇帝昏庸、宦官专权、贿赂公行的年头，不给当官的送礼或者没有钱送礼，张角当然会屡考"不第"。

"读书无用论"让年少的张角的理想破灭了。

张角很坦然地对父亲张俊说："算了，地上的路不止一条，老天爷还饿不死瞎家雀呢，何况我一个身高体壮的大男人。我还是跟你学医吧，包括两个弟弟，都不要让他们读书了，不要再白花冤枉钱了。学得文武艺，咱不卖帝王家了，咱留着自个儿闯天下吧！"

父亲唉声叹气一番，皱着眉头对张角说："只是，为父不愿意让你像咱们张家祖祖辈辈那样，当一个没出息的穷郎中……"

不等父亲说完，张角就庄重地说："人命至重，有贵千金，以医者仁心，悬壶济世、解民倒悬，是天下功德无量的事情，怎么能说没出息呢？相反，从上到下那些不学无术、鱼肉百姓的官吏，才是祸国殃民的败类。"

从此，张角开始跟随父亲学医，并进山采药。

这座山，就是太行山深处的一个支脉：灵霄山。

因此，回望张角的时候，请一定记住灵霄山。

二

位于太行山深处的灵霄山，在张角的家乡正西约六十公里处。

第一次被父亲带到这里采药，张角就被巍峨雄壮、层峦叠嶂、壁立千仞、葱郁苍翠的气势所震撼。

遥望着在山峰半腰，穿行于蓝天下白云里展翅翱翔的飞鹰，张角不由豪情万丈。他觉得，在这混乱而荒谬的时代，我难道不能像雄鹰那样，在大地上、山河间、天空中自由盘旋吗？然而，他并不知道，冥冥之中，雄浑沉寂的灵霄山，已经在这里静静地等待他几万年了，翘首以盼东部邻乡巨鹿郡一个有志青年，从这里出发，举起一面旗帜，积蓄力量，向大汉王朝宣战，拯救百姓于水深火热之中。

这年，张角十六岁。他除了在家跟父亲学习望问闻切和针灸推拿等医道、出诊行医外，有时跟着父亲，有时则是独自一人到灵霄山上采药。

灵霄山又名凌霄山、中岩山，位于现今河北省邢台市的信都区北部山区与内丘县西部山区的相邻之地，是太行山的一个支脉，总面积大概有二十多平方公里。这里危峰兀立，怪石嶙峋，奇峰、陡崖、峭壁比比皆是，溪泉瀑潭十余处。山上的原始次生林茂盛，森林覆盖率达百分之九十以上，野生核桃、板栗、柿子、酸枣、葡萄等林果丰盛。生长着花、木、乔、灌、草等高级植被，其中药用植物知母、柴胡、车前子、卷柏、丹参、苍术、金银花、何首乌、连翘、沙棘、厚朴、山茱萸、天麻等五百余种。

几年来，张角有时独自，有时还领着弟弟张宝和张梁从巨鹿郡廮陶城，骑着马一路向西，越过三十公里的平原，穿过内丘县城，再走二十公里的丘陵，就进入太行深山区灵霄山的北坡了。

在这个北坡的山坳里，有一个名叫黄岔村的小村子，隐翳在群山环抱的密林之中。

张角每次采药，都是在这里把那匹大青马拴到一棵大柿子树上，然后挎上布褡裢，将绳索、小镢头和一把弯刀放进去，背着药篓，翻山越岭，登山攀岩，附葛拉藤进入莽莽苍苍的灵霄山深处采药。一般情况下，他会于黄昏时分回到黄岔村稍息一下，当天返回家中，但有时也在该村的农户家里住一晚上。

黄岔村，就这样在不经意间，成为张角进山采药的"拴马歇脚处"，致使十年以后，他在该村山上建立了"黄巾军寨"的大本营而天下闻名。

至今，隶属内丘县獐么乡黄岔村的山上，还遗有当年黄巾军的点将台、练兵场、石梯、寨子门、寨墙、水牢、营址、地道、民进洞、八角亭、古栈道等圮废残存的历史遗迹和刻有"大贤良师"字迹的滚龙柱两个和座中岩的石椅。尤其是"水牢"保存完好，是当时张角和黄巾军惩治贪官污吏、豪强劣绅的地方。当年，黄巾军依山势构筑起了近百里的石头寨墙，寨墙宛若长城，高达丈余，并在东、西、南开有三个寨门。现在，寨门虽然早已坍塌，但保留下来的根基依然整齐方正，台阶上斑驳的磨痕，依旧留有黄巾军出入时踏磨的印记。据村民们介绍，黄岔村原名黄卡村，是张角领导的黄巾起义军在此三岔口的路上设关立卡，当时称为"黄巾军关卡"，因而取名"黄卡"，后来才演变为"黄岔"的村名。

现在的黄岔村由李氏、刘氏、张氏、韩氏等姓氏，分三大片聚居，基本上保存着原始建筑的村落形制。村庄四面环山，处在河汊交汇地带，各片房屋均背山临河而建，山上有号称"张角寨"的寨墙遗址绵延数千米，由黄岔村进入山寨的古道有数十条，尤其东、西门及北口主道三条最为险要和狭窄。2016年8月，黄岔村被评选为"河北十大最美古村镇"；2019年6月，国家住建部、文化和旅游部、文物局、财政部、自然资源部、农业农村部将黄岔村列入《第五批中国传统村落名录》。

这里，是张角和他的黄巾军横空出世的"摇篮"。

村南那条隐翳在荒草杂树间的碎石小道，宛若羊肠般细小而弯曲，沿着大山像青蛇一样蜿蜒，如今依然显得诡秘而富于幻想，仿佛残存着张角的影姿和一个个神奇的传说。

相传，这年深秋的一个午后，张角正在灵霄山西南的山坡上采药，忽然听见有人呼唤，叫的什么听不清楚。他循声前往，只见有一位衣衫褴褛的老者，手里握着一根藜杖，躺在一棵大楝树下呻吟。

张角连忙把老者扶起："老人家，你怎么在这里，是不是病了？"

老者眯着眼睛，伸出枯枝似的手指，朝旁边一个悬崖上指指，有气无力地说："壮士，请你行……行行好，把我背到那个山洞里去……"

"山洞？"张角经常在这一带采药，没有发现过山洞，所以连看也没看便说，"这里没有山洞啊！"

老者说："你再看看，顺着我的手指看……"

张角抬起头，望望老者手指的方向，看见东方高耸入云的一处绝壁，在金色阳光的照射下，果然有一个不规则的大致呈矩形的黑洞口。

"奇怪！"张角暗自惊讶，"怎么原来没发现呢？"

"快，救救我……把我背进洞……"老者在催促他。

张角眨眨眼睛，有点为难，道："老人家，那洞在悬崖绝壁上，没有路能上得去啊！"

"只管把我背起来就是。"

张角深感诧异，但还是依老者所说，俯身抓住老者的双臂往肩膀上背。但没想到骨瘦如柴的老者却是那么沉重，强壮高大的张角没能扳动他。张角皱皱眉头，勒紧裤腰带，闭住气息攒攒劲儿，这才把他扛在了肩膀上。张角感觉到肩头重如磐石，压得他喘不上气来。他咬咬牙，抖动一下肩膀，试图把老者往上颠颠，不料肩头太重，"扑通"一声将他压倒在地上失去了知觉……

待醒来，张角发现自己已经在山洞里了，老者手持藜杖，正手将雪白的胡须冲他微笑。

张角如梦方醒，坐起来打量老者，发现他鹤发童颜，而且长着一双青绿色的眼睛，双目如闪电一般明亮，于是迷茫地问他："老人家，咱们是怎样来到洞里的？"

老者笑着说："你看，洞口外面，不是有一条路吗？"

张角站起来向外看看，果然有一条布满荒草的小石径通向山下。

"你没病啊？"张角恍恍惚惚，一时分不清哪是现实哪是梦境。

老者手捻须髯道："我是饿昏了，壮士，谢谢你救我！可救人救到底，你还得帮帮我。"

"噢！老人家，你说吧，只要我能做到。"

"我下山要吃顿饭，但身上没有一文钱。"

张角未加迟疑，迅速从褡裢里掏出所有的五铢钱（汉末货币名称），递给了老者："我来时，就带了二十个五铢，给你路上花吧。"

"都给了我，你可没钱了。"

"我不用花钱，即使有事用钱了，这一带的村子我都熟悉，可以赊账。"

老者接过钱，看看张角说："你倾囊相助，老夫该怎么感谢你呢？"

张角淡淡道："晚辈是个郎中，救死扶伤，济贫解难，是我的本分。"

老者点点头，微笑着从破衫里掏出一个黄绸缎裹着的小方包，递给张角说："感谢壮士的至诚，老夫无别物作为报答，就赠送你三卷书吧。"

张角诚惶诚恐地接过老者手中的黄绸包，问："这是什么书？"

"此书乃《太平要术》，共有三卷，希望你认真研读，得到真谛，由你代替上天传播它的教义，去拯救天下的黎民百姓。如果你对其字义理解偏颇，甚至萌动恶念，是会遭受天谴得到报应的！切记切记！"

张角很久以前就听说过《太平要术》，又称《太平经》的这套奇书神书。据说，该书是山东琅琊人于吉道士，在吴郡、会稽一带为百姓治病的间隙所著。其内容大抵以奉天法道、顺应阴阳五行为宗旨，广述治世之道，伦理之则，以及长寿成仙、治病养生、通神占验之术。

"啊，这可是一部神书！"张角欣喜若狂，连忙问，"请问老人家尊姓大名？"

老者哈哈大笑："我乃南华老仙是也！"

"啊，原来仙人是于吉道士的学生啊！"张角双膝下跪准备作拜，但一抬头，南华老仙已经化作一缕青烟从洞中飘走了……

这便是巨鹿人张角在山中采药时，在洞中被神人授予《太平经》，并根据其教义创建"太平教"、自称"太平道人"、成立"黄巾军"的传说。

显然，罗贯中的"演义"和流传在民间的传说故事，都把张角偶得"天书"按此"修炼法术"，散施符水，念咒治病，并能呼风唤雨、撒豆成兵当成神话了。

那么，究竟有没有《太平要术》这部书呢？

据《后汉书·襄楷传》称：汉顺帝时，琅玡人宫崇诣阙，献其师于吉所得神书，号曰《太平清领书》。此神书即《太平经》，系东汉黄老道的重要经典。原书分甲乙丙丁戊己庚辛壬癸十部，每部十七卷，共一百七十卷。而史籍中，从未见过《太平要术》的记载。因此，《三国演义》所说三卷本的《太平要术》，极有可能是罗贯中虚构的，那显然是于吉得到的《太平清道领》一书。

《太平要术》一书在张角这里出现，意义或许并不在于书的本身，而在于指导张角创造了"太平道"，进而掀起了黄巾大起义。

东汉政权在镇压黄巾起义之后，极力打压"太平道"，甚至也牵连到了同样信奉道教的"五斗米道"。朝廷四处逮捕太平道人，把《太平经》列为禁书，下令有此书者必须焚毁，否则惩以重罪。

因此，张角在灵霄山得到的这本"神书"，不是《三国演义》里所说的《太平要术》，应该是《太平经》更为可信一些。

关于《太平经》的内容，可以借用《襄楷传》最简单的说法："专以奉天地、顺五行为本，亦有兴国广嗣之术。"又说：

"而多巫觋杂语。"

我们相信，张角得到这本道家经典之作后如获至宝，不敢说倒背如流，肯定是读了无数遍，至少花了三四年的时间不断阅读，反复揣摩，完全掌握了其中的要义、精髓和真谛，甚至可以说，他血液里都充斥着"道家"的因子。可见，张角是当时为数不多的"文化人"，不然他连那古书上的字都认不全，更别说汲取精华举一反三，别出心裁后另辟蹊径开创出"太平道"了。

这本书，最终成为张角推翻大汉王朝促成"三国鼎立"的实用教材。

三

有句俗话说："流氓不可怕，就怕流氓有文化。"

用这话来形容张角，并不是说张角是个流氓，而是想说一个处于社会底层，对社会现状极其不满而又有抱负的青年，如果目不识丁，只有粗鲁和野蛮，是成不了事的，所以不可怕。可怕的是，这样的人倘若有知识、有文化、有力量再加智慧，就有可能干出惊天动地的大事。所谓"文韬武略""文武双全"，似乎就是"流氓有文化"的别解。

"文化人"张角得到了《太平经》，也不可怕，可怕的是张角这个医生的职业受到了"道教"的蛊惑。医生怎么了？没什么了不起。但问题在于，在张角这个医生正值二十岁左右的青春绽放的时间段里，一场接一场的"天灾"接踵而至。先不说政事，只说自然灾害就频频发生：山崩、地裂、海啸、干旱、洪患、蝗灾、大疫。史料上说是"灾异屡见"。

尤其是，持续的传染性极强的大瘟疫，连续多年全国性暴发和流行。

据《后汉书·孝灵帝纪》中记载："（建宁四年三月）大疫，使中谒者巡行致医药。（熹平二年）二年春正月，大疫，使使者巡行致医药。（光和二年）二年春，大疫，使常侍、中谒者巡行致医药。（光和五年）二月，大疫。（中平二年）二年春正月，大疫。"

可见，汉灵帝在位的二十一年里，关于瘟疫记载的次数就有五次，现换算成公元，分别是171年、173年、179年、182年、185年，而且每次记载的都是"大疫"，死了多少人没有说，但以东汉末年的医疗条件来看，病人除了以自身的免疫能力来抵抗大疫外，绝大多数人对瘟疫是束手无策的，只有等死。

所以，"有文化"，能融会贯通《太平经》的医生，在瘟疫流行期间大显身手，就可怕了。张角是184年发动起义的。他从得到神书、精读细研，再到瘟疫流行期间创建"太平道"行医治病时"布道"，最后将教徒们变成"黄巾军"，经历了十余年，真可谓"秀才造反，十年不晚"。

后人在审视和评述张角的"太平道"和他的"黄巾大起义"时，往往会忽视和漏掉这样一个至关重要的"节点"——东汉末年持续暴发的大瘟疫。

对此，《三国演义》曾有过提示，说："中平元年正月内，疫气流行，张角散施符水，为人治病，自称'大贤良师'。"

罗贯中对"疫情"虽语焉不详，只是一笔带过，但从只言片语中，我们还是可以判断出，一个醉心于苦读研习《太平经》，已经被道家学说"控制"，且有"解民倒悬"充满责任感，有良心的医生，在瘟疫大暴发时的作用和威信。与2020年年初突然暴发的传染性极强的"新冠肺炎"境况相似。令人恐怖之余，大家都把医生当作了"天使"和能够活下来的"救命稻草"，顿时，医务工作者的地位和声望空前高涨。

没有那么多人患传染病，就没有那么多人崇拜医生，相信医生的"说教"。

从医者张角，无疑就是那个时期瘟疫流行中的"白衣天使"，被万人敬仰和爱戴。

况且，那时候广大的乡村缺医少药，地方上没有国家正规的医疗机构。在瘟疫暴发和流行期间，政府和个人都无能为力，不像现在"封城""封村"采取隔离措施。家破人亡者比比皆是，甚至绝户绝村的也不在少数。

当时，在曾经繁华的中原地区，"家家有僵尸之痛，室室有号泣之哀，或阖门而殪，或覆族而丧"。古代的瘟疫，成分和种类非常复杂。如天花、鼠疫、白喉、猩红热、霍乱、斑疹、伤寒、肺病、麻风、疟疾、血吸虫病等都曾暴发过。另一方面，由于古人对疾病的认识有限，因此，他们往往对瘟疫的具体类型分辨不清。根据古人的解释，所谓疫，就是指"民皆疾也"，意即凡能传染的病都通称为"疫"。至于"瘟"，则是指烈性传染病，可以在禽畜动物与人之间相互感染。基于此，古人把传染病、流行病通称为"瘟疫"。有史记载，延熹五年（162），皇甫规被提升做中郎将，率领大队人马，在甘肃陇坻一带作战。适逢军队里疫病流行，死亡率高达百分之三十至百分之四十。皇甫规便租赁大批民房，设置医站，把病员都集中起来一起治疗。他还每天去察看士兵们的病，得到全军的热爱。当时军队中的这种医疗组织称作"庵庐"，也就好比现在的野战医院。这一年，距张角正式起义的184年，只有二十二年。史书的另一条记载：东汉末年从公元204年至219年（建安九年至建安二十四年）中原地区流行瘟疫凶猛。张仲景在《伤寒杂病论》中说："余宗族素多，向逾二百，自建安以来，犹未十年，其亡者三分之二，伤寒十居其七。"

因此，张角置身极其严重和凶险的瘟疫暴发期间，凭借医生的身份，以治疗疾病作掩护，再以"传经""布道"为契机，秘密组织武装力量"造反"，则是顺理成章的。

当然，患瘟疫的人太多了，家家都有，张角根本没有也不可能有那么多药物让众多患者起死回生，所以他以"符水""咒语"欺骗大家也是无奈之举。问题是，大家尽管知道这是"巫术"，但几乎都相信他，反正没别的办法，愿意让他"死马当成活马医"地去"摆治"，这是最重要的。再说，古人都迷信，相信神灵的存在。

时至今日，不是仍然有"邪教"吗？不但中国有，全世界都有。张角在当朝腐败、民怨沸腾的时代大背景下，借助于瘟疫暴发组织发动起来的具有"邪教"倾向的社会势力，振臂高呼，万民响应，试图一举推翻历经四百年的大汉王朝，在中国历史上是史无前例，空前绝后的。

充满智慧的"借医传教""借教建道""借教建军"，在一个特殊历史背景下顺利完成蜕变，是张角名冠中外的首创，是后来多起以宗教为掩护发动起义的祖师爷。

然而，我们还应该相信，张角在最初应对瘟疫肆虐行医时，还是真诚和科学的。

张角是在父母去世后，才正式开始行医的。不然，有"老人"管着，是不会让他背弃"祖训"行"大逆不道"之事，去"书符念咒"当什么"太平道人"的。

这是一个悲催的黄昏，张角的父亲张俊和母亲贾氏，在这场席卷中原的瘟疫中未能幸免，患病十多天之后，只相差一个多时辰，二老就一前一后断气了。之前，他们一直发高烧、肚痛、腹泻、便血、肝脾肿大，吃什么药也无济于事，死时瘦得皮包骨头。

不单单是张角的父母，还有邻居，以及全城一半以上的人，都被传染患上了这种疾病。当时不知道叫什么病，后来才知道是伤寒。因为，这一年，著名医学家，被后人尊称为"医圣"的张仲景，正是二十来岁的好年纪。他从小嗜好医学，十岁开始研习医术，同乡何颙赏识他的才智和特长，曾经对他说："君用思精而韵不高，后将为良医。"（见《何颙别传》）在这几场瘟疫的大流行中，他家族中的二百多口人，死亡了近三分之二。悲痛的张仲景辞官不做，潜心研究上万个患者的病例，三十年后，终于撰写出传世的医学专著《伤寒杂病论》。于是，这才知道当时的瘟疫，主要是伤寒，传染性极强，百分之七十的人死于该病。

成千上万的男女老少在瘟疫的袭击中死亡，有的县镇成为空城，流民四起。

埋葬过父母，张角领着两个弟弟张宝和张梁，正式开始为广大民众治病。

起初，张角买了几口大锅，制熬药汤，免费施舍给民众喝，配方是金银花、菊花、贯众三味中药，人称"三草汤"，既可治疗也可预防伤寒。由于需要的人太多了，张角就在城东北一片大柏树林的旁边，把一个大池塘扩展修整了一下，布洒进去药汤，供周边人饮用。现在，这个"施药"的大池塘依然存在，有一亩地大小，位于邢台市广宗县县城西北的大柏社村。当地村民们把池塘称作"圣水坑"，把池塘旁边的一座庙叫作"灵仙庙"。据说，这就是当年张角为人们求神治病的地方，所求的神是"灵仙"。"灵仙"张角在大池塘的水里施放了药物，患者喝了这种水就能治好病，所以此水被百姓们称为"圣水"。

除此之外，张角还利用三种方法"治病救人"：一、熏法，用苍术、艾叶加上醋，用水烧开在屋里蒸熏；二、吸法，制成避瘟散，用雄黄、苍术、细辛、白芷、防风、荆芥、贯众、柴胡、藿香等二十多种草药研制成粉末，由鼻子吸入；三、针灸法，用银针刺扎足三里、大椎、风穴等穴位。

瘟疫流行的几年里，身怀医技的张角如鱼得水，名声大振，不想"深得民心"都难，瘟疫成为催生"太平道"流行的温床。

因为，这时候的张角，已经不是一个纯粹的医生了，《太平经》已经深入他的骨髓，融入他的血脉。一波儿接一波儿的"大疫"流行，让他心有旁骛，萌动出"借医布道""借道造反"这千载难逢的天赐良机以实现伟大的理想和抱负。更为重要的是，他不但有两个弟弟的"相助"，还相识了一个忠心耿耿的壮士马元义。

马元义，这位湖北荆州汉子，是当年山洪暴发卷走了他的父亲和妻儿，冲毁了他的家园，他从家乡领着年迈的母亲和十几岁的妹妹，随大批"流民"一路乞讨北上，路过冀州的巨鹿郡时，不料他和母亲以及妹妹都感染了瘟疫，恰与张角相遇的。当时，他从"济世堂"门前过时，母亲病情加重倒下，于是就在这里停了下来。如果，马元义只是"偶遇"张角，也就罢了，问题是，喝了张角的"二草汤"，他和母亲还有妹妹的病都好了，不知道是真的药物有作用，还是有别的因素，总之是一家三口都恢复了健康。马元义对张角感恩戴德，将张角视为"圣仙"，成为张角最忠诚的追随者和"死士"，到处宣扬他的功德，是"太平道"最主要的传道弟子之一。几年后，马元义带着母亲和妹妹返回家乡，积极贯彻落实张角的"旨意"，在荆州和扬州一带秘密发展"太平道"信徒，组织起万余人的黄巾军队伍，成为三十六个方阵"教区"中的"八大方"最为强大的"渠帅"（首领）。

四

《太平经》是父亲，其精液注入张角"母体"后经过孕育，分娩出"太平道"，长大成"黄巾军"。

"太平道"一名的由来，就是张角直接取自《太平经》的。所谓太平道，即"行太平之前之义"，"太平道，其文约，其国富，天之命，身之宝"。

张角还自称"大贤良师"，亦来源于《太平经》卷九十："今行逢千斤之金，万双之璧，不若得明师乎。学而不得明师，知何从得发乎。治国欲乐安之，不得大贤事之，何以得一旦而理乎。"卷九十八："众星亿亿，不若一日之明也。柱天群蚑行之言，不若国一贤良也。"这句话的意思是，天上虽然有很多星星，却比不上一个太阳的光亮；天地间虽然有无数生命的活动，却比不上一位贤良的作为。所以张角自诩为"大贤良师"，是把自己当作太平道的先知先贤，目的就是要行大顺之道，以教救世赈民，实现天下太平。

张角传道的主要法术，是以"符水""咒语"治病。这也可以在《太平经》里找到依据："请问重复之字何所主？主导正，导正开神为思之也。……精者吞之，谓之神也。……以丹为字，以上第一，次下行。将告人，必使沐浴端精，北面、西面、南面、东面告之，使其严以善酒如清水，已饮，随思其字，终古以为事。……或见其字，随病所居而思之，名为还精养形。"所谓重复之字，即复文，亦为道教的神符原型。吞精，即吞符。以丹为字，即以朱笔书写的神符，画出一种弯弯曲曲、似字非字的图形。符水有两种：一种指符或箓文烧成灰后，用清水冲和，待沉淀后饮用；一种是把符箓纸放在白水或加中药的水中煮沸饮用。服符水法中，因不同需要，符画箓文都不相同。同时，服符水前所用的咒语也不尽相同。所谓符水疗病，就是把神符焚烧成灰，用酒或水和合饮下，即为吞符。吞符就是使符存于心中，心有所思，符的神力就随之发出，神力发出，百病被驱散，人就会恢复健康状态，精神饱满。张角的咒语疗病，就是对病人念咒。咒文的本子叫祝谶书，它是神言要语，具有无上的法力，念一念神咒，百病就可以消除。所以《太平经》曰："今日吞吾字，后皆能以他文教，教十十百百而相应，其为道，须臾之间，乃周流八方六合之间，精神随而行治病。"当然，以"符水""咒语"之术治病，也不是《太平经》的首创，历史上关于用符水治病的记载也有很多，最早可追溯到远古时代，至今也没有绝迹。影响比较大的，是在明太祖时期，为了驱散瘟疫，张天师书出巨符，焚之入井，引得百姓争相汲水，病情得以控制，朱元璋为褒奖张天师，特在井上建亭，号曰："太乙泉"。

九节杖，是张角传道时手执的"道具"。为什么不是五节、六节或者八节杖呢？原来，这是他受《太平经》启发而获得灵感才发明出来的。《太平经》卷四十二说："治得天心意，使此九气合和，九人共心，故能致上皇太平也。所谓九人，即其无形委气之神人，职在理元气；大神人职在理天；真人职在理地；仙人职在理四时；大道人职在理五行；圣人职在理阴阳；贤人职在理文书，皆授语；凡民职在理草木五谷；奴婢职在理财货。"《太平经》卷七十一说："道有九度。……一名为元气无为，二为凝靖虚无，三为数度分别可见，四为神游出去而还反，五为大道神与四时五行相类，六为刺喜，七为社谋，八为洋神，九为家先。"其意为："九气合和，九人共心，道有九度，才能致上皇太平。"因此，九节杖类似于权杖，既能招神又能驱鬼，还可理九人九气之事，统摄天地万物，度人得道。

如果，张角只是一个普通的农民，即使受《太平经》启迪创建了"太平教"，估计折腾得再厉害，也不会弄出惊天动地的"大事"。因为你没事不好好种地，天天四处乱跑跟人家喋喋不休、夸夸其谈说什么"黄老道"，没人愿意听，还会骂你二百五，说不定还怀疑你非是"善类"。但关键的是，张角这个医生，会治病，这就为他传教提供了方便，把病人的治疗办法夹杂在"道义"里，捎带着就为你"洗脑"了，让你心服口服。并且，掩盖了他后来企图"敢把皇帝拉下马"的狼子野心。

因此，正是数年来举国上下连续不断流行的"大疫"，让张角这个民间医生"零距离"接触到了成千上万的病人，换句话说，是拥有了庞大的"市场"和"资源"。

张角手执九节杖，身穿灰色道袍，头扎黄巾，穿行于街衢、村头、田间为"广大人民群众"治病。有真药，也有符水，有安慰人的真言，也有不知所云的咒语，真真假假，虚虚实实。没有文化的、善良而又迷信的人们，不懂得那么多道理，只相信他们亲眼所见的事实。而事实是，面对孤苦无助的求生者，张角确实治好了许多人的病，而且完全免费。大家一传十，十传百，将他奉为"神明"和"救世主"。张角是病人和病人亲朋好友心目中的偶像，没有办法不让"粉丝"们"爆棚"。

当"大贤良师"威名远扬，深受广大民众拥戴和崇拜，几乎要山呼他"万岁"的时候，张角正式开始了"太平道"的建立。随之，他又培养了八大弟子，其中有他的弟弟张宝和张梁，还有马元义等，代他奔赴各地传教。

张角的"道"理，贴民心，接地气，洋溢着"大爱"。

他说："不是我治好了你们的病，是苍天所为，是替天行道，行的是太平道。此道是要建立一个没有剥削和压迫的世界，人人平等，人人都可以吃得饱穿得暖，不会生病，即使生病，也能治愈；不会死亡，即使死亡，也会转世，大家都能过上幸福美满的生活。"

又说："我是为天下太平做好事，做善事。我和大家一样，无论做什么事，有什么行为，上天和神灵都在监视着，即人在做，天在看。举头三尺有神明，常怀敬畏一生平。无处不在的鬼神还会根据我们做的是好事还是坏事，来判断是增加你的寿命还是减少你的寿命。所以，我们要规范自己的日常行为和言谈举止，多做好事，不做坏事，这样天下就会永久太平，人人平安健康。"

还说："医非仁爱不可托，非廉洁不可信，医勿重利，当存仁义，贫富虽殊，药施无二。世上本无贫贱富贵之分，财富和安逸不可强求，仁义道德才是做人的根本。千金易得，仁义难求，要有爱心：爱天地、爱江山、爱日月、爱太平、爱家人、爱朋友、爱他人。但愿这个世界上太平，没有苦难，没有纷争，没有战乱，百姓们都能过上安居乐业的好日子。"

这就是张角"太平道"里念出的"太平经"。

在那个时代，张角以简单化、通俗化、平民化的视角，来阐释"道家"的要义，无疑是一位非常有建树的思想家、哲学家和演说家。他以"太平道"教主的身份和地位，主张太平道的平等互爱的学说和观点，不但得到穷苦大众们的拥护，也没能引起当朝的警觉。汉灵帝和大臣们甚至认为，太平道教人向善，让人学好，叫人互爱，倡导"安定团结"，有利于统治阶级的政权稳定，便放任张角传教和默许"太平道"的发展。信奉和加入"太平道"的不只是平民百姓，连一些富人、各地州府的公职人员和官人也成为信徒。尤其是在都城洛阳，也发展了不少的教徒，比如朝中的宦官封谞、徐奉等人。

"太平道"蓬勃兴起，迅速壮大。截至公元183年，全国十二个州当中就有八个州的百姓参加太平道，道徒达几十万人之多。为了便于组织和管理，张角把遍布青、徐、幽、冀、荆、扬、兖、豫八州的道徒编为以方为单位的教区组织，全国共设三十六方，大方有万余人，小方有六七千人，各方均设渠帅总领其事，由张角统一指挥。

这样，张角经过十余年的创教传教活动，终于建立了一个拥有五十余万教徒，遍及全国三分之二以上州府的庞大的"太平道"组织。完成了推翻汉灵帝的统治，建立以张角为国君的新天下的所有准备工作。

为此，《三国演义》开篇中这样说："角有徒弟五百余人，云游四方，皆能书符念咒。次后徒众日多，角乃立三十六方，大方万余人，小方六七千，各立渠帅，称为将军；讹言：'苍天已死，黄天当立；岁在甲子，天下大吉。'令人各以白土，书'甲子'二字于家中大门上。青、幽、徐、冀、荆、扬、兖、豫八州之人，家家侍奉大贤良师张角名字。角遣其党马元义，暗赍金帛，结交中涓封谞，以为内应。角与二弟商议曰：'至难得者，民心也。今民心已顺，若不乘势取天下，诚为可惜。'遂一面私造黄旗，约期举事；一面使弟子唐周，驰书报封谞。唐周乃径赴省中告变。帝召大将军何进调兵擒马元义，斩之；次收封谞等一干人下狱。张角闻知事露，星夜举兵，自称'天公将军'，张宝称'地公将军'，张梁称'人公将军'。申言于众曰：'今汉运将终，大圣人出。汝等皆宜顺天从正，以乐太平。'四方百姓，裹黄巾从张角反者四五十万。贼势浩大，官军望风而靡。何进奏帝火速降诏，令各处备御，讨贼立功。一面遣中郎将卢植、皇甫嵩、朱儁，各引精兵、分三路讨之。"

五

推翻腐败透顶的朝廷，打倒这个无道的昏君，终结大汉的统治，建立一个人人平等互爱，没有剥削和压迫的新时代，是张角自童年时代就淤积在骨子里的誓愿。现在，一切准备就绪，终于可以如愿以偿了。之前所有一切努力，都是基础性的铺垫工作。

张角一声令下，"太平道"的教徒，转眼之间变成了"黄巾军"。

教徒与战士的唯一区别，是头上裹一条黄色的布巾，以"苍天已死，黄天当立，岁在甲子，天下大吉"作为起义的口号。

其寓意是："苍天"是指东汉，"黄天"指的就是太平道，而且根据五德始终说的推测，汉为火德，火生土，而土为黄色，所以众信徒都头绑黄巾作为标记，象征要以"黄"取代为"火"的东汉政权，同时也以此来证明这是一支戴有标志的有组织的"革命"队伍。而"岁在甲子，天下大吉"的别解，就是将起义的日子定在甲子夺取天下，具体是什么时候呢？汉灵帝中平元年

（184）三月五日。

起义的准备工作在有条不紊、紧锣密鼓地进行。

张角又根据《太平经》中"有天治，有地治，有人治，三气极，然后岐行万物治也"的理论，自称"天公将军"，大弟张宝为"地公将军"，二弟张梁为"人公将军"。

公元183年年底，张角将冀州地区最庞大的黄巾军团，拉入太行山深处灵霄山黄岔村的山里，筑造黄巾军寨，作为指挥中心，训练精锐部队，由快马接力向各地传递信息和情报。

过完年，各方的首领和教徒，按照张角的指令，秘密串联和活动，散发传单，传递起义口号、暗语甚至谶语。在都城洛阳的大街小巷、店铺门市的墙壁，悄悄写下"甲子"的标记，以区分敌我。

二月初，张角通知南方最大的渠帅，也是他最忠实的信徒马元义，率领数万人的教徒从荆州、扬州一带出发，一路向北移动，然后抵达邺城（今河北省临漳县），他则带领冀州的教徒南下与其会合。接着，由马元义秘密进入洛阳，联络朝廷中身为十常侍的宦官封谞、徐奉、张让等"内应"，发动洛阳城内大批信徒起事，并策应城内部分禁军兵变，打开城门，里应外合，一举攻下首都，废掉皇帝。

有些宦官，为什么也成为太平道的信徒了？原因很简单，宦官也分三六九等，既有把持朝政、作威作福的宦官，也有许多处于底层、整日受欺压的宦官。更何况，宦官阶层大多文化程度不高，处在皇宫中，整日受气，看不到未来，精神世界空虚，很容易受到宗教思想蛊惑。再加张角以重金贿赂，许诺"夺权"成功后给他们高官厚禄，自然而然想"赌一把"当一回张角的"卧底"。

通过这么一个"途径"，马元义可顺利进入京师，之后，张角会率众在城外进行包围，里外行成夹击之势。这样，在朝廷毫无防范，部队也难以及时调动的情况下，再加各地的黄巾军在各州府县攻城略地，起义一定会取得全面的胜利。

这个既有战略又有战术的计划，几乎是周密、完美的。而且，在通信设备落后的古代，能够制定如此大规模、计划详尽、令行禁止的起义行动，实属罕见。

总之，按照这个计划，马元义率兵闯入皇宫，发起斩首行动，干掉皇帝，切断汉帝国的中枢神经，使得朝廷中央陷入瘫痪，截断官军联络。然后，各地黄巾军会遍地开花，攻占各大城市要塞，东汉王朝就会土崩瓦解。

军事行动的具体时间，定在三月五日。

如果计划成功，目标实现，就没有后世的"三国"及其那些闻名遐迩的群雄了。

但没有如果，只有然而、结果和后果。

百密有一疏，起义前夕，突然发生了意外，起义军内部出现了叛徒。

这个"告密者"的叛徒名叫唐周，本是"太平道"的忠实信徒，跟随张角三年了。

三年前的一个春天，张角带着几名弟子在东乡清河一带传教，夜晚在客栈住宿时，突然传来一阵急促的敲门声。张角让弟子打开房门，一个浑身血污的汉子一脚迈进门槛，扑通就倒在了地上。张角令弟子们将他救起，发现他身上有好几处刀伤。这时，外面院子里有几个人呼叫着，还拍开房门，问张角看见有人逃进来没有。张角和弟子们都说没有。这帮人也没有进来就走了。张角察看了这汉子的伤情，发现都是皮外伤，就取出药为他止血，包扎。事后，得知这汉子名叫唐周，济南人氏，家境富足，一年前花钱买了个"差事"，被分配到清河县衙当了一名刀笔小隶。半年后，他发现县令是个贪官，大肆敛财，就悄悄记账，县令受贿的钱财，只要是他知道的，都一笔笔记到一个小本子上。不久，有同事把他偷偷"记账"的事告诉了县令，县令大怒，派手下忠实的衙役于晚上到宿舍捉拿唐周，但唐周这时正好去厕所了。他在厕所听见有人咋咋呼呼说到了自己，认为不好，刚跑出厕所，几个人就冲过来用刀砍他。唐周身上中了几刀，纵身翻过厕所的墙逃到了大街上，那几个人随后就追了过来……当然，这都是唐周自己讲述的，身上的三处刀伤是最好的证明。唐周肯定不能回衙门了，也不能回老家了，跪下痛哭流涕请求张角收留他。唐周长得高大、英俊，而且识文断字，聪明伶俐，写一手好字，深得张角喜欢，就把他留在身边"随从""听差"，按现在的话说，就是贴身的私人秘书。一段时间以后，有人反映，说唐周心眼太多，明一套暗一套，提醒张角注意，尤其是张角的大弟张宝，说他总背后说人的坏话，搬弄是非，是个小人，让张角把他从身边赶走。但张角不以为然，他认为，唐周向他汇报有人暗地里说自己"不好"或者"做得不对"，是对自己忠心的表现。不然，张角不会把这么重大的机密 "任务"交给他去办。

然而，历史就这么无情地悄然改写了。

正是张角身边最值得相信的人，出卖了他，并断送了黄巾军有可能的大好前程。

难道，这都归咎于唐周的"告密"吗？咒骂他的变节吗？当然是，但，张角不能明察秋毫的用人不当，疏忽大意，应承担主要的责任。

这就叫"聪明一世，糊涂一时"。难道，张角就不能怀疑唐周是朝廷以"苦肉计"安排在你身边的"奸细"吗？就不能想到他万一被官府抓住，受不住严刑拷打"变节投敌"吗？就不能提防他经不住重金收买或高官厚禄的引诱吗？

唐周怀揣张角写给朝中宦官"内应"封谞、徐奉的"密札"上路了。这封信，是让他们做好"接应"马元义的准备，并且说，马元义率领大军已经在路上了，预计在三月五日这天抵达洛阳。但唐周却把这封信转交给了朝廷，"举报"马元义的行动路线和如今可能集结藏匿的地点。

汉灵帝得知大为震怒，下令缉捕马元义。

这时，马元义率领义军，已经到达了河内郡山阳县（今河南省焦作市一带），距首都洛阳只有百余公里了。汉灵帝任命何进为大将军，派他带兵去剿杀马元义。马元义在毫无知觉的情况下束手被擒，手下的教徒近千人被杀，万余人逃散。何进将马元义绑至洛阳进行审讯，马元义至死不肯背叛张角，于二月中旬遭受"车裂"的酷刑致死。接着，朝廷紧急部署，调兵遣将大规模搜捕太平道信徒，张角也被通缉。

叛徒唐周的"告密"，致使马元义被杀，里应外合攻占首都的"斩首行动"意外"流产"，起义的时间也暴露了。

消息传来，张角大惊，如果依然按"既定方针"办，他和各地的信徒都会被剿灭殆尽。因此，整个计划打乱了，再不"动手"就会前功尽弃。起义迫在眉睫，必须立即行动，这样时间就比原计划提前了一个月。

张角明明知道这样做太仓促了，但却是迫不得已的无奈之举。

从二月上旬开始，张角正式公开打出起义的口号，号召全国各地教徒头绑黄巾，揭竿而起。

黄巾军在各方"渠帅"的率领下，袭击公署、捣毁官府、打杀吏士、四处抢劫……

一个月内，全国七州二十八郡都发生了战事。

"贼势浩大，官军望风而靡。"黄巾军轰轰烈烈，势如破竹，各地州郡大多失守、官吏纷纷逃亡，天下大乱，史称"黄巾之乱"。

一个"乱"字，道出了张角和黄巾军"由主动变为被动"，失去了"出其不意攻其不备""先下手为强、后下手遭殃"的战略先机，变为仓促、涣散、盲目和莽撞。因此，黄巾起义从一开始，就注定了只能"乱"一阵子而最终偃旗息鼓。

为尽快镇压黄巾军发动的举国暴乱，汉灵帝急忙于三月初，晋封因围剿捕杀马元义及信徒有功的大将军何进为慎侯，让他率"左右羽林五营士屯于都亭，整点武器，镇守京师"。又在函谷关、大谷、广城、伊阙、辕辕、旋门、孟津、小平津等各出入京都的关口，设置都尉驻防，确保京都安全。同时，下诏解除党锢，将原本属于朝廷的军权、财政权等下放到地方，令各地的地方官自行招募军队，命各州郡县积极训练士兵、整点武器、严防死守、备战应战，尽快夺回失地。

至此，大汉帝国与黄巾军，都完成了战略部署和对抗的态势，从而展开了自当朝以来最大的一场生死对决。

六

以今天的目光来打量和审视黄巾军的崩溃、失败和灭亡，似乎是命中注定的，是必然的、没有悬念的结果。

因叛徒唐周的"告密"，张角情急之下，星夜派出"探骑"飞赴全国各地，通知三十六大方的"渠帅"提前起义。这样，各地接到"指令"后，才陆续在当地开展疯狂的"颠覆"之仗，时间并不统一，行动也不一致。因为那时候没有通信设备，接到的通知和授权有早有晚，所以基本上自作主张，随机而动，各自为战，各方难以互相支援和接应。好在"渠帅"们都是太平教的忠实信徒，都听从张角的命令，战争由此正式爆发。这样，战争没有按原计划开始，犯了"不打无准备之仗"的兵家大忌。

尽管黄巾军有这么多方队的"军团"，但最集中或者说人数比较多的主力部队，是在三个地区，即：冀州、颍川和南阳。我们索性称之为"北方片区""中原片区""南方片区"。冀州的"北方片区"黄巾军由张角、张宝、张梁三兄弟率领；颍川、汝南、陈国一线的"中原片区"黄巾军由波才、彭脱等人率领；南阳地区的"南方片区"黄巾军先由张曼成，后由赵弘等率领；别处，从东郡到江淮还有卜己、张伯、梁仲宁、戴风等人领导的黄巾队伍，各自活动于一方。

刚开始，各地黄巾军都取得了胜利，占据了不少的城池和要地。

这些情况，地方各州郡及时反馈，朝廷掌握的情报准确。而曾经指挥镇压过马元义和教徒的何进，又果断采取了"两攻一防"的战略部署和军事行动，致使黄巾军陷入了危机。

两攻：一攻颍川的长社（今河南省长葛市东北），因为这里距京都洛阳最近，黄巾军人数最多，对朝廷的威胁最大；二攻冀州张角所在的大本营，开展"斩首行动"，捣毁黄巾军的指挥中心。

一防：在南阳方向则加强防务，暂取守势，以节省优势兵力集中精力进行"两攻"。

更重要的是，何进的英明之处在于选对了卢植（北中郎将）、皇甫嵩（左中郎将）、朱儁（右中郎将）这三个带兵的将领。

尤其是皇甫嵩，这位其父皇甫节是雁门太守、叔叔皇甫规是度辽将军、出身将门世家的汉末著名将领，以气吞山河、雷霆万钧之势，以"三大战役"的胜利，敲响了黄巾军团全面崩溃并最终走向灭亡的丧钟。

因此，从战争一开始，黄巾军和政府军，就不在一个层次上。前者仓促上阵，仅限于表面的烧杀抢夺，攻城略地。而政府的官军方面，在充分的准备下，以正确的战略方案，选对了作战总指挥，而总指挥又用对了带兵的将领，一切都按预案有条不紊进行。

第一战役的"长社之战"，时间是四月至六月。在黄巾军与前来讨伐他们的官军经过两个多月的"拉锯"战之后，深谙兵法之道的皇甫嵩，利用黄巾军"依草结营"的愚蠢之举，"一把火"大破黄巾兵营盘，使其全军溃逃，剿灭波才领导的主力黄巾军数万，使黄巾军遭受严重挫折，从此解除了他们对京都洛阳的威胁。

第二战役的"广宗之战"，时间是八月至十月。又是皇甫嵩。在官军先后以卢植、董卓为大将，对据守在巨鹿郡广宗城（今河北省广宗县）的张角二弟张梁"人公将军"进攻时，先后受挫。这里是张氏三兄弟的故乡，黄巾军的"摇篮"，城墙坚固，全民皆兵，约有十万之众，因此久攻不下。朝廷再次让皇甫嵩披挂上阵，但围攻一月有余，仍不能胜。作战持续到十月，黄巾军因接连击败卢植、董卓，而皇甫嵩也未能攻下而戒备松懈。皇甫嵩乘机夜里备战，鸡鸣出兵，出其不意突袭黄巾军阵地。猝不及防、仓促应战的张梁和三万余黄巾军被杀，五万余人投入漳河而亡，使河北的黄巾军主力受到重创。

第三战役的"下曲阳之战"，时间是十月至十一月。还是皇甫嵩。"广宗之战"惨败后，张角大弟"地公将军"张宝，率领黄巾军退至下曲阳（今河北省晋县西北）盘踞，皇甫嵩与巨鹿郡太守郭典合兵乘胜追击黄巾军至下曲阳。双方激战多日，黄巾军连连失利，被斩杀、俘虏十万余人，张宝战死。此战，皇甫嵩将河北黄巾军主力全歼，黄巾起义全面"崩盘"，无声地宣告了失败。

两个亲兄弟张宝和张梁都战死在沙场，为黄巾起义英勇献身了，那么张角呢？

张角是病死的，生的什么病？病死在哪里？死时多大岁数？埋葬在了哪里？史书不见任何记载。

不过，通过梳理史书上记载的官军与黄巾军的作战情况，我们发现，自"广宗之战"卢植因"剿匪"不利被撤职之后，张角再没有出现过。也就是说，等换了皇甫嵩来到广宗的战场上时，"角先已病死，乃剖棺戮尸，传首京师"（见《后汉书·皇甫嵩传》）。因此，张角是在这个期间"失联"的，是在卢植走了以后。据此推断，张角是在"下曲阳之战"之前病逝的，时间大概在九月前后。在此之前，张角和兄弟张宝、张梁率领黄巾军，从二月中旬开始，主要在冀州一带作战，初战先擒皇族安平（今河北省安平县）王刘续、甘陵（今河北省清河县南部）王刘忠；接着攻杀幽州（今天津市蓟县一带）刺史郭勋、广阳（今北京市宣武区一带）太守刘卫。连连告捷，由此形成了强大的黄巾军"北方片区"兵团。但不幸的是，"出师未捷身先死，长使英雄泪满襟"。张角死时，经推算年龄应该不超过五十岁。也许，这是上天对他最"恩赐"的眷顾，不忍心让他像两个亲兄那样被乱刀于血泊之中，落一个囫囵的尸首安葬于黄土之下。

但是，东汉最忠勇的战将皇甫嵩像杀戮他两个兄弟那样，并没有放过他.。"广宗之战"胜利后，"皇甫嵩入广宗，悉虏义军家属"，焚烧大批辎重，将张角"乃剖棺戮尸，传首京师"。收集义军将士尸首，筑"京观（将尸体堆积成山，封土成丘）"于城南，以彰显其卓著的战功。

真可谓"千军易得，一将难求"，东汉末年的汉灵帝是幸运的，因为皇甫嵩的高超军事才能和高昂的忠诚精神，使本来摇摇欲坠的大汉江山，又苟延残喘了三十六年。

黄巾起义被平息后，皇甫嵩因功拜左车骑将军、领冀州牧，封槐里侯。官职达到了他人生的顶峰。更值得提及的是，他还直接培养和带出了"三国"时代一个最大的枭雄，那就是曹操。

叛徒唐周告密，起义被迫提前；朝廷战略部署正确，皇甫嵩忠勇；张角过早病逝，黄巾军失去支柱等，的确是造成黄巾军崩溃的因素，但是，更重要的是，这两支队伍整体人员素质和武器装备，也就是说，无论"软件"和"硬件"，根本就不在一个"起跑线"上。

请看黄巾军：号称五十万，遍及八州二十六郡，但几乎都是贫苦的农民，或许是连老弱病残的也都算上了。不能往头上绑一块黄布条，甚至还穿着打补丁的衣裳就算是"当兵"了，联合在一起就成"军队"了，称自己是黄巾军，那不是自欺欺人吗？说白了，这是一群没有文化的、大多由普通农民组成的乌合之众，属于攒鸡毛凑掸子，根本没有经过训练，更不会打仗，毫无组织纪律性，估计好多人都是聚在一起"凑热闹"混口饭吃而已。好多人可能都是流民，跟着队伍走到哪儿抢到哪儿，将当地祸害完之后开始转向下一个地方，随后被祸害地方的良民也开始变成流民跟着队伍走。他们没有大本营，不建立根据地，熊瞎子掰棒子——掰一个丢一个。就算有人真想造反打仗，手里也没有制式的武器啊！自制的土造的器械估计也来不及弄出那么多，可能也有一些刀枪剑戟，斧钺钩叉，但大多是随手抄起"家伙儿"就上了战场，也有铁棍木棒、铁锨锄头、斧头镰刀。冷兵器时代，也不是绝对靠人多势众，你拿根打狗棍和一把杀猪刀，怎么抵得上人家骑着高头大马手持长矛拉开弓箭。武器也是决定胜负的重要因素，美国的一颗原子弹，就能吓得猖獗的日本鬼子投降。再说，黄巾军里根本没有真正的军事指挥官，那些所谓"大方"的"渠帅"，包括"总司令"张角本人，传教行，施药、念咒、画符行，没打过仗也不会打仗，真到了战场上，才知道这些"渠帅"们平时的能说会道，还扬言可呼风唤雨、撒豆成兵，原来都是"吹牛"的。

再说东汉军，当时政府的军队，大概分三部分：中央军、边军、各地驻军。大概有二十余万，这是从黄巾起义爆发后，史载朝廷分别派出的三支部队各两万余人，而还有一部分则警戒首都洛阳安全而推算出来的。这些军队十分精锐，我们拿出一支军队的结构体系来解剖，就可以看出其实力的雄厚和精锐。讨伐黄巾军的"北方战线"，全部由"北军五校"组成，所谓"五校"，是指该军下设的"屯骑、越骑、步兵、长水、射声"五个营，是京师的禁军，每营大约近千人，拿"长水营"和"射声营"举例来说，前者是由胡人组成的骑兵，后者是弓箭部队，装备精良，训练有素，可以一当百。而更重要的一支武装的力量，是汉灵帝命令各地太守独自招兵买马，就地镇压各地黄巾军。很快，各地组成了许多支"义军"，地方豪强武装迅速壮大，成为镇压黄巾军的重要力量。因此，虽然朝廷昏庸，宦官专权，但官军的防御、布阵、临阵指挥和作战能力等军事素养，依然是非常强悍的。

这样两支队伍对垒，如果让指挥官互换一下位置，会是什么结果呢？

筹备了十多年的暴力"夺权"行动，从三月开始起义到十一月全面溃败，只用了九个多月，就稀里哗啦结束了，还血流成河，死了将近一百万人。其余部虽然又陆续打了十余年的"游击"，但无非是继续死人，继续给大小"军阀"们当"靶子"壮大势力"练手"而已。

也许，张角是被气死的，他至死也没有明白，自己缔造的这支黄巾军与官军的"差距"在哪里，为什么失败得这么快？正如一款网络游戏《真三国无双4》里，设计张角在死之前说的那句话："乱世依旧，新的时代还是那么遥远吗？"

七

是的，很遥远，世道继续在乱，乱成了"三国"。

在镇压黄巾军过程中，各地的地方军事势力逐渐崛起。之后，他们再也不受朝廷的节制，军阀割据和混战时代开始了，这叫摁倒葫芦起来瓢。因此，是张角的黄巾军，"动乱"了东汉王朝的根基，让各路地方武装当作"靶子"百炼成钢，以此为契机做大做强，风起云涌出董卓、卢植、曹操、刘备、公孙瓒、袁绍、孙坚等这样的英豪。这是张角对这个时代的最大贡献，也可说成是最大的遗憾，没有之一。

黄巾起义失败后，最大的受益者是董卓，他进京辅政，掌握了朝中的实际权力，废帝另立，着实过了一把控制天子自己说了算的"皇帝"瘾；其次是曹操，他乘机"挟天子以令诸

157

侯"，风光了几十年；第三个受益的是孙权，他在江东开辟基业，做大做强，建立了吴国；第四个受益的是刘备，他占据四川，建立了蜀国。

从此，三国鼎立。

而张角自己，不但什么也没有得到，反而搭进去两个弟弟和数万追随他拥护他爱戴他的忠实信徒，甚至，他究竟是怎么死的？埋在了哪里？享年多少岁都没人知道，连具体的出生地也众说纷纭。他像一阵风，一缕烟，一声雷，轰轰烈烈，铺天盖地而来，却是悄无声息地走了，再没了踪迹，"挥挥手不带走一片云彩"。

这似乎才算是真正的英雄，英雄是不问出处的。

有个"张角墓"，位于河北省定州市子位镇七级村南端。据当地村民说，本有张氏三兄弟墓，现只剩下张角墓一座了。真的是张角墓吗？史书上有记载，不是让皇甫嵩"扒墓"把头割下来带到洛阳去请功领赏了吗？而张宝和张梁，是分别在两个相距百余公里地方战死的，怎么能在这里埋到一块呢？据说，这里是张角的故居，黄巾起义军失败后，张角兄弟被害，其尸体被当地农民偷回故里安葬，并用传统的丧葬习俗，祭祀七七四十九天，故称七祭。为避官方查究，隐"祭"为"汲"，后演变为七级，名叫七级村。此说基本上不可信，但那块荒芜的大土丘，的确是千余年来一直就叫"张角墓"，真是令人匪夷所思。

另一处"张角墓"，在距河北省衡水市安平县城西南二十公里处的角邱镇。除镇上这个角邱村，旁边还有一村名叫忠角。据《安平县志》载：两千年前，角邱的村名叫"谷丘"，汉刘邦统一天下后，设"谷丘"县，数年后撤县归属安平。安平，是黄巾起义的主战场之一，张角率兵来过这里"打仗"，俘获了安平王刘续，这个史书上有记载。当地人介绍，相传黄巾起义灭亡前夕，张角被乱军所杀，埋葬在了谷丘村，村名自此改为了角丘。角代表张角，丘代表张角的坟墓。到了明朝，村民认为丘字不吉利，在丘字旁添了个"耳"，成为邱字，村名沿袭至1950年，分成角南、角北两村。说得有鼻子有眼儿，还说是战死的，让人困惑不解。

在山东省滨州市阳信县城东南十五公里处的商店镇，有个叫黄巾寨的村子。据《阳信县志》载："黄巾冢在城东南二十里，在黄巾寨附近。"该村西边，有一座硕大的坟茔，高出地面有三米左右，上面荒草萋萋，荆棘丛生，常有小动物出没。据说，这就是东汉末年黄巾农民起义英雄们的聚葬墓，俗称黄巾冢。相传，黄巾军在强大官军的打击下连连失利，溃退到这一带扎下营盘，随之各地失散的黄巾军都来这里聚集，最后形成了一支庞大的黄巾军队伍。张角亲自对起义军进行整编，分设成十八支队伍，分别在周边十八个营寨驻守。同时，筑起点将台，开辟校练场，对起义军进行严格训练。其中的张寨为东汉末年黄巾起义领袖张角的营寨，村南有张角的点将台遗址，黄巾寨一带为黄巾起义军屯兵之所。不久，官军得知消息赶来围剿，民间传说，这支官军，就是由刘备率领的，其中有关羽和张飞。他们将黄巾军团团包围，经过三天三夜的激烈拼杀，黄巾军终因势单力薄而全军覆没。战斗结束后，幸存的黄巾军为了掩埋被杀将士的尸体和兵器，就地挖了一个将近三亩地的大坑。但因死者太多，尸体还是高出了地面，掩埋完后形成了一个高高的土丘，人们就称之为"肉丘坟"，也叫黄巾冢。后来，那些幸存者按照姓氏在当时大军安营扎寨的地方定居。这样，以黄巾冢为中心，形成了一个个月牙形排列的村庄繁衍生息。再后来，人们把张角曾经点将的地方叫黄巾寨，张姓的叫张寨，孙姓的叫孙寨，还有马寨、魏寨等等，号称"一溜十三寨"。如今，这些村庄仍然存在，姓氏都比较单一，其中，以黄巾寨人口最多。地名起缘加之代代相传的民间传说，既让人可信又让人怀疑，特别是"传说"张角战斗在这里，也死在了这里。还有，这一带的村民，从古至今不演不看有关"三国"的戏剧，逢年过节，只敬黄巾不供奉关公更不修关公庙。这和民间几乎到处修关帝庙、供关帝神形成了鲜明的对比。在他们眼里，关羽是杀死黄巾起义军的罪人，当地百姓对他非常愤恨，所以他们历来不挂关公像。

现在，我们无需考证有多少"张角墓""黄巾冢"，也不要以为山东省阳信县境内的黄巾起义是否就是被刘关张镇压，而黄巾寨村的后代却真的把这笔账记到了关羽头上是一件"荒唐事"。这些或许纯属张冠李戴的遗存和神话故事，无非是寄托着人们对一种信仰的美好憧憬和无限向往。

信仰是有力量的，是辉煌的光，能闪亮大地，也能照耀人心。这便是后世凭借信仰才"虚构"出的关于张角和黄巾军的物质和非物质的传说故事，并经久不息凝结成了他们的世代而袭的精神图腾：张角所领导的黄巾军，是他们心目中的神。

这年秋天，在现今河北省广宗县、平乡县、巨鹿县、任县、南和县、内丘县等地区，我先后观看了三场民间艺术表演，分别是"黄巾鼓""太平道乐"和"抬黄杠"。

在广宗县，民俗学者告诉找，黄巾军作战时，打醮聚众，以击鼓助威，黄巾鼓作为战场的"助威鼓"便应时而生了。这是"广宗之战"黄巾军编排的鼓阵，被当地后人记载改造编成鼓谱保存了下来，正谱共八节三十二番，完整演奏需十八分钟。据了解，鼓阵的队形是按照天、地、人三才编制，每组一面大鼓，四人同敲，代表人法地、地法天、天法道、道法自然。八面小鼓代表四面八方，天下大同。演奏时撼天动地，铙镲清脆悦耳，节奏急时犹如雷阵，惊心动魄，缓时似潺潺流水，轻如飘云。演奏者身着黄色服装，头扎黄巾，如同回到了当年的古战场。该县桃园乡东董里村，是黄巾鼓典型的传承村落之一，清末至今，东董里村具有师承关系的有二十二代黄巾鼓传承人。2009年，黄巾鼓被列入河北省第三批非物质文化遗产名录。

在平乡县，一场身着红色道服，操着多种器乐的表演者，正在演奏着一种听起来显得十分古老、幽雅、质朴的乐曲。感觉既有道教音乐清净超然的神韵，又有粗犷、雄浑、质朴的风格，时而明亮、高亢，时而舒缓、轻柔，有的深沉、悲切，有的欢快、急切，旋律起伏跌宕，幽雅婉转。演奏者以管、笙、笛、箫为主，以坛鼓、云锣、铛子、铙、镲等为辅，或坐或立，时而又边吹奏边走动，动静结合，似是一种舞乐或道舞。原来，这就是举世闻名的"太平道乐"表演。据介绍，此道乐是张角在传授"太平道"时，为了让广大民众更容易更喜欢地接受教理和教义，就把自己的思想主张和对神的祈祷一起编成乐谱，让弟子和信徒们诵读。之后，又在起义的舆论发动和起义过程中由众多道徒反复咏诵，最终才形成了一种吟咏韵律并加入了打击乐器——经乐。太平道乐曲谱流传下来的都是文字谱，即工尺谱。工尺谱只记写了旋律中的音高关系，没有时值的强弱拍的划分标记，所以只能靠师傅口传心授，故而太平道乐没有在社会上广泛传播。庆幸的是，师祖的曲谱在后人的心目中具有神圣性，不得妄自更改，因此经过无数次口传抄录，辗转流传，至今仍保留着古老道曲主旋律的遗风流韵。现今可见的曲谱主要有《太平十八番》及"三仙曲"《朝天子》《经堂乐》《玉芙蓉》等。

1958年10月，邢台地区的太平道乐演奏，在邯郸受到周恩来总理和郭沫若的称赞，二人并和演奏人员合影留念；1998年邢台太平道乐演奏团参加了新加坡举行的亚洲道教节表演，新加坡首脑及各界人士观后大加赞扬。太平道乐在东南亚地区影响颇大，被誉为世界道教音乐的"活化石"，2008年被列为第二批国家级非物质文化遗产保护名录。

在南和、内丘还有巨鹿等县，有幸看了他们样式稍有不同但形式和风格近似的大型民间舞蹈表演"抬黄杠"。抬黄杠又称抬杠、抬花杠，原意是象征给皇宫送贡品，一杠配一马，是流传于河北邢台广大农村地区的一种传统民俗文化娱乐活动。这种乡村娱乐形式，在南和县规模最大也最隆重，相传是当时为纪念黄巾起义改编而创作流传下来的。东汉末年，张角领导的黄巾军在南和张路、郄村一带和官军展开激战，河郭一带的村民，用黄杠带着食品给黄巾军送粮，在贾宋村和那里的村民会合一起支援黄巾军，后来就形成习俗：年年正月十三至二十在河郭村抬杠，二十一至二十二在贾宋村抬杠。现在，已形成三十二杠，三十二匹马，参加者上千人，涉及十几个村镇，围观者数万人。据说，这是黄巾军与官军打仗时留下的规程：正月十一齐杠、十三齐马，十五、十六抬杠，二十一、二十二送杠接杠。自东汉末年以来，他们基本上是每十年举行一次，延续千年至今，现已成为河北规模最大的以纪念张角和黄巾军起义而演变成的传统民间艺术活动。

"艺术给我们插上翅膀，把我们带到很远很远的地方。"（俄·契诃夫）

是的，应该感谢罗贯中和那些种种虚构出来的有关张角和黄巾军的民间故事，还有以艺术形式萦绕着他们精神和气节的非物质文化遗产。他们在山川大地面貌焕然一新，甚至连一些细节都变了模样的新时代里，给我们插上了想象和翱翔的翅膀，带领我们"穿越"到一千八百多年前，纵观张角这样一个平民子弟的横空出世，是怎样站立在时代潮头沸腾起黄巾军的波涛汹涌。这些纯属来自民间最底层的风物、民俗、传说、乡艺，是弥足珍贵的时光追忆，不在于真与假，也无关功与过，成与败。最重要的是，张角和他的黄巾军，是影响、颠覆和改变一个时代的英雄，不，是英雄里的英雄，虽败犹荣……

跟皇帝『死磕』的人

（在唐代，著名谏臣魏征与太宗李世民的是非恩怨）

一

这天上午巳时许，确切地说，是唐朝时期的唐高祖武德九年六月初五（626年7月3日）的上午十点左右，也就是"玄武门之变"的第二天，秦王李世民在唐都长安城（今陕西省西安市）的秦王府，下令召见一个名叫魏征的人。

魏征，字玄成，是李世民哥哥太子李建成的幕僚，官职为太子洗马，任务是辅佐太子，教太子政事和文理。昨天清晨，秦王李世民率领部下，以哥哥太子李建成、弟弟齐王李元吉"阴谋叛乱"为罪名，在玄武门将二人射杀。接着，"太子党"受到全面清洗，魏征当然也就成了"俘虏"。但李世民没有像对待李建成和李元吉身边的近臣那样，不是杀就是关，要不就流放边疆，而是让人把他从家中唤到秦王府，与他亲自面谈一次。

随着一阵清脆的脚步声，一个面孔黝黑，浓眉阔目，个子不高，身材清瘦，花白长髯散至前胸的中年汉子来到了殿前。

"你就是魏征吗?"李世民居高而坐，望着跪在地上施礼的魏征问。

魏征没有抬头，回答道："正是罪臣，遵命叩见王驾千岁。"

李世民挥挥手道："免礼，赐座。"

有人将椅子移到了魏征身旁。

魏征站起身来，没有坐，悄悄打量一眼早已如雷贯耳，自己曾经的"敌人"秦王李世民。但见他年轻而英武，面如冠玉，目若朗星，气宇轩昂，一双浓黑的剑眉斜入鬓角，不怒而自威，其神态散发着一股威震天下的王者之气，而在冷峻和严肃之中，又不失和蔼、真诚与宽厚。单从相貌和气质上看，虽是亲兄弟的李建成，要比这个李世民逊色很多啊！怪不得在这场"骨肉相残"的决斗中，他成为完美的胜出者。很快，他或许就会取代李渊，成为大唐的第二个皇帝了……

"你在东宫（李建成府邸）几年了？"

李世民的又一声问话，让魏征打个愣怔，顿了顿说："已五年有余。"

"据李密和窦建德说，你在他俩手下都做过事，还劝降了李勣，是这样吗？"

魏征挑挑眉头道："不错，但之前，罪臣还在元宝藏帐下听差。"

"噢？"李世民闪烁着眼睛道，"看来，你的经历不简单啊……"

魏征的经历不但不简单，甚至有点复杂，可以说历经坎坷和磨难。在那些风起云涌，战乱频仍，动荡不安的岁月里，他像一株茫然无助的草芥随波逐流。

魏征是巨鹿郡（今河北省邢台市巨鹿县）人，生于公元580年（北周大象二年），第二年，北周静帝禅让帝位于杨坚，改国号为隋，杨坚就是历史上著名的隋文帝。隋朝历经三十八年，因此魏征的青壮年时期，正处于天下大乱的隋唐交替之际。魏征十一岁时，父亲魏长贤留下幼子少妻病逝了。魏征的母亲年纪尚轻，与家族关系紧张，不久便改嫁他乡（一说病故），魏征就成为史书上所说的"少孤"。在家境贫寒，生活没有着落的情况下，年幼的魏征只有两条路可以选择：一是去京城洛阳找他的叔叔魏振德；二是去汲郡内黄县（今河南省安阳市内黄县）找他父亲的好友裴瑞卿。从魏长贤写信托付好友裴瑞卿在他病逝后，由其照顾自己的幼儿少妻的情况来看，魏长贤生前与自己的弟弟魏振德的关系不及好友裴瑞卿。于是，魏征一路向南，投奔家居内黄的父亲好友裴瑞卿。魏征在裴瑞卿的教导和感染下，习经研文，饱读诗书，才学出众，这便有了史书上所言他"喜爱读书，少时聪慧"的评价。在裴家，魏征与裴瑞卿的女儿裴蔷薇相知相爱并结为夫妻。结婚的时间，应是在隋炀帝杨广继位之后的大业二年（606），魏征当时二十六岁。

在内黄县，魏征大概寄人篱下生活了五年。此时，隋朝连年不断的战争和徭役，使国内矛盾日益加剧，农民起义活动此起彼伏。不久，魏征遇到了李勣，从此开始了"走出方寸之地，阅尽大千世界"的人生之旅，这才改变了自己的前途和命运。

当时的李勣，并不叫此名。他本姓徐，是山东曹州人，叫徐世勣，字懋公，这就是《隋唐演义》里描述的能掐会算、神乎其神的瓦岗寨军师徐懋公。他是瓦岗军被剿灭后归顺大唐李渊的，李渊赐他李姓，但又因避唐太宗李世民的"世"讳，所以单字"勣"，此后名字就成为李勣了。李勣出身富家，家道中落后流落到滑州（今河南省安阳市滑县），在附近一个道观里当道士。有一次魏征到这里闲逛，遇到了李勣。两人通过交谈，得知出身相似，都喜欢舞文弄墨，因此一见如故。李勣劝魏征随他一同当道士，魏征欣然答应。于是，两人在这个道观里共同生活了一年，于大业七年（611）又在李勣的鼓动下，投奔距县城东南三十多公里的瓦岗寨（今河南省安阳市滑县瓦岗寨乡）的翟让和李密，成为隋末最大一支农民起义军中的义军。

魏征在瓦岗寨待了大约六年，李勣当了首席军师，但魏征并没有受到重视。大业十三年（617），瓦岗军发生严重的内讧，李密杀了翟让成为寨主，并坚持在东都城外与隋军相峙的错误战略。魏征心灰意冷，经人推荐，他离开瓦岗军来到武阳郡（今河北省邯郸市大名县），投身于起兵反隋，支持瓦岗军造反的郡丞元宝藏手下，被任命为书记官（文书类的办事员）。此间，元宝藏与李密的往来信件，大多由魏征负责起草。李密见这些信件言简意赅，文采飞扬，对起草者的才能赞不绝口，便问是谁。为此，在元宝藏正式归降李密以后，魏征又得到了李密的赏识，被任命为元帅府文学参军，专掌文书卷宗。

因此，魏征外出"闯世界"遇到的第一个上司，是元宝藏，第二个才是李密。

在李密手下，魏征仍然得不到重用，仅限于写写公文作些记录。魏征主动献上壮大瓦岗军的十条计策，但李密不予采纳。李密出身贵族，其父李宽为隋朝的上柱国，封蒲山郡公。因此李密博学多才，擅长谋划，文武双全，志向远大，常常以救世济民为己任，曾在朝廷任亲卫大都督一职，后反隋加入瓦岗寨夺得大权之后，压根儿就看不起魏征这类草根阶层的文化人，认为他们只是自己手下一个写字的"工具"而已。是年，起兵反隋的群雄之一王世充袭击被瓦岗军占领的洛口仓（今河南省郑州市巩县东北一带）粮库，被李密击败，王世充转攻洛口，李密又大获全胜。连续的胜利让李密骄傲而自负，决定一鼓作气，将王世充彻底消灭。魏征得知，认为这是错误的决策，便想上报自己的意见。但因他的级别太低，没有资格见李密，就对李密手下的大将（左司马）郑颋说："我们虽然多次取得胜利，但是兵将也死伤了不少，瓦岗又没有府库，将士们取得战功得不到赏赐。还不如深沟高垒，占据险要，与敌人相持，待敌人粮尽而退时，率军追击，这才是取胜之道。洛阳没有了粮食，王世充无计可施就会与我军决战，这时我们不跟他交战，只需等待时机将其全歼。"郑颋对魏征的话不以为然，说这些都是老生常谈，还用你说？魏征说："这是奇谋深策，怎么是老生常谈呢！"结果，李密主动出击，被王世充打得一败涂地，只得带着残兵败将去归降李渊了。

李渊原是隋朝贵族，任太原留守。隋末天下大乱时，李渊乘势从太原起兵，攻占长安。义宁二年（618）五月，李渊接受其所立的隋恭帝的禅让称帝，建立唐朝，定都长安。当时，全国各地分散着十几支武装力量，有的是农民起义军，有的是地主武装。李渊为了巩固新建立的唐朝政权，和长子李建成、次子李世民，开始了削平各地武装割据势力，统一全国的战争。

在这样的背景下，魏征作为一个卑微的小文书，随李密归顺李渊后，仍然得不到朝廷的重用。此时，李密手下的部将李勣，并没有随着李密归附李渊的唐朝，仍然占据着李密原来管辖的领土，东到大海，南到长江，西到汝州，北到魏郡，大本营驻扎在黎阳（今河南省鹤壁市浚县）。当李渊不知道怎么"解放"这块地盘时，魏征主动请缨，毛遂自荐去黎阳招降李勣。人们将信将疑，但魏征却是满怀信心，因为他和李勣是挚友。

不用一兵一卒，代表朝廷去黎阳劝降李勣，是魏征首次被李渊重用，也是他自"入伍"以来第一次单独"堪当大任"。魏征踌躇满志，由长安经潼关赴山东（太行山以东）时，感慨万千，不由诗性大发，遂作诗一首，名曰《出关》（又作《述怀》），表达他意气风发，不畏艰险，誓报知遇之恩的豪情壮志，诗曰："中原初逐鹿，投笔事戎轩。纵横计不就，慷慨志犹存。杖策谒天子，驱马出关门。请缨系南越，凭轼下东藩。郁纡陟高岫，出没望平原。古木鸣寒鸟，空山啼夜猿。既伤千里目，还惊九逝魂。岂不惮艰险，深怀国士恩。季布无二诺，侯嬴重一言。人生感意气，功名谁复论。"此诗气势雄伟，意境开阔，以粗犷的笔触，一扫汉魏六朝绮靡浮艳的诗风，成功地展示了魏征急欲建功立业的情感世界，成为他诗篇的代表作和初唐抒情诗的名篇。

到了黎阳，魏征利用自己最擅长的文字表达能力，给李勣写了一封信，现将此信翻译成白话文，大意如下——

"自从隋末天下混乱，群雄竞相崛起，跨州连郡，不可胜数。魏公李密起兵反隋，振臂大呼，四方响应如万里风驰，似云合雾聚，聚集了几十万人。声威遍及近半个天下，在洛口打败王世充，在黎山大败宇文化及。正准备向西占领咸阳，向北攻打玄阙，让旌旗飘扬在沙漠，让战马饮水渭河，不料有百胜之威反而败在奔逃的敌军之手。由此可见，天下的归属已成定局，不能以力抗争。因此魏公感念皇恩才自省，进函谷关而无疑虑。您生于混乱之时，感念知己之恩，在根已拔掉的情况下，还坚持不动，聚集溃散的兵马据守一方。王世充凭借胜利的余勇放弃东进，休养生息。窦建德处在失败受辱的形势，不敢对南方有所图谋。您的英名，足可以震动古今。然而谁没有好的开始，可结局却难以预料。把握去留的时机，是安危的关键。假如做官得到封地，九族就会受到恩荫；如果选主不当，自身不能自保。殷灭夏的鉴戒不远，您能够看到听到。孟贲犹豫，童子能先他而近神明，不能整日等待。现在您处在兵家必争之地，应速趁机谋划。遇事迟疑不决，坐观成败，忧惧凶险狡诈之辈，先生出异心，那么您的大事就无法挽回了。"

这封充满才情，情真意切，将历史和现实融会贯通，并言简意赅把天下大事分析得精辟透彻的"劝降书"，不但为李勣指点迷津，使其茅塞顿开，毅然归顺李渊，而且奠定了魏征在唐王朝"崭露头角"的基础。

当魏征滞留在黎阳时，另一支造反队伍在窦建德的率领下攻陷黎阳。李勣逃走，魏征被俘，由窦建德纳入了麾下任起居舍人，也就是掌管皇帝言行和记录重大事件的"书记员"，也没把他当回事。后来，窦建德对人说，我当时如果重用魏征，可能不会有如此悲惨的下场。三年后，窦建德在虎牢关被秦王李世民彻底击溃后，魏征才又回到京都长安。

在长安，身为李渊长子的太子李建成听说魏征的经历后，特别是劝降李勣之事，非常赏识他，就把他调到自己的东宫，任命他为太子洗马。这是继跟随元宝藏、李密、李勣、窦建德之后，魏征所经历的第五位主子，他终于得到了提拔和重用。用现在的话说，跳槽五次才被一位老板发现他是个能干的、有本事的人才。也就是说，经过十五年的颠沛流离，像无头的苍蝇般东碰西撞之后，"五易其主"至李建成麾下，又被李世民"擒"来，才算是"修成正果"了。

可见，时代变幻，命运不济，使魏征成为一个怀才不遇、大器晚成的人。

魏征辅佐李建成，可以说竭尽全力。

当时的李建成，虽然贵为太子，但位置并不稳固，势力也薄弱。因为他的弟弟秦王李世民勇猛果敢，战功卓著，手下谋士武将众多，人才济济，民间声望也高，对李建成的太子地位构成了巨大的威胁。一时间，"太子党"与"秦王党"明争暗斗，最后鹿死谁手，还不得而知。于是，魏征为李建成未来顺利"继位"设计了三条计策：一是主动带兵出征，建立功勋，提升自己的威望；二是利用太子的身份，将李世民身边的大将和良谋调走，剪除其羽翼，削减他的势力；三是寻找适当的时机，除掉李世民以永绝后患。

单从文章水平和逻辑思维能力而言，秦王府的"十八学士"加起来，也不如一个魏征，而魏征的韬略和谋划，也不在房玄龄、杜如晦之下。如果不出意外的话，"太子党"是可以完胜"秦王党"的。待李建成称帝后，魏征功不可没，肯定高官厚禄，成为宰相级的重臣也不是没有可能。

但历史往往不以人的意志向前发展。

魏征为"遏制"李世民所预定的"三大方针"中的前两项，李建成都按魏征的意思去做了，但最后一项，即"除掉"李世民，心慈手软的李建成优柔寡断，没有听从魏征的建议，在需要当机立断的时候顾念亲情，拖泥带水，迟迟没有行动。不久，残酷的斗争形势终于让李建成下定了决心，采用魏征等谋士所设的"毒酒计谋"杀害李世民。没能得逞后，李世民反戈一击，先下手发动了"玄武门之变"。

于是，太子李建成被杀后，身为"太子党"谋士的魏征就成了李世民的"阶下囚"，因此，他已经做好了坐牢甚至是掉头的准备……

现在，李世民把魏征唤来，不知道"葫芦里装的什么药"。杀剐存留随便吧，何必叫来问话呢？一代枭雄李世民可是个"狠茬儿"，连杀兄火弟都不眨眨眼睛，何况一个微不足道的魏征呢？

"我听说，你在东宫那里，经常说我的坏话，还挑拨我们兄弟之间的关系，并且多次建议他趁早除掉我，可有此事？"李世民高声呵斥魏征。

魏征打个寒噤，但很快就平静下来了。他挺直身子，抬起头来，直视着李世民朝他射来的那一束咄咄逼人的目光，坦然道："不错，是有这事，但可惜的是，他没有听我的。"

李世民愠怒："你为何这样仇视本王？"

"此话不对！"魏征正色道，"一朝天子一朝臣，我身为辅佐太子的大臣，就要全心全意为他服务。用俗话说，是吃谁家的饭，拿谁家的俸禄，就应该给谁家干活谋事。我只对事不对人，并非对你有什么仇恨。我当时是他的人，当然要为他出谋划策。"

"噢……"李世民沉吟片刻，点了点头说，"这话有一定的道理。但我想问你，昨天在玄武门，我把我哥哥李建成和弟弟李元吉都杀了，这件事你怎么看呢？"

魏征不假思索，正色道："你是对的，你不杀他们，他们早晚会杀了你。如果他当时听我的话，尽快对你下手，先把你杀了，就没有玄武门之变这件事了，你今天也不会坐在这里。"

大殿两旁的众臣闻声大惊，纷纷对魏征怒目而视，有的还拔出了佩剑——

"企图谋害大王，宰了他！"

"还如此狂傲，真是死有余辜！"

"大胆叛臣，口出狂言，罪该万死，拉出去五马分尸！"

……

李世民摆了摆手，制止了众臣。

魏征现出一丝冷笑，平静地将众臣浏览了一番，之后望定李世民，拍拍胸脯，坦然地说："王驾千岁，扪心自问，我现在说的，都是大实话。要杀要剐，随便即是。"

李世民闪烁几下眼睛，微微笑了："不错，你很直率，说的的确是实话，本王喜欢耿直和说实话的人。本王现在问你，你愿意为大唐尽忠吗？"

魏征朝李世民拱拱手道："如果不弃，下臣愿意为王驾千岁效力。"

"好！从今日起，本王赦你无罪！"

当场，李世民赦免了魏征，而且为避免那些追随他多年的功臣非议，掩人耳目，任命他为詹事主簿。这是个很不起眼的小官，相当于一个办事员。但李世民的目的，用现在的话说，是先安排个工作，从李建成那里"洗白"出来，过渡一下，后边再提拔重用。尽管这样，左右大臣还是发出了一阵不可思议的唏嘘声。

然而，更让人哗然和惊叫的是，不到一个月，李世民就提升魏征为谏议大夫。两个月后，李渊主动退位传于李世民，新皇帝李世民又立即发布了一个诏令：规定宰相政事堂和御前议事，一定要谏议大夫参与才可。这在以前是不可想象的，以前，谏议大夫的权限，仅限于在朝堂上发发谏议，而如今谏议大夫却如同宰相一般，参与机密大事的商议，有了议事权发言权。明眼人一看就知道是提升魏征的权限，因为新任谏议大夫就只有魏征一人。

于是，从这个时候开始，即627至649年的二十二年里，李世民改年号为"贞观"，携手魏征，开始了政治清明、经济复苏、文化繁荣的治世局面，史称"贞观之治"。

可以说，没有魏征，就没有李世民的贞观之治。

这一年，魏征四十七岁，李世民二十九岁。

二

坎坷的路面，凋敝的庄稼，坍塌的房舍。放眼望去，一派萧瑟，满目疮痍。街巷上，衣衫褴褛的行乞者成群结队，乌鸦在干枯的枝头鼓噪得凄厉。

沿途一路向东北行进时所看到的景况，让魏征长吁短叹，对随行的官员们说："天下虽然统一了，但长年战乱，致使田野荒芜，民不聊生。看来，帝王的长治久安和国富民强，还需要我们为臣的和皇上，共同勤勉才是啊！"

这是魏征受李世民之托，以钦差大臣的身份，率队从京都长安出发，赴山东（今太行山以东的河北、山东）安抚那一带的官民。因为李世民刚刚即位，山东的广大地区，都是哥哥太子李建成和弟弟齐王李元吉的势力范围。如今天下虽归了李世民，但其旧部因玄武门事件搞得人人自危，局势不稳，如果处理不好，社会将发生动荡甚至是起兵作乱。

此次外出，是魏征辅佐李世民承办的第一件事。

这天，魏征一行人来到了磁州（今河北省邯郸市磁县），在大街上，遇到一队官兵押着几辆囚车向西行进。一问，才得知是李建成的东宫千牛（禁卫队）首领李志安、李元吉的护军李思行被锁在囚车里往京都押解。

魏征见状，令车马停下，对副使李桐客说："我们动身的时候，皇上有诏命于我，让我对前东宫、齐王府的旧人灵活处置，根据平时的表现是严惩还是宽大赦免。现在，不问青红皂白，就锁入囚笼示众押往京师，恐有不妥，大家会怀疑皇上的宽怀，激起民怨，我们也有失职之责。"

李桐客点头称是，令囚车停下。

魏征问押解囚车的校尉道："你所押解的李志安和李行思，除是原东宫和齐王的旧部外，还有何罪状呢？"

校尉吓得跪倒在地："小人还不曾听说过有别的罪状，小人只管遵命押解，其他详情一概不知，还请大人详察。"

这时，有许多围观的百姓在一旁呼喊，说两位李大人清正为民，无端被捕，着实冤枉，请求钦差大老爷公断……

魏征朝百姓们挥挥手，对校尉说："你把他们护送至原地，各归旧任。"

"小人不敢，要经州官大人发令……"

魏征一瞪眼道："我受皇命而来，有尚方宝剑在此，你只管遵命即是。州官那里怪罪下来，自有我承担。"

李桐客在一旁说："大人，是否禀报皇上后，再行定夺。"

"路途如此遥远，不必了！"魏征毅然道，"出京之日，万岁已降圣旨于我，遇事可以自己决断，不可先报。朝廷派我们来安抚山东，如果我们不当场释放他们，大家一定不会相信皇上的宽厚和仁慈，这岂不是差之毫厘、失之千里？况且此事关乎国家利益，明白了必须去做，宁可自己承担责任，也不能损害国家大计。现在如果释放李思行他们，不再追究他们的罪责，信义的感召就会远达天下，百姓们才能安居乐业。古时大夫出使，只要是对国家有利，就可以自己做主。况且我们这次出使山东，皇上给予我们灵活行事的权力。皇上既然对我们以国士相待，我们怎能不以国士相报呢？"

李志安、李思行释放后官复原职，山东一带的原李建成和李元吉的旧部无不欢欣鼓舞，再无后顾之忧，踏踏实实为新君李世民做事，百姓也都喜出望外，感激皇恩浩荡。山东各地从此平安无事，一心谋求发展，顺利过渡到了"贞观"之年。

魏征事后将此事奏报李世民，李世民大喜，高兴地当众臣的面赞扬魏征道："知我心者，非魏公莫属。"

之后，得到李世民高度信任的魏征，平步青云，当年升任尚书左丞，正四品上阶。也就是说，从武德九年末到贞观元年，魏征在一年的时间里，自从七品上阶升至正四品上阶，连升十四个品级（唐制：三品以下，不仅每品分正、从，而且正和从各自又有上、下阶），并有从五品上阶爵位。第二年，魏征又被授秘书监，正式参与朝政，从三品。贞观六年，又兼任检校侍中，并进爵钜鹿郡公（正二品爵位）。贞观七年，代王珪为侍中（正三品），正式成为门下省最高长官，宰相之一。此后一直到逝世，魏征当了十年宰相，并主持编史，后加左光禄大夫（正二品散官），进封郑国公（从一品爵位）。

至此，在他与李世民相处的十七年里，君臣二人结成"黄金搭档"，为大唐的江山社稷，共同谱写了一曲"直言敢谏、善于纳谏"的千古佳话，也成全了二人的"一代名相"和"千古一帝"的无上荣光。

关于魏征劝谏李世民，而李世民虚心纳谏的故事，史书记载和民间传说很多，在这里仅选择几例——

一、贞观三年（629），李世民曾下令免除关中地区租税两年，但不久又决定已经交纳的从明年算起。魏征认为这是朝廷出尔反尔，说了不算，失信于民。当时，魏征任门下省的官员，官名是给事中。门下省是三省之一，主要职责是出纳帝命，总典吏职，以弼庶务，即审核下行的诏敕，审批百司奏抄处理日常政务。门下省的长官是侍中，副长官是门下侍郎，负责日常工作的则是给事中。给事中的主要任务：一是审读奏抄；二是审查中书省起草的制敕，制敕有差失或不便施行，驳正奏还；三是大狱三司详决，刑名不当，轻重或失误的，要根据法例进行裁决；四是六品以下官的任用在吏部拟定后，由给事中进行审定。所以在制度规定上，魏征有封还制敕的权力。李世民颁布的诏令发出后，负责签署的魏征拒绝在通告上签字，李世民震怒，几次下令，但魏征就是不从，向李世民陈述朝廷"朝令夕改、言而无信"的利害，李世民才不情愿地被迫取消了这条通令。

二、还有一次，朝廷下令征兵，封德彝（时任宰相）建议，中男虽然未满十八岁，但身材壮大的，也可以征入到军队中来，李世民表示同意。按规定，本来是年满十八岁的丁男国家才征调的。敕旨发到门下省，魏征坚决不同意，不肯签署。因为这是皇上的意思，所以中书省又把敕再次交到门下省审查。但魏征再次送了回去，就是不签署。如此反复了四次。李世民知道了，不由大怒，立即叫人把魏征传唤来，质问他道："你为什么就是不同意呢？中男长得身形壮大者，有很多都已经年满十八岁了，他们都是谎报年龄，来逃避兵役的。征调他们本来就合情合理，你为什么这么固执呢！"魏征面对李世民的责怪，并不畏惧，解释道："军队的战斗力不在于人数的多少，而在于是不是运用得当。陛下只要挑选勇猛健壮的，以正确的方法驾驭他们，就会战无不克，又何必多选些瘦弱矮小的呢？况且陛下当时说，要以诚信来治理天下，希望臣民都不要有欺诈之心。陛下即位没多久，怎么就失信于天下好几回了呢？"李世民愕然，不解地问："朕怎么就失信于天下好几回了？"魏征说："让臣来为陛下数一数吧。陛下刚即位的时候，曾经下诏：拖欠官府东西的，一律免除。可是官吏们照样催收，这是不是说话不算数？后来，陛下又下令关中免租调两年，关外免一年。百姓还没来得及高兴，陛下就再次下旨说已经交纳的人也有不少了，那就来年再免税。这刚刚发还就又重新征收，百姓本来就有怨言了，何况现在陛下还要点中男为兵，又是征税又是征兵，免税之类从何说起呢？再者说，陛下一向说要以诚信待人，为什么征兵的时候怀疑百姓作假？无缘无故怀疑人，这能算讲信用吗？"唐太宗听了这番话，觉得很有道理，不仅不生气，反而高兴地说："原来朕以为卿太固执，怀疑你的办事能力。现在听了你的话，深刻精要，全都说在了点子上。是啊！如果法令不能令百姓信服，那他们怎么会去遵守，天下又怎么治理得好呢？这回确实是朕的过失，爱卿坚持得对啊！"言罢，命赐魏征金瓮一个。

三、贞观六年（632）三月，李世民和长孙皇后所生的长女长乐公主，准备出嫁了，宫廷上下沉浸在一派的欢乐之中。李世民特别喜爱长乐公主，视她为掌上明珠，因此，他计划赏赐给公主许多宝物作为嫁妆，比当年他父亲李渊女儿永嘉长公主出嫁时高出一倍还多。魏征得知后，面谏李世民，严肃地数落他道："当年汉明帝要封他的儿子，对臣下说，我的儿子怎么能和先帝的儿子相比呢？所以，给他们的封地都只是先帝儿子楚王、淮阳王的一半而已。在历史上，这件事被大家传为美谈。现在，陛下给长乐公主的嫁妆多过于永嘉长公主，这可是不合规矩啊！天子的姐妹长女封为长公主，女儿封为公主，这是礼法。而长公主前面既然加了'长'字，就表示比公主要尊贵。陛下疼爱长乐公主，那是人之常情。但感情有差别，道义上却不能有差别。如果，你打算赐给长乐公主的嫁妆比永嘉长公主多，恐怕是破了先例，于理不通，还请陛下三思。"正高兴的李世民被当头"棒喝"，很是不快，但仔细想了想，觉得魏征说得有理，尽管很不情愿，但还是取消了原来准备的礼单，宫廷内外无不赞赏，李世民和长孙皇后避免了背后的非议。事后，长孙皇后为了嘉奖魏征，赐给他四百缗钱，四百匹绢，并遣人告诉魏征说："今日真正见到了卿之正直，故以此物相赐。"

四、有一次，李世民外出打猎。那天，他心情很好，兴致也特别高，射杀了许多野物，玩得忘记了时间，到第二天早上才带着侍卫返回宫中。魏征不愿意了，皱着眉头立即进谏。指责他玩物丧志，延误朝政，像老师批评小学生那样，喋喋不休教训了他一番。李世民认为这不是什么大事，身为皇帝多玩一会儿，至于上纲上线吗？但转念又一想，魏征说得头头是道，也无言反驳，只得当着满朝文武，表示自己以后一定改正，严格遵守游玩休闲的时间。因此，等过了一段时间，李世民又想去秦岭山中打猎取乐，行装都已准备好了，但却迟迟没有成行，有一次刚出城就又回来了。魏征得知后，问他这是为何？李世民笑着说："朕是想去打猎，但害怕你又要直言进谏，为朕提意见，所以只好打消了这个念头。"不久，李世民想去泰山封禅，以此炫耀大唐盛世和自己的功绩，魏征表示坚决反对。李世民问魏征道："你不主张进行封禅，是不是认为我的功劳不高、德行不尊、中国未安、四夷未服、年谷未丰、祥瑞未至呢？"魏征则回答说："陛下虽有以上六德，但自从隋末天下大乱以来，直到现在，户口并未恢复，仓库尚为空虚，而车驾东巡，千骑万乘，耗费巨大，沿途百姓承受不了。况且陛下封禅，必然万国咸集，远夷君长也要扈从。而如今中原一带，人烟稀少，灌木丛生，万国使者和远夷君长看到中国如此虚弱，岂不产生轻视之心？如果赏赐不周，就不会满足这些远人的欲望；免除赋役，也远远不能报偿百姓的破费。如此仅图虚名而受实害的事，陛下为什么要干呢？"结果太宗不得已而作罢。

　　五、有一天，李世民得到一只雄健俊逸的鹞子，他让鹞子在自己的手臂上跳来跳去，赏玩得十分高兴。这时，魏征突然上朝来了。李世民怕魏征看见他在"玩鸟"批评他，就急忙把鹞子藏到怀里。但魏征已经看到了，他起奏时，故意东拉西扯拖延时间，不让李世民有机会把怀里的鹞子掏出来，结果鹞子被活活憋死在怀里了。之后，又因一些事，魏征跟李世民争执，李世民想发作，但又怕在大臣面前丢了自己接受意见的好名声，只好勉强忍住。退朝以后，他憋了一肚子气回到内宫，见了他的妻子长孙皇后，气冲冲地说："总有一天，我要杀死这个多嘴多舌的家伙！"皇后很少见李世民发那么大的火，问他说："不知道陛下想杀哪一个？"李世民气愤地说："还不是那个魏征！他总是当着众臣的面给我难堪，还让我把我心爱的鹞子捂死了，叫我实在忍受不了！"皇后闻声，悄悄回到自己的内室，换了一套朝见的礼服，向李世民下拜。李世民惊叫道："你这是干什么？"皇后说："我听说，英明的天子才能有正直的大臣，现在魏征这样敢说话，正说明陛下的英明，我怎么能不向陛下祝贺呢！"李世民听后，怨气顿消。

六、贞观七年，蜀王妃的父亲杨誉在官衙内竞婢犯法，相关的官员都官郎中薛仁方把杨誉扣押起来调查，但是还没有最后提出处分。杨誉的儿子是千牛卫士，在李世民身边负责安全保卫工作，于是向他申诉。李世民偏听一面之词，命令将薛仁方杖一百，解除所有官职。魏征认为处置不妥，就站出来替薛仁方说话，对李世民道："城狐和社鼠都不强大，只是因为它们有所凭恃，所以清除起来很不容易。何况世家贵戚，从来号称难治，汉、晋以来，朝廷对他们都没有办法。建国之初，他们就已经很骄纵，自从陛下登基以来，刚有所收敛。薛仁方既是国家的公务人员，能为国家守法已经难能可贵，怎么可以随便妄加刑罚到他的身上，让这些外戚的私心得逞呢？这个口子一开，今后一定万端争起，到时候您必然后悔，可是那时就来不及了。自古以来，能禁断这样的事情，只有陛下一人而已。防微杜渐，是国家正常的方法，怎么可以水未横流，便欲自毁堤防？"唐太宗听后，接受了魏征的意见，恢复了薛仁方的官职。

七、一天午后，李世民邀魏征登上"层观"，让他陪自己一起遥望昭陵。该"层观"是李世民为追思亡妻长孙皇后而在宫中修建的一个高耸的楼台，站在这上面，可以看见埋葬的长孙皇后的昭陵。长孙皇后与李世民感情深厚，两人相伴二十余年，她不仅姿色动人，而且贤良淑德，是个名副其实的贤妻良母。她去世后，李世民极度悲伤，经常在这里眺望着亡妻的陵墓落泪。当时，李世民满脸泪水，指着远处的昭陵，对魏征说："看见了吗？昔日与我朝夕相伴的爱妻，就在那里，再也见不到她了，让朕无比思念……"魏征斜视他一眼，见他忧伤的样子，不屑道："没有，臣眼睛有点花了，什么也没有看见。"李世民十分焦急，伸出手指给魏征看，魏征眯着眼睛，故意说："臣以为，陛下是带我来看献陵，原来是让看昭陵啊！"李世民愣了愣，问："爱卿这是何意？"魏征意味深长地说："做皇上的，应以孝当先，多瞻仰献陵才是。"献陵，是李世民的父母、唐高祖李渊夫妻的合葬墓，而昭陵当时是长孙皇后之墓，言外之意，是在说李世民不孝顺，光知道想妻子，不知道思念父母，劳师动众盖起高楼，就为了看一眼妻子的墓地，父母的墓地却不闻不问。古代帝王无不标榜自己"以孝治天下"，而皇上现在的行为，实属心里只有妻子而没有父母。当面挖苦和训斥李世民不孝，无异于打皇帝的耳光。李世民听后，虽然很生气，但立即明白魏征的"指责"是为他好，让他以"孝道"为天下人作榜样，而不是整天沉浸在对妻子的追忆中哭哭啼啼。不久，李世民令人把楼台拆毁，再不敢当着臣下的面说一些怀念妻子的话了。

八、有一次，李世民问魏征："历史上的人君，为什么有的人明智，有的人昏庸？"魏征说："多听听各方面的意见，就明智；只听单方面的话，就昏庸（文言是'兼听则明，偏听则暗'）。"他还列举了历史上尧、舜和秦二世、梁武帝、隋炀帝等帝王的例子，说："治理天下的人君如果能够采纳下面的意见，那么下情就能上达，他的亲信要想蒙蔽也蒙蔽不了。"李世民听后，高兴地说："你说得太对了！"又有一天，李世民读完隋炀帝的文集，跟左右大臣说："我看隋炀帝这个人，学问渊博，也懂得尧、舜好，桀、纣不好，为什么干出事来这么荒唐？"魏征说："一个皇帝光靠聪明渊博不行，还应该虚心倾听臣子的意见。隋炀帝自以为才高，骄傲自信，说的是尧舜的话，干的却是桀纣的事，到后来糊里糊涂，就自取灭亡了。"李世民点头称是。

九、贞观年间中期以后，李世民渐渐表现出"忘本"（忘记以民为本）、"忘危"（忘记隋亡教训）的苗头。魏征对此极为忧虑，他清醒地看到了大唐繁荣昌盛后面所隐藏的危机，于贞观十一年（637）的三月到七月，"频上四疏，以陈得失"。撰写的《谏太宗十思疏》，就是其中的第二疏，因此也称"论时政第二疏"，规劝李世民按照人君治国理政应当遵从的十条规范对照反省自己。李世民看后猛然警醒，写了《答魏征手诏》，表示从谏改过。这篇文章被太宗置于案头，奉为座右铭。两年后的贞观十三年（639），魏征又上书《十渐不克终疏》，直截了当对李世民近年来放松自我要求，不能从严治政的十种表现进行了分析，并提醒他"傲不可长，欲不可纵，乐不可极，志不可满"。此言被李世民书于屏风之上，时时提醒自己。文中列举李世民的十条缺点是：一、迷恋财物，过去无为无欲，现在"求骏马于万里，市珍奇于域外"；二、轻用民力，过去视人如伤，现在故劳役者；三、乐身营欲，追求享受，过去损己以利物，现在纵欲以劳人；四、亲小人，远忠臣，过去"砥砺名节"，"亲爱君子，疏斥小人"，现在"重君子也，敬而远之；轻小人也，狎而近之"；五、好尚奇珍，贪图玩乐，过去"捐金抵璧，反朴还淳"，现在"难得之货，无远不臻，珍奇之作，无时能止"；六、人思苟免，莫能尽力，犯了用人不当的错误，过去"求贤若渴，善人所举，信而任之，取其所长，恒恐不及"，现在"不审察其根源，而轻为之臧否"；七、热衷盘游之娱，酷爱打猎，过去"内除毕弋之物，外绝畋猎之源"，现在"以驰骋为欢，莫虑不虞之变"；八、忽略下层民意，过去"君恩下流，臣情上达"，现在"多所忽略"；九、志在嬉游，荒于政事，过去"孜孜不怠，屈己从人，恒若不足"，现在"不复专心治道"；十、劳弊尤甚，奴役百姓，过去"矜育之怀"，现在"疲于徭役"。这十条，款款是针对李世民失德之处拟定的，一言以蔽之就是："忧劳可以兴国，逸豫可以亡身。"这十条建议或意见，并没有完全将李世民这些年的励精图治全盘否定。虽然小有微疵，但瑕不掩瑜，要不然李世民也不会"录付史司，冀千载之下识君臣之义"了，后来还"赐征黄金十斤，厩马二匹"，并说这篇文章是"词强理直"（《贞观政要·慎终》）。从这些举动上看，李世民还是能听进去魏征的意见。因此，魏征的敢于"犯颜直谏"，也是有策略、有智慧的。魏征不只是敢于提意见，而是善于提意见。他能把道理说清说透，还善于因势利导，充分利用表扬的方式达到帮助皇帝改正错误的目的。在谏言中，"自古能禁断此事，唯陛下一人"。魏征这样说，有利于李世民改正错误，不会让皇帝发生误解，寓批评于表扬之中，更容易让皇帝接受。

可见，李世民也算是一个开明的君主，他给了魏征"敢说话，说实话"的机会和权力，让魏征时刻提醒自己。魏征本来就比李世民大得多，性格也比较直，所以他就像是一位长辈一样，经常苦口婆心地劝谏李世民，不管是国家大事还是李世民的家事，只要是魏征看不过去的，他都要去劝谏，而且不分地点和场合，甚至好几次都让李世民这个皇帝下不来台。

史书记载，李世民曾经当面夸赞魏征："爱卿前后陈述进谏二百多次，若非出于至诚奉国之心，又怎能做到？"在李世民心中，他已把魏征认定为忠心报国之人，因此他的意见再尖锐，李世民也不会怪罪。何况，他有时候还是先褒后贬，讲究语言艺术的策略。看似是有点"耍滑头"，其实是聪明的"大智慧"。

唐太宗没有亏待魏征，对他赞赏有加。有一次在庆贺皇孙出生的宴会上，李世民当着众臣的面感慨道："贞观以前跟随我平定天下时，房玄龄功劳最大；贞观之后，敢犯言直谏的只有魏征，古代的名臣和他们二人相比也不过如此。"为了表彰二人，李世民拿出两把玉柄金缕的佩刀，分别赐给魏征和房玄龄。

三

这年夏天里的一个拂晓，魏征从梦中醒来，睁开眼睛，想从床上坐起来，但感觉双眼疼痛难忍，就又眯住眼睛躺下了。

这时，他的妻子裴蔷薇已经穿衣下床，准备做早点，服侍魏征起床去上早朝。她见魏征动了动身子没有起来，便说："老爷，起床吧，别误了早朝。"

魏征再次睁开眼睛，又感觉到一阵剧痛："我的眼睛好疼，是不是昨晚看书太晚，眼疾又发作，似乎是更厉害了。"

裴夫人走过来，俯下身子近前看看他，惊叫道："啊！你的眼睛又红又肿。"

魏征没有吱声，洗漱时在镜子里看了看自己的双眼，果然是红肿了，而且，感觉左眼里面像是长了东西，有擦磨感，视线模糊，仿佛是眼前隔了一层纱布或是外面有一片雾霾。他一阵心悸，望望镜子里几乎全白的头发和胡须，还有消瘦而像姜皮干黄满是皱纹的脸庞，长长叹息了一声……

这些年，"佐天子，总百官，治万事，事无不统"的魏征操劳过度，委实太累了。

魏征除了身兼宰相之职日理万机之外，还奉李世民之命，主持编写《隋书》《周书》《梁书》《陈书》《齐书》（时称"五代史"）等，历时七年终于完成。其中《隋书》的序论、《梁书》《陈书》和《齐书》的总论都由魏征所撰，时称"良史"。之后，魏征患了眼疾，但经过一段时间的治疗，已经痊愈了，但他自己感觉到了身心疲惫，力不从心，请求李世民解除自己的侍中（宰相）之职。但李世民不同意，深情地说："我把你从俘虏中选拔出来，任命你担任重要的职务。见到我的过失，你直言劝谏。你难道没有看到金在矿里，有什么是值得珍贵的呢？好的工匠把它冶炼、锻造成器物，就被人们当作宝贝。我正是把自己比作金矿，把你当成好的工匠。我是一个富矿，你是最高明的工匠。你虽然患有眼疾，但还没有衰老，哪能就这样辞官呢？"魏征坚持罢相，并呈上"告退书"请李世民"恩准"，此"辞职报告"译成白话文，大意如下："我在隋朝的时候，经常遭遇战乱，像我这样的人，都死得差不多了。今天我可以在太平盛世，又荣幸被皇上提拔，恩情非常深，想的只有报效陛下。但是，我的眼睛有一些毛病，和风疹相比，更加剧烈。天刚刚昏暗，几十米内，全看不见他人。走来走去，觉得心烦意乱。现在天下太平，英雄豪杰就像森林里的树木一样多。更难容忍像我一样牵延不愈之病的人，担任在天子近侧的重要职位。非但不能官加二品，更希望解去我侍中这个职位，给我一点小官，不离您的左右。足够以我的愚才，检查出一些缺漏的事情，不敢夸大。这真的是我的志愿。"李世民见魏征说得恳切和坚决，只好同意，加魏征为"特进"（优待元老重臣的散官），知门下事。因此，以后从魏征这里开始，知某某事也成了宰相的一种。李世民虽然任命了新的侍中，但门下省的重要事情，仍由魏征处理，俨然成了侍中、宰相侍中之上的元老宰相，只是具体小事不大管了，但国家大事照常执管。其俸禄、赏赐等一切待遇都与侍中完全相同，依然为大唐帝国的"贞观之治"掌舵护航……

"看来，我的眼疾加重了……"

裴夫人在一旁爱怜地说："难道，咱就不能彻底辞官不做吗？"

"唉……"魏征又长叹一声，"皇上不恩准，我的官职则名亡实存，是变相不让我退休，我也没有办法啊……"

"我就不信，大唐离了你，就不过了！要知道，天下没有不散的宴席。"

魏征洗漱完毕，揉揉红肿的双眼道："今日上朝，我再辞官就是。"

但在早朝上，还没等魏征提出辞职，李世民就在龙书案上颁发诏旨，任命魏征为太子太师，重申继续主持门下省的日常工作。

魏征闻声，连忙下跪道："感谢皇上隆恩，但下臣眼疾加重，不能竭尽全力辅导太子，恐怕失职，皇上另请高明吧……"

李世民不容他辩解："汉朝的太子以四老为辅佐，我现在依靠你，也是这个道理。别说有眼疾，就算患病，卧床也可以保全太子。此事朕考虑多时，不必推辞，就这样定了。"原来，太子李承乾不修德行不尽职守，李世民对小儿子魏王李泰的宠爱一天天增长，朝廷内外议论纷纷，无不疑虑和惶恐。李世民听说后，很厌恶这些非议，决定让魏征辅佐太子，以平息这些猜忌和流言蜚语，并对侍臣说："当今朝臣忠诚正直的没有人能超过魏征，我派他辅佐皇太子，以杜绝天下的怨言。"

魏征不但没能辞成官，反而又多了一顶"乌纱"：皇太子李承乾的老师。

这是贞观十六年（642）六月的事情。

半年以后，为大唐鞠躬尽瘁的魏征，终于病倒了。

李世民听说后，心急如焚，从宫廷派出御医和使官前往"魏府"医治和探望，送去大量补品，并携带白色的褥子和布被赐给魏征，以此成全他崇尚简朴的心愿。使官回来，向李世民报告，说魏征的住宅很简陋，连个正室都没有。李世民立即下诏，不管魏征同意与否，把自己原来准备建小殿的材料，运往魏征家为他修造房屋，并要求工部必须在一个月内完成。同时，特意派中郎将李安俨在魏征的宅院里留宿，一有动静立即向他报告。

几天之后，李世民接到魏征的一封"感谢信"，看后热泪盈眶，还不停地摇头叹息。

在一旁的太子李承乾问："父皇，太师写了什么？"

李世民垂泪道："没什么，只是一些谦让和感谢的话。"

"父皇为何流泪呢？"

李世民把信递给太子，忧伤地说："魏公平时写的奏章，字迹工整，笔画苍劲有力，一丝不苟。你看，现在这封信表，却是字迹潦草，落笔歪斜，似乎是写字时手抖动得厉害。可见，他病得很重啊！朕怎么能不悲伤呢……"

在魏征病重期间，李世民先后两次去探视魏征。

第一次，李世民前往魏征府第，坐在他病榻上，握着他的手谈了一整天，最后问他有何心愿。魏征有气无力地对李世民说："嫠不恤纬，而忧宗周之亡。"此语出自《左传》，意为："我对自己和家里的事无心可操，就是恐怕国家出乱子。"

李世民第二次去看望魏征，是在魏征病逝的前几天。当时，李世民带着自己最小的年仅九岁的女儿衡山公主一同前往。李世民望着病入膏肓的魏征，充满了哀痛，深情地拉着他的手说："朕已决定，将朕之爱女衡山公主，许配给你的儿子叔玉为妻。"魏征感激涕零，欲起身致谢，但身体实在难以撑起。李世民扶住他，命身边的衡山公主上前，对魏征说："您的儿媳妇来看您来了！"他还让衡山公主和魏公子叔玉在他和魏征面前，携手行订婚之礼。气若游丝的魏征，激动得泪流满面，无言以对。

直言敢谏，总是跟皇帝"死磕"，但却能屡屡"受主隆恩"的魏征，于贞观十七年（643）正月十七日上午病故，享年六十四岁。

李世民亲自到魏征家中吊唁，痛哭流涕，悲伤不已。下令"废朝五日"，亲自撰写碑文，书写墓碑，命在京的九品以上文武百官均去奔丧。追赠魏征为司空、相州都督，赐谥号"文贞"，赐封九百户食邑。宫廷供给手持羽葆、班剑的仪仗队和吹鼓乐手共四十人，送给办丧事用的绢帛千段、米粟千石。

将要下葬的时候，魏征的夫人裴氏说："魏征平生节俭，现在让他按一品官的礼节安葬，所需仪仗、器物极多，不符合魏征的心意。"因此，对朝廷供给的一切仪仗和物品都推辞不受，竟用布车载棺枢，没有花纹色彩等装饰。

出殡这天，李世民诏令百官把魏征的灵枢送出郊外，又登上御苑中的西楼，眺望着魏征的灵枢哭泣，泪水婆娑地对身边的近臣说："夫以铜为镜，可以正衣冠；以史为镜，可以知兴替；以人为镜，可以明得失。魏征没，朕亡一镜矣！"（见《旧唐书·魏征传》）翻译过来的意思是："一个人用铜作镜子，可以照见衣帽是不是穿戴得端正；用历史作镜子，可以看到国家兴亡的原因；用人作镜子，可以发现自己做得对不对。魏征一死，我就少了一面好镜子啊！"

这堪称是对魏征一生最准确的评价。

"三镜"之说，成为后世称道的名言。

同年二月，李世民命阎立本（著名画家）画二十四功臣像置入凌烟阁，魏征位列第三。

但是，魏征死后不到三个月，李世民突然下旨，解除了衡山公主和魏征长子魏叔玉的婚约，怒气冲冲来到魏征墓地，推倒他亲自为魏征所写的墓碑，破口大骂魏征"荐人失察""谏言外流"，是个表里不一的小人、伪君子。

一时朝野震惊，举国愕然。

这是为什么？

难道，李世民和魏征这对携手并肩所缔造出的"贤君良臣"的时代楷模和典范，都是虚假的吗？一个为人刚正不阿，不向权贵折腰，且敢于面对君主犯言直谏，有着高尚传统士大夫为政风骨的臣子；一个具有雄才大略，胸襟宽阔，虚心纳谏，敢于接受批评善于改正错误的帝王，都是在演戏吗？或者说，都是在欺世盗名吗？

关于李世民在魏征死后对其"撕婚约"和"毁墓碑"反戈一击"清算"的原因，说法很多，但正规的史书记载只有两条，也可以说是魏征的两大罪状。

第一条罪状：魏征举荐的官员企图谋反，所以他"荐人失察"。

魏征生前曾向唐太宗推荐过两个大臣，认为他们都有宰相之才，一个是杜正伦，一个是侯君集。因为魏征的推荐，杜正伦被提拔为兵部员外郎，后又改任太子左庶子；侯君集也官至检校吏部尚书。但是，魏征死后不久，却爆发了唐宫内部的太子李承乾谋反案。李承乾是李世民长子，为长孙皇后所生，八岁被立为太子，聪明可爱。但年长之后，由于他有腿疾，自认为有损太子形象。为排遣自卑感，他逐渐将兴趣移转到声色犬马上，且产生了同性恋倾向，致使行为失常，对父亲阳奉阴违，对师长劝勉不耐，甚至试图暗杀深得父亲宠爱且怀有谋嫡之心的胞弟李泰。在失败之后，李承乾遂与汉王李元昌、城阳公主的驸马都尉杜荷、侯君集等人勾结，打算先下手为强起兵逼宫，结果事情败露。李承乾皇储之位被废，被判充军到黔州，参与政变的一批官员受到惩处。其中，就有跟李承乾一同参与谋反的、与魏征关系亲密的杜正伦和侯君集。杜正伦因为负罪被罢免，侯君集因参与谋反被斩首。于是，李世民就怀疑魏征这位他认为很忠诚的老实人，在朝廷有结党营私的嫌疑。

第二条罪状：魏征把生前劝谏的材料交给了史官，致使"谏言外流"。

有人反映，魏征多次向褚遂良出示自己写给李世民的谏书。褚遂良是起居郎（官名），也就是负责记录帝王平日言行举止的史官。正式史书的编纂，都要参照该史官所记录的内容。据史料记载，魏征把这些"内部资料"交给了史官，什么"内部资料"呢？就是"前后谏净言辞往复"，这难道就是魏征的谏言吗？非也，是魏征进谏以及与太宗争吵的过程。举个例子说，就是魏征进谏某某事，太宗不同意，魏征坚持，太宗愤怒，魏征继续坚持，太宗和魏征互相指着鼻子吵架，最后太宗同意了魏征的意见，诸如此类。严格来讲，披露这些事情，在唐朝是一种犯罪行为，属于"漏泄禁中语"。更重要的是，魏征此举，李世民是事后才知道的，这就犯了皇帝的大忌。万一谏诤记录中有什么不该说的，那岂不是影响李世民苦心塑造的明君形象。魏征这样做，像是在炫耀自己的功劳，揭露李世民不为外界所知的短处，大有揭皇帝老底之嫌。魏征，难道不是在以牺牲皇帝的名声为代价，来实现自己沽名钓誉的私欲吗？因此，李世民知道这个消息后，感觉自己的个人隐私突然大白于天下，当然是怒不可遏。

从表面上看，这两件事所酿成的"大祸"，才使李世民勃然大怒，对魏征由"宠"到"恨"，由"褒"到"贬"是顺理成章的，但有没有更深层次的因素呢？

比如，李世民是真愿意虚心接受他人的批评和教育吗？

在这个世界上，恐怕没有人愿意听"难听话"，所以才有了"报喜不报忧"之说，所以才有了皇帝李世民虚心接受臣子的批评"从谏如流"的千古佳话，才有了"进谏"与"纳谏"的故事被后人津津乐道并世代传颂。即使到了现在，在"民主生活会"上"开展批评与自我批评"，"照镜子、正衣冠，红红脸、出出汗"，依然是我党提高执政能力的传统法宝。之所以要这样做，就是因为有许多人，特别是一些领导干部，只愿意"听好话"不愿意听"刺耳话"。这并非道德品质问题，而是人性使然，连孩子也是夸奖他高兴，批评他就撅嘴。难道，作为至高无上的皇帝，就真的愿意听一个老臣大大在自己身边"横挑鼻子竖挑眼"吗？从内心来讲，非常不愿意。但李世民为什么能接受魏征喋喋不休的批评呢？可能是为了国家和自己建功立业，也有可能是为"杀兄夺权"恐怕被世人谩骂大逆不道掩人耳目。他屠兄戮弟，武力挟持李渊"让位"，毕竟不是什么光彩的举动。况且魏征又是李建成的旧臣，重用他听他的话，正可以用来装潢门面，进行危机公关，来证明自己的"善良"和"大度"。还有什么事能比宽恕敌人更能彰显上位者的仁爱胸怀呢？那就是重用敌人。现在，十七年过去了，"贞观之治"一帆风顺，魏征已经作古，没有利用价值了，不再需要"忠言逆耳利于行"了，于是就找点"茬儿"罗列出上述两条罪行当作借口否定了他。

再比如，李世民是不是要发泄压抑已久的情绪呢？

也许，正因为能当上皇帝有许多不可公开言说的难言之隐，李世民成为历史上少有的开明君主。为了开创大唐盛世的局面，为了实现千古一帝的梦想，他给了魏征"无限话语权"，让魏征时刻提醒和劝谏自己。无论在国家大事上，还是在皇帝的个人私生活方面，年长李世民十八岁的魏征，俨然是一位"大叔"级的长辈，旁征博引，口若悬河，好像在教诲一个没有主见的孩子。尽管魏征在上谏时，也注意了方式方法，但他还是忽略了最基本也是最重要的一点：那就是皇帝也是人，皇帝也有自己的主张、理想、爱好和私生活。唐太宗那种与生俱来的好奇心，标新立异的开拓劲，以及自由生活的率性而为，在很多时候都受到了魏征的阻挠和责怪。魏征这种慈父般的过火关爱甚至是"溺爱"，在李世民眼里可能成了一种挥之不去的"阴影"和"负担"。当皇帝在很多时候说了不算，反而要看大臣的脸色时，这种长期逐步积累起来的压抑，总有一天就会像火山一样突然喷发。而魏征的"荐人失察"和"谏言外流"，只不过是唐太宗"悔婚砸墓"事件的导火索。

还比如，李世民可能是在杀一儆百吧？

魏征之后的"头号"谏臣叫刘洎，但两年后就被李世民赐死了。李世民已经功成名就，不再需要类似魏征这样多嘴多舌的臣子了，因此给魏征来个"挫骨扬灰"以儆效尤。这无疑是在向朝野传递一个信号：朕这里没有特权者，即使视为"镜子"的魏征，若对我不忠、对大唐不利，也会被拉下神坛。让大家牢记"伴君如伴虎"的原则，别整天"不守纪律不讲规矩"没大没小胡说八道。即便是皇帝身边地位最显赫的大臣，看似风光无限大权在握，然而他的生死，却都是皇帝一句话的事，无论官位多高，皇帝都可以随时"封号禁言"甚至"打老虎"。君心真是难测啊，为人称道的君臣友情，真的有那么美好吗？

当然，这些都是根据史料，衍生出的关于李世民与魏征"君臣关系"之间的猜测和断想，两人之间相处的故事实际情况究竟是怎样的，恐怕没人能说得清楚。

不过，李世民不愧为一代明君。他的聪明之处，在于很快修正了对魏征的态度和"评价"为其平反昭雪。

贞观十八年（644）十一月，也就是魏征去世后的第二年冬天，不听劝谏、一意孤行的李世民发动征伐高句丽的战争，结果以失败告终。在从东北回归的路上，悔恨交加的李世民忽然想起了魏征，由衷发出了"魏征若在，不使我有是行也"的长叹，立即"命驰驿祀征以少牢，复立所制碑，召其妻子诣行在，劳赐之"。于千里之外，急召京城的官员将拉倒的魏征墓碑重新立起，回京后亲自前去祭祀，并召见和奖赏魏征的遗孀和后代。

反反复复，似乎不是李世民的风格，也许，这是李世民的回心转意？是对自己"失误"的"认错"，恢复魏征原本的定位和评判？还是搞的一次政治作秀？是否如此，反正历史是这么记载的，从而谱写了一曲"明君名臣"令世人敬仰的风流绝唱。

与魏征逝世时的季节相仿，这也是一个严酷的冬天。西北风凛冽，天空阴沉，浓雾茫茫，连绵的群山仿佛在混沌的大洋间沉浮。我们来到陕西省礼泉县昭陵（唐太宗李世民与文德皇后长孙氏的合葬陵墓）西南约三公里凤凰山巅的魏征墓前，心情像这寒冷的气候一样冰凉和压抑。

在昭陵众多大臣的陪葬墓中，只有魏征的墓是依山而建，而且距离昭陵主峰最近。当地人称魏征墓为"魏征陵"，公路上的路标也是这么标注的。在中国传统的丧葬礼制中，只有帝王的坟墓才称之为"陵"，而魏征墓称作陵，可见魏征死后葬身之地被民间尊崇的程度，是可以与帝王齐名的。魏征墓依山凿石而筑，为昭陵陪葬墓之一。墓垣仅有蟠桃纹碑首的石碑一通，据史书《旧唐书·魏征传》载："帝亲制碑文，并为书石"。现碑身通体磨光，已无书写镌刻痕迹。据说，这是李世民罪责魏征"荐人不察"和"谏言外流"，下令将墓碑推倒并将上面的题文磨掉的。而两年后又诏旨复立时，只把碑竖起来了，而上面的字并没有重新刻上去。当时，有人问李世民，那些磨毁的字还要刻上去吗？李世民没有答应，于是就留下了这个"无字碑"。

凝望着洁净光滑的无字碑，心底不由迸发出"不著一字，尽得风流"这句古诗。是啊！也许是魏征生前说得太多了，在这里不必再说，说一个字也是多余的。石碑上的字迹虽然磨去了，但永远磨不掉的，是魏征曾经的意志、精神、气节和智慧。李世民可能也这样认为，"于无声处听惊雷"啊！

这是大唐的惊雷，风尘滚滚，金戈铁马，霓裳羽衣，遍地悲欢离合，云谲波诡，正义与邪恶，贤良与奸佞，忠诚与背叛，交织成光怪陆离的世间景象，似乎在无字碑上淡化成一幅幅画面依稀呈现。

难道不是吗？无论李世民如何工于心计，善于表演，精于算计，也不管魏征是真的无欲则刚，还是故意以一种独特的方式

"上位"，总之，大唐这艘巨轮，在真真假假、是是非非的演绎中起航了，且乘风破浪一路前行。贞观之治，是一个值得永远铭记的繁荣盛世。在那个时代的风云际会中，有千古明君，有百年贤臣，精彩和绚丽的明争暗斗轮番上演，繁荣和富足的美好生活缤纷绚烂。

离开魏征墓地，站在高处的盘山道上，回头再俯瞰魏征墓地所在的凤凰山，发现此山与唐太宗李世民葬于昭陵的九嵕山，原来是在彼此相望啊！于是心中不由一颤：莫非，他们君臣之间的对话，还在继续吗？是"死磕"般争吵，还是试图隔空言欢？或许，他们是那个时代的一对好演员，精心谋划和编排出了一台"好戏"留给天下人看吗？

总之，我们相信，无论如何，他们君臣二人，都是卓尔不群的智者和伟人，制造的一个个令人匪夷所思的谜团，仍然在山谷间的雾霾里弥漫……

一个王者的荣耀

（五代十国的一代明君柴荣，为何把江山托付给赵匡胤）

一

　　高平之战，是柴荣继承皇位后第一场关乎"是生存还是死亡"的大仗和硬仗，也可以说是五代十国时期规模最大也最惨烈的一次战争。

　　战争的双方是北汉和后周两个国家，都城分别在晋阳（今山西省太原市）和汴梁（今河南省开封市），前者称帝的是刘崇，后者皇帝为柴荣。刘崇之所以要举兵"进犯"或者说"侵略"柴荣统治下的后周国，是来"复国"并为侄子和儿子报仇的。其实，刘崇和柴荣本身并没有"过节"，而是刘崇与柴荣他姑父也算是他养父的郭威有仇。但郭威前几天患病驾崩了，由养子柴荣继位，于是，刘崇便气势汹汹地把复仇行动"转嫁"到柴荣身上。刘崇的意思是，你"接手"了郭威的皇位，就得替郭威"挨打"，正如子承父业那样必须父债子还。

　　刘崇和郭威的恩怨，发生在五年前。

　　多年来，郭威一直辅佐刘崇的哥哥刘知远打天下，深得刘知远的赏识，并为他登上后汉的皇位立下了汗马功劳。之后，郭威的仕途一路高歌，晋升至枢密副使和检校司徒，成为统帅大军的将相。因此，身为皇帝弟弟和近臣的刘崇与大将郭威，关系当然也很好，两人还并肩作战，但后来突然发生了"流血事件"，两人从此结下了解不开的"仇疙瘩"。

　　起因是四年前刘知远病逝，由他十八岁的儿子刘承祐继位。这个岁数当皇帝有点小，为此刘知远临终前"托孤"，让自己最信任的几位大臣辅佐刘承祐，其中就有郭威。三年后，小皇帝渐渐成熟了，不愿意再听从周边大臣对他指手画脚，再加相信谗言和谣言，一连杀了四位大臣，其"黑名单"上也有郭威。因郭威这时候驻防在邺都（今河北省临漳县）任留守，兼天雄军节度使和枢密使，河北诸州都听他的调遣，所以远离京城。刘承祐"逮不住"郭威，便将他的妻儿老小全部抄斩，也包括他养子柴荣的三个儿子，接着又派杀手赴邺都捕杀于他。但不料事先有人通风报信，郭威怒不可遏，来了个先下手为强的"反叛"，率兵从邺都直扑汴梁，把刘承祐给宰了。本来，郭威可以直接取而代之当了皇帝。因为在这个"枪杆子里面出政权"，有兵能打才是硬道理的战乱时代，为争王位，臣子杀君，手足相伐，篡权夺位家常便饭一样，短短五十四年里，居然像流水线那样"生产"出了三十多个帝王。但郭威的"仁义"和"道德"还没有完全泯灭，他是被"灭门"又被追杀实在气不过才逼迫杀皇帝"造反"的，按现在的话说叫"以牙还牙"和"正当防卫"，并不是非要"弑君篡位"不可。同时，他又觉得自己资历尚浅，朝野文武百官也不一定"买他的账"。这时，群臣和李太后经过商议，鉴于刘承祐无子，就决定立刘知远的另一个儿子刘承勋继位，但因他大病在身，卧床不起，就又改立刘知远的养子刘赟。这刘赟的生父，正是刘崇。当时，刘赟是徐州节度使，闻讯连忙赶往京城汴梁继位，但郭威在众将的怂恿下，抢先一步"兵变"，逼迫李太后下诏封自己为"监国"，夺取了朝政大权，并以太后的名义下诏废黜刘赟，将其囚禁。之后，郭威正式称帝，国号大周，史称后周，后汉从此灭亡。郭威怕留着刘赟生出祸患，将其毒死。刘家的江山就这样被郭威夺去，还丢了侄子和儿子的性命。刘崇咽不下这口气，于是在太原宣布立国称帝，仍以汉为国号，史称北汉。面对国仇家恨，刘崇稍事准备，对郭威"宣战"。他怕打不过郭威，就从近邻契丹的辽国借兵五千。仗打了三年，不但没能报仇雪恨，反而折兵损将，只好作罢。正发愁时，消息传来，郭威病逝了，由他的养子柴荣继位。刘崇心花怒放，对人说："我打不过郭雀儿（郭威的外号），还打不过这个乳臭未干的小毛孩子吗？趁他刚上台，一下子把他揍趴下！把我刘家的江山夺回来，把他的脑袋摘下来祭奠我的侄子和儿子！"为了能打赢这场战争，确保万无一失，他又不惜重金，从辽国那里借来骑兵一万，部族兵五万，号称十万，由大将杨衮与自己的三万将士会合一处，气势汹汹朝中原的后周边境拥来……

郭威正月初患病，十七日驾崩，但秘不发丧。到了二十一日，柴荣才按照遗诏继皇帝位，然后再按礼制安排郭威的丧葬。

可万万没有想到，在后周"国丧"之际，"仇家"刘崇就来"叫板"了。正披麻戴孝服丧的柴荣得知这一消息，是二十六日，距他登基才五天。

试想，才三十三岁，正血气方刚的柴荣是多么气愤啊？用"怒发冲冠三千丈"来形容一点都不为过。

柴荣是个稳重笃定的年轻人，平时不苟言笑，喜怒不形于色，认真做事，用通俗的话说，是个"勤勤恳恳能干成事的实在人"，但却刚毅、倔强，自己认准的路，会一条道跑到黑。当得知刘崇前来进犯，大军已经入境，绕过潞州（今山西省长治市）继续东进的时候，"老实人"柴荣的第一反应是："刘崇老匹夫，欺人太甚了，欺我父皇刚刚去世，尸骨未寒，欺我刚刚登基，立足未稳……"

面对刘崇的疯狂挑衅，柴荣首先强烈地意识到，这是刘崇对自己亲爱的姑父郭威最大的羞辱，如同"扒坟"和"鞭尸"一样，是绝对不能忍受和接受的。

在这危急的时刻，柴荣首先想起自己与郭威相处的那些难以忘怀的日子——

柴荣和郭威都是河北邢州尧山（今河北省邢台市隆尧县）人，因柴荣的姑母嫁给郭威一直无子，姑母求得父亲柴守礼同意，就把家道中落的小柴荣收为养子。姑父郭威特别喜欢聪明可爱的柴荣，从军营回来，总是给柴荣带来一些好吃的，还教他使枪弄棒，练习骑射和武术。后来，柴荣长大了，这时，郭威也因帮刘知远建立后汉受到重用，在任邺都留守时，因这里离老家邢州很近，就把柴荣带到他身边从军，任天雄牙内指挥使，从此，柴荣开始了他的政治和戎马生涯。郭威对柴荣比亲儿子还亲，没有郭威，就没有柴荣的今天。郭威有亲外甥李重进，跟郭威有血缘关系，还有女婿张永德，分别任殿前都虞候和殿前都指挥，都是掌管中央直属部队的宫中禁军的将军，而且战功赫赫。但郭威最终却把皇位传给了柴荣，可见郭威对柴荣是多么的爱昵、器重和信任。"姑父郭威一生征战南北，出生入死，经历坎坷，太不容易了。虽贵为皇上，但却穿布衣，吃粗饭，不收一文的贡项，没有后宫和佳丽。姑母死后，他才纳了三个妃子，共生了两个儿子和三个女儿，可都叫你刘崇老匹夫的侄子刘承祐杀了个净光！更可恨的是，还杀了我的三个儿子，太残忍了。姑父的命太苦，大半生为刘家打天下，到老了你刘家却恩将仇报，来了个斩尽杀绝。姑父没有享过一天福，也太不幸了，四十七岁才'舍得一身剐'当上皇帝，五十一岁就不幸谢世，只坐了三年龙椅啊！即使要断气了，还嘱我陵墓从简，以纸衣瓦棺作椁，不许宫人守陵，墓上不许有任何标志，更不允许搞石人石兽的'神路'……刘崇老匹夫，是你刘家不义在前，我姑父不得已而为之才绝地反击，何错之有？你现在居然拿不是当理说，先帝的尸体还在宫里放着，你就大张旗鼓地乘人之危前来兴师讨伐，让我姑父身后还不得安宁，欺人太甚了！"

其次，柴荣还愤慨和震怒于刘崇对自己的轻视、蔑视甚至是落井下石——

是的，相比较而言，柴荣"出道"晚了点儿，郭威把他带到邺都时，他已经快三十岁了。之前，他主要是经商，奔走于南方做茶叶生意，后来郭威称帝建立后周，柴荣才以皇子身份被派到澶州（今河南省濮阳市）任刺史和镇宁军节度使，正式成为"一把手"主持这里的军政事务，其间只参与过平叛的小仗，并没有经历过大的战争。柴荣在澶州主政两年，政绩不错，口碑甚好，深得百姓拥戴，被郭威加授为晋王，调至京都入朝任开封府尹，似有"储君"的意思，但郭威并没有公开这么说，其实是有这个打算的。柴荣上任七个月后，郭威就病倒了，临终遗诏将皇位传给了柴荣。显而易见，柴荣这个新皇帝资历还比较浅，根基也薄，人脉关系不够广，更没有显赫的战功，众臣现在听命于他，无非是看在先皇"余威"还在的面子上。对于这一点，郭威似乎也有些不放心，在病危之时，特意把外甥李重进叫到滋德殿的病榻前，让他当面给柴荣行君臣大礼，就是怕"这小子"以后给柴荣"找事"。也许，刘崇在这个时候起兵犯周，正是觊觎到这里面暗藏的玄机吧。"好啊！刘崇老匹夫，你欺我年少，没打过大仗，欺我刚刚黄袍加身，在国内还没有足够的威望，欺我还沉浸在丧父的巨大悲痛之中，就耀武扬威拉开架势跟我干仗！来吧，这也是检验我是不是一个称职的君主，是不是一条血性汉子的试金石。我要带兵御驾亲征，打出新君的气节和威风……"

当然，当柴荣得知刘崇率兵"犯境"的时候，并不一定这么说过，史书上更无记载，但他肯定这样想过。因为，接下来，在后周朝野的一次御前会议上，众臣对柴荣是不是"御驾亲征"展开的一场大辩论，佐证了柴荣忍着巨大悲痛要亲自与刘崇展开"生死对决"的义无反顾。这一幕，《资治通鉴》《旧五代史》《新五代史》等都有记载。

万岁殿上，柴荣把"御驾亲征"的意思说了，接着征求大家的意见。其实，这只是按程序走个形式，让群臣甚至全国人民知道一下，也算是个战争动员令，因为打仗会涉及到方方面面的事情，让大家都有个思想准备。

像许多会议一样，会上出现了两种声音，一种赞同，一种反对。

其中，反对最强烈的，是一个叫冯道的老宰相。

冯道将着花白的胡须说："陛下，恕我直言，您刚刚登基，人心不稳，不宜轻举妄动，派大将前去御敌就可以了，您不必亲征，不能离开京都。"

柴荣看他一眼，甚是不快道："唐太宗创业时期，也是经常御驾亲征，我怕什么，为什么不能去呢？"

冯道淡淡一笑："陛下，您是李世民吗？不要动不动就学唐太宗……"

柴荣皱皱眉头，心中不快，瞪他一眼说："刘崇这个老匹夫，踞于弹丸之地，缺兵少将，搬来一点儿辽军，无非是些乌合之众，我大周兵强马壮，打他就像以山压卵！"

冯道眯着眼睛看看柴荣，不屑道："陛下呀，您觉得自己像座山吗?"

柴荣心里一沉，颦蹙双眉，仔细看了看他那一脸轻蔑的神色，感觉冯道真的是老了，头发和胡子几乎全白了，满脸皱褶。柴荣暗想：这冯道可不是一般人，他今年该有七十三岁了，算上自己这一朝，三十多年间，他为五代十国十一个皇帝当过宰相了吧，真可谓举世无双的政坛"不倒翁"。听说，他有一句名言是"但知行好事，莫要问前程"，现在他强烈反对自己出征，是该问前程还是不问呢？算了，老了就是老了，老油条，老滑头，像常年在风雨里打磨的砖瓦，早没有棱角了，让他休息去吧……

于是，柴荣将目光从冯道那里收了回来，挥挥手，对众臣也是对冯道说："都不必再说了，朕意已决，即刻带兵出征，都退朝吧!"

散会后，柴荣下诏，解除了冯道的官职，改任太祖皇陵山陵使，令他去二百里外的新郑，为郭威修造后世称嵩陵的陵寝。

柴荣一定要御驾亲征的固执己见，并非一气之下拍拍热脑袋的草率和鲁莽。相反，他在不动声色地谋划着一系列战前必须做的准备工作，其中的一件事，是谁也没有料到的，从而彰显出这位新君的睿智、魄力和不同凡响。

诸事安排停当，柴荣戴盔披甲，骑马携刀，威风凛凛、精神昂扬地率领精锐部队——禁军（御林军），先期向西进发，拉开了这场五代史上从无前例，空前绝后的大战之序幕。

真可谓，是挑战也是机遇。换句话说，有最大的挑战才能有最好的机遇，时势造英雄，这话一点都不假！从这个意义上讲，是刘崇的"挑战"，成就了一个王者的横空出世。

不信，请看柴荣与刘崇的这场一触即发的大鏖战。

二

时值初春，大地有萌动的迹象，巍峨绵延的太行山刚刚绽放出淡绿，天空一片湛蓝，风中夹杂着一丝丝的寒意。

位于太行山深处的泽州城（今山西省晋城市）的守军和百姓，此刻呈现出一派欢乐的景象，他们迎来了刚刚即位的新皇帝柴荣和他率领的五千禁军。

连日来，柴荣带领将士跋山涉水，跃马疾行，来到隶属于后周辖地与北汉边境接壤的泽州城。据报，刘崇率领的北汉军已经进入泽州境内的北部了。柴荣心急如焚，统帅精锐的禁军，一路急行军前来寻找和阻击。

可见，皇帝在这场战争中打的是先锋，是"尖刀班"和"敢死队"。

皇帝当了"敢死队"的队长，不知道中国的历史上有没有？足见柴荣的赌注压了多大，典型的孤注一掷。

驻守在泽州的官兵和当地百姓闻讯又惊又喜，蜂拥般围住柴荣高喊着"万岁"一睹他的尊容。柴荣下马与军民相见，还到军营视察，发表了一阵慷慨激昂的演讲，掷地有声道："国家安危和我们的生存在此一战，我誓与众将士同生死，共命运，不灭北汉决不还朝……"将士们斗志倍增，热血沸腾。突然，探马来报，说北汉军已经到了高平，柴荣立刻集结部队向北进军。

高平，也就是今天的高平市（县级市），距泽州城以北七十多里。

这么近的距离，柴荣的禁军都是骑兵，说到就到。经上村和大车渠村，行至一个叫巴公原的地方时，与刘崇的部队相遇了，也可以说成是短兵相接。

于是，中国历史上著名的"高平之战"正式开演了，时间是后周显德元年（954）三月十一日。

为了把这场战事说得清楚和明白，我们不妨把双方的"军事实力"和"军事部署"简单介绍一下——

先说北方的北汉军：北汉军其实是一支联军，因为刘崇军力很弱，乞求于契丹借兵六万，自己有三万，共计九万，所以是一个联合军团，以下简称"汉辽联军"。北汉军由刘崇带队，大将张元徽为先锋，辽军由名将杨衮率领。阵形是，刘崇亲自率领中军，大将张元徽率左军在东，杨衮率右军的契丹骑兵在西，排出"山"字形的阵列。

再看南方的后周军：柴荣率领的禁军五千，沿途调来的兵力五千，加上在泽州、怀州、孟州等周边的驻军五千，总共不到两万。当然，还有一支由河阳节度使刘词所带领的一万援军，但他们行军速度慢，此刻还在路上未到。显而易见，与联军相比兵力悬殊，不及人家的三分之一。在兵力部署上，后周军也是"山"字阵列。河东道行营马军都指挥使白重赞、都虞候李重进统率左翼军在西，马军都指挥使樊爱能、步军都指挥使何徽统率右翼军在东，殿前都指挥使张永德率领禁军，紧随全身披挂的柴荣，居于中军，算是指挥部。

一开始，双方并没有立即投入"厮杀"，而是在巴公原的开阔地上"对峙"。两列大军绵延在田野、山冈、荒坡、林间数十里。如果这时候从空中俯瞰，但见居于北方的联军队伍黑压压长龙一般，而南方的后周军就显得极其单薄，像是一个婴儿站在一个巨兽面前。

没人不为柴荣担心：皇上精神可嘉，但实力太弱，如同以卵击石。怎能相信他在冯道面前夸夸其谈自己是"山"呢？不看不知道，一看吓一跳，你也就是皇帝，敢吹牛罢了。不知道别人这么想没有，反正他的大将樊爱能、何徽这么想了，也被联军的阵势吓蒙了。不信，再稍等一会儿，他们就领着右路军逃跑了。

后周军的将士们在担心，而刘崇却在微笑。之前，他并不知道柴荣会亲自来跟他打仗，是看见对面迎风飘扬的旗帜上，除了"周"的标志，还有一面"柴"字旗，才知道柴荣真的是亲征了。他有点吃惊，觉得"这小子"胆儿真是不小，但看看他带的那些稀稀拉拉的兵马，就又高兴了，心想：我正愁逮不住你呢，你却送上门来了，年轻人，知道这叫自投罗网不？他甚至在马背上就做起美梦来了：打散周军，杀了柴荣，然后一鼓作气攻城略地打到汴梁，一雪国仇家恨之耻，当上大皇帝。

刘崇眯起眼睛，仔细朝骑在战马上戴盔披甲的柴荣望望，看不太清，只能感受到一个大概的轮廓。他是认得柴荣的，毕竟他们都是后汉的将士，而且与其养父郭威都是他皇哥刘知远的得力干将。他发现，柴荣似乎是瘦了，从前是四方大脸，现在似乎是变长了，窄了。嗯，明白了，爹死了，刚登基，愁的，累的，活该，没这本事和能力，当皇帝也是白受罪！一会儿，我一刀结果了你的性命，跟郭威一块去地下享福吧！可是，他为什么站着不动呢？对，是不敢动，被老子这阵势吓住了……

是的，柴荣没敢动。这样的"阵仗"，他真的是第一次看见。对面人山人海，剑戟林立，有风从东北方向吹来，随着一排排"汉"字旗的舞动，挟裹着些许微寒，像是一群魔鬼翩跹。左路，一排排弓箭手虎视眈眈；右路，是一望无际的辽军战马在嘶鸣。柴荣的心脏在剧烈地跳动，他似乎都能听见自己胸腔里的怦怦声。开弓没有回头箭，成败在此一役，人生在此一搏，成者王侯败者寇，我个人和国家的命运，都摆到高平这片土地上了。不要焦急，不要轻举妄动，给刘崇老匹夫一个错觉。再说，这风从东北刮来，顶风的仗怎么打……

错觉其实已经先期误导到刘崇这里了。刘崇认为柴荣是害怕了，胆怯了，不敢主动下手，那好，大哥我先来，先下手为强。

动手之前，刘崇决定先把辽军打发走，因为他见柴荣就带这么点儿人来，还不够我一划拉呢，用你们契丹人来"帮阵"，纯粹是六个指头挠痒——多那么一道，事后不但要领你们的情，还得给你们不少银子，何苦来着？于是，他对身边的诸将说："弟兄们啊，你们看，咱们自个儿就能大破周军，何必要跟他们契丹人借兵呢！唉！真是后悔死了。"众将连声说，陛下说得极是，撵走他们算了。刘崇摇摇头，得意地说："不，今天不只是要克周军，朕还要让杨衮看看，看看我是怎样灭柴荣的，让杨衮他们对我心悦诚服。"

正说时，杨衮策马过来了，朝对面的周军阵容和为首的柴荣看了看，对刘崇说："周军人虽少，但排兵布阵颇有章法，这是一支劲敌，千万不可小视，暂时不要出击……"刘崇不以为然，笑笑道："请将军不要多说了，我正要找你呢，你不用上阵，在旁边看着，看我怎样破敌。"杨衮大为不悦，瞪刘崇一眼，调转马头退了回去。

这时，风向突然变了，原来是东北风，现在变成了东南风。

北汉有一位叫王得中的文官枢密使，见风向的变换对作战不利，过来劝刘崇暂时不要动手，要等等时机，意思是风向变了，我们是迎风作战，不宜出击。但刘崇不听，斥责他道："这点风算什么，退了下去！"风向转变，也让杨衮预感到不祥，他再次来到刘崇跟前："风向突变，吉凶未卜，还是小心为好。"现在的刘崇已经听不得任何的劝阻，一心想的是破周军灭柴荣，于是大声说："贻误战机，柴荣会跑掉的，机不可失时不再来，请公勿言，在一旁给我观战就是！"杨衮怔怔，愤然而去。据说，杨衮是杨继业的父亲，后来曾与大宋赵匡胤作战。杨衮将赵匡胤击于马下，不料赵匡胤头部突现龙形，杨衮认为赵匡胤是真命天子，连忙下马受降。赵匡胤封杨衮为王，并解下紫色金带赠与杨衮作为信物。自此，杨家将成为宋朝抗击外来侵略的主力军。

突然拧劲向北飘荡的旌旗传出哗哗啦啦的响声，如同阵阵掌声伴随着喝彩，让柴荣惊喜不已，也使全体参战的后周军将士欢欣鼓舞。

难道，真是"天不绝我，要助我矣"！柴荣欣慰地朝后扭扭头，看看身后禁军里诸多他战前刚刚招募来的士兵，其中有许多绿林好汉和草莽英雄，见他们个个斗志昂扬，抿嘴笑了笑。这是他决定御驾亲征后别出心裁的一招怪棋——在全国各地招募混迹于江湖的草莽英雄。他认为，"矫捷勇猛之士多出于群盗中"，只要那些流寇和山寨的强人投靠国家，不但免其之前所犯的罪过，优秀者还可以直接加入禁军，供职于皇帝近卫的岗位。诏示一下，几天时间里，不计其数的民间英雄和豪杰纷至沓来。柴荣布置教官面试比武登记造册，有不少精壮勇敢又会武术的青年被编进了禁军并进行短期训练。此事可不是演义，《旧五代史·后周·世宗纪一》载："诏诸道募山林亡命之徒有勇力者送于阙下，仍目之为强人。帝以矫捷勇猛之士多出于群盗中，故令所在招纳，有应命者，即贷其罪，以禁卫处之。"所以，柴荣还是有点底气的，刘崇你人多算什么，我的这些壮士，是可以一当百的。

但刘崇不知道，他只知道柴荣人少势单，必须赶快下手，放跑他还得去找就更麻烦，于是命令张元徽率左军向后周军的右翼发起强烈攻势。

敌方的左军是一万人，而后周军的右军，指挥官是樊爱能、何徽，手下兵卒不足三千。少也不怕，总能抵挡一阵儿吧。但谁也没想到，张元徽率兵还没有全冲进来，樊爱能、何徽就喊叫着带头撒丫子跑了，比兔子都快。三千人的队伍，未曾交上手就这样眨眼之间溃散了。没有跟随樊爱能逃跑的，约有近千人，则脱下盔甲放下武器跪倒双膝举手投降了，并且还冲着刘崇呼喊"万岁"……

坏了，要崩盘啊！

你说气人不气人！别说后周军和柴荣，就连敌方的刘崇、张元徽和联军，也都惊呆了。

出现这种情况，一般来说，按规律来讲，联军借势全线出击扑杀过来，后周军即使不能全军覆没，也必定溃败得一塌糊涂，丢盔弃甲逃之夭夭。

果然，刘崇发出了指令，只见一排排弓箭手呈一字长蛇阵的队列向这里射箭，千万支飞矢捎带着迎风的呼啸声，狂雨一般袭来，再往下，可能就是骑兵和步兵混合着朝这里黑压压扑杀过来……

"冲啊，杀啊！跟我来……"瞬间，或者说是在这千钧一发之际，有个人狮吼般呐喊了一声。许多后周军没有听见喊声，听见的也没听清楚是谁在呼喊。这不重要，重要的是将士们看见有一个人飞马朝对面的敌阵狂奔。大家稍微一愣，飞马已经离开了阵列。这时众将士才看清楚了，原来是我们的皇帝！他全身甲胄，从后面看不见他的模样，但将士们认识他的黄骠马，还有皇上为出征新打制的那一套金铠金盔。

是的，那是陛下！

但见柴荣挥着长枪，伏在马背上，左躲右闪不断腾挪，像一条爬行的蛇在密集的箭雨里躲避着穿行……

群情突然高昂起来，尤其是禁军中新招募来的绿林好汉，有五十多人率先跟随柴荣冲了上去。紧接着，近万人的后周军发疯一般朝敌军冲去，如同出笼的猛虎，势如破竹。

至高无上的皇上都不要命了，我们的小命儿算什么？

如果柴荣是一员大将，那么，我们会说他勇冠关（羽）张（飞）；如果柴荣是三军统帅，那么，我们就说他有点冒失了；而柴荣作为一个皇帝，那么，我们可不可以说他莽撞呢？你干吗来了？御驾亲征，是来督战的，发号施令的，不是让你来冲锋陷阵，夹着炸药包炸碉堡的。现在的队伍，刚才逃跑了两千，投降了一千，还剩下一万多人，你就这么点人，人家八九万，这仗没法打啊！人家现在正朝这里放箭，你不怕把自己射成刺猬吗？就算你本事大，冒着枪林弹雨如入无人之境，那万一有一支冷箭击中了你呢？或者，退一步说，你幸运，飞箭不能击中你，可你一个人冲进庞大的敌阵，或者说就算你领了一群人冲进去，真能在虎穴里掏出虎崽来吗？开玩笑，以为演穿越电影啊！可是，柴荣这样做了，也许没有多想，也许想了。反正是个死，让刘崇一刀杀了，反而痛快点儿！倘若让人俘虏或者亡国，被刘崇甚至是自己的群臣和民众污辱，生不如死！在这一瞬间，他就这样做了，没有对与不对，该与不该。有时候，辉煌的历史和一个人的荣耀，就是在刹那间写成和铸就的。如果要问为什么，永远没有答案。也许万世流芳，也许遗臭万年。

柴荣似乎在梦游，紧随其后的一些将士似乎也在梦游。

在这支呈梦游状态的大军，正不顾死活、争先恐后朝联军冲击时，有一个将领则比较清醒，他叫赵匡胤。对，就是他，大宋王朝的创始人。六年以后，他黄袍加身，将柴荣取而代之。因此，柴荣现在所做的一切，都是在为他铺路搭桥，清障除碍，说白了，死活都是在为他"打工"了。但是，这是任何人也不知道的事，未来总是隐藏在历史的背后。

此时此刻的赵匡胤，是作为禁军的宿卫将，随驾上了战场的。他的顶头上司，就是张永德，先皇郭威的女婿，现任皇帝柴荣的表妹夫。

头脑清醒的赵匡胤作为"护驾"禁军的中级将领，号召士兵随驾冲锋："君辱臣死，国家安危，在此一举，弟兄们，快快护驾……"他随柴荣往前冲锋的同时，跃马来到张永德身边说："公麾下多善于骑射者，你引兵占领西侧高地攻北汉敌寇左翼，我带兵攻击右翼，这样就有可能扭转局面。"张永德身为殿前都检点，是禁军的统帅，危急关头，觉得赵匡胤说得有理，急忙按他的意思，把禁军分成两队，一队两千人。把骑兵交给赵匡胤，他自己带领两千人的弓箭手，立即占领西方不远处的一个高地，向左路的北汉军放箭。赵匡胤则率骑兵替补了逃跑的右路军的位置，一马当先杀向敌阵。这样就形成了对敌的两面夹击之势，迅速扭转了被动局面。再加柴荣的近身卫队内殿直中的夏津人马仁瑀的呐喊"让陛下受敌，要我辈何用"，接着跃马引弓连毙数十人，后周众将士如梦方醒，个个像下山的猛虎与汉军展开激烈的厮杀，迅速将冲锋在前的柴荣接替了出来……

柴荣气喘吁吁站在一个坡岗上，目光越过围在他身边奋勇杀敌的士兵那剑戟铿锵、刀光剑影、血溅战袍的场面，清清楚楚看见东边右路的赵匡胤在马背上，挥舞长剑连杀了数个北汉军。突然，一支冷箭射中了赵匡胤的肩部，只见他将箭拔掉，流着满战袍的鲜血继续杀敌，真真切切的浴血奋战啊！

正是这一幕：一支箭，一片血，还有刚才随机应变的战斗调动和部署，敲开赵匡胤开创大宋王朝三百多年历史的第一扇大门。

此情此景让柴荣心里一紧，深受感动，他立即令身边侍卫上前将赵匡胤拉下火线。

杨衮见后周兵攻势迅猛，不敢出兵救援，又记恨刘崇之前的狂傲自大，带着所有人马悄悄地溜走了。

后周军占了上风，北汉军开始崩溃。张元徽在退却中被自己的乱军冲撞落马，被上来的后周兵斩首。这时，南风更大了，风沙致使北汉军睁不开眼睛，于是后周军乘胜猛攻，北汉军大败。退逃的刘崇稍作休整，收容散兵万余，企图趁黄昏时分重新布阵与柴荣对决。但此时，老将刘词带着援军与柴荣会合，突然增添了一万人的生力军。后周军如虎添翼，追至高平城把北汉军杀得尸横遍野，俘虏近万人，刘崇仅率领几百的骑兵狼狈脱逃。

柴荣将临阵逃脱的樊爱能、何徽及其所部的七十余名将校斩首，以整饬军纪，并奖赏有功将士。其中，提拔赵匡胤为殿前都虞候，领严州刺史，从中级军官一跃升至高级军官，成为以张永德为首的禁军五大主帅之一。并且，柴荣还把后周的"强军计划"全权交给赵匡胤实施，使其成为柴荣身边的近臣之一。

柴荣一战成名，打出了他的威风和霸气，天下人心服口服。

自此，柴荣吹响了后周雄心勃勃要一统天下的进军号和前奏曲。

三

请记住瓦桥关这个地方，因为柴荣是在这里生病的。虽说，这不是他生命的终点，但却是"千古明君"和"一代枭雄"即将彪炳史册的开端。

时间为后周显德六年（959），即周世宗柴荣当皇帝的第六年，时年三十九岁，正是风华正茂的好时候。

瓦桥关，是五代十国时期的地名，现在已经没有了。其位置大概在现今河北省雄县县城的西北，白洋淀之北，拒马河之南，据古代九河下游，河湖相连，水路交通便利。这一带地势低洼，到处是河湖盐碱地面，居民稀少，在此设险，利于防守，地位十分重要。

之前，瓦桥关在契丹人的辽军手里，是唐代末年日渐强大起来的契丹不断扩张南犯，后来石敬瑭因向契丹借兵灭了后唐，建立后晋，为感谢人家帮他当上皇帝才把燕云十六州割让给契丹的。石敬瑭还称比他小十岁的契丹皇帝耶律德光为"父皇帝"，自己为"儿皇帝"。他这种认贼作父、卖国求荣的行径，被后人痛斥为"卖国贼"。

现在的瓦桥关，是柴荣又一次御驾亲征发动"北伐战争"后，收复中原失地的三关之一，另两关分别是益津关（今河北省文安县境内）和淤口关（今河北省霸州市境内）。同时，还几乎是兵不血刃"解放"了宁州（今河北省青县）、瀛州（今河北省河间市）和鄚州（今河北省任丘北）三州之地，共计十七县一万八千余户。这也是自五代以来，中原对契丹用兵的最大胜利。柴荣十分高兴，计划以此为大本营或者说前沿军事指挥部，向辽军发起更大规模的攻势，一鼓作气拿下幽州（今北京市），然后将本来就属于中原的燕云十六州划入后周的版图。

但是，天不遂人愿。

柴荣突然病了，病得有点蹊跷。

这天，是五月三日，是个多云的天气，太阳在云层里时隐时现，白洋淀波光粼粼，荷花盛开，芦苇吐穗，麦田已经发黄了。

柴荣坐在车辇里，心情像大自然即将进入成熟的收获期那样美好，温馨里带着无限的憧憬。刚刚，前线传来捷报，表哥李重进拿下了固安城。太好了，这可是进攻幽州的桥头堡啊！敲开进入幽州的南大门，一举占领幽州，将燕云十六州悉数收入囊中，就可以大功告成了。因此，柴荣大喜，带着卫队乘銮驾前去固安城会见李重进并进行视察，共同研究制订一个攻打幽州的作战方案。

到了固安，柴荣与李重进简单交谈之后，一起去城北察看地形。因为李重进汇报说，城北有一条安阳河，是进入幽州的必经之路。

视察时，柴荣站在安阳河边，对李重进说："可在这里搭一座浮桥，大军过河以后，可直取幽州，你什么时候能完成浮桥的搭建？"

李重进犹豫片刻说："三天吧。"

柴荣挑挑眉头，斩钉截铁道："事不宜迟，你今晚就行动，明天天黑前完成。"

"遵令！"

柴荣接着说："我会于明天傍晚，也就是这个时候，带各路大军前来与你会合，然后趁夜间过河直取幽州。啃下幽州这块硬骨头，全部收复十六州如探囊取物。况且，我们现在已经拿下了三个州。你再辛苦一下，北伐的全胜在此一搏。安排好搭桥一事之后，你随我到瓦桥关，我设宴为你庆功，恭贺你打下固安。"

往回走时，已是傍晚时分，太阳快落山了，西天边升腾出一片火烧云。

这时，一群百姓听说皇上来到固安，纷纷围过来山呼"万岁"。

柴荣心情不错，下辇与百姓见面，之后看见不远处一个高大的沙土岗，便问："老乡，此处是什么地方啊？"

人群中有一老者回答："万岁爷，从古至今，历代相传，都叫这里是病龙台啊！"

柴荣心里一沉："老人家，你再说一遍……"

"病龙台。"

柴荣愣了愣，没有再说话，快快不快地上了銮驾。

回到瓦桥关，柴荣一直沉默不语。但宴席准备好了，一切按计划进行。这次庆功宴，也不单单是为李重进占领固安而设，还有犒劳三军自"北伐"以来所取得节节胜利的意思。难道不是吗？四十七天前，也就是三月三十一日，柴荣正式下诏北伐契丹，任命赵匡胤为水军总司令（水路都部署），韩通为陆军总司令（陆路都部署），水陆齐发。而柴荣则率领禁军，取道沧州北上，又是以快马加鞭的姿态"打先锋"。沿路契丹的辽军守将得知世宗柴荣挂帅而来，闻名如同炸雷在耳，不寒而栗，大多望风披靡，不战自溃，或弃城而逃，或开门受降。待水陆大军一到与柴荣兵合一处，连下三州十七县，再拿下幽州，统一天下的大"中国梦"就指日可待了。大战前夕，是有必要再为全体将士来一次鼓舞士气的庆功宴和壮行酒的。

但是，宴会刚开始，柴荣突然摔倒在地，众臣和侍卫连忙将他扶起，只见他面色苍白，气息微弱。回到营中大帐，唤来御医诊疗，说是陛下可能是太劳累又受了风寒，用过药休息几日就无事了，于是进攻幽州的计划暂时搁置了下来。

过了几日，柴荣的病不但没见好，反而加重了。

什么病？御医诊断不出来，史书上也无详细记载，《宋史·卷一·本纪第一》只有一句："世宗不豫。"

总之是突然病了，病得恹恹的，有气无力。早不病，晚不病，偏偏准备与契丹人要在幽州展开大决战的前夜，柴荣却病倒了。难道冥冥之中真的是天意？是上天不让汉民族收复失地，还是担心柴荣一旦战败，毁了他一世的英名？

往下怎么办？大臣和众将请示柴荣，柴荣心有不甘，下旨在瓦桥关再停留几日，意思等病好后再启动对幽州的军事行动。

然而，过了几日，病情又有点加重，晚上，连着做了几个噩梦，醒来以后，脑袋里一遍遍回荡着那位老者所说的"病龙台"的声音。

第二天早晨，柴荣传旨，将瓦桥关改名为雄州，益津关改名为霸州。以两个充满激情和豪迈，寓意雄霸天下的地名，威震"病龙台"，实现匡扶九州的伟大抱负和光荣梦想，令大将陈思让镇守雄州，韩令坤镇守霸州。

一千年以后，步入新时代的中国成立了"雄安新区"，就是在这一片土地上绘制出的宏伟蓝图和美丽愿景。因此，请不要遗忘，是周世宗柴荣最早的"更名"，赋予了我们想象的翅膀，才有了这个誉满天下且响亮的地域标志。

办完这件事，柴荣长叹一声，颁诏撤军。

五月八日，浩浩荡荡的北伐大军，正式开拔返回京都汴梁。

就这样，柴荣带着深深的遗憾、一百个不甘和说不清道不尽的迷茫离开了瓦桥关。不，他改名了，现在名曰"雄州"。

这天午后，柴荣和随臣及众将官进入了邢州地界，有人前来禀报："陛下，到了您的家乡尧山了，是否……"

柴荣打个激灵，从銮舆的床榻上坐起来，让人把车辇右侧的窗帘拉开，目光越过窗棂格向西眺望。这条官道，距柴荣的老家柴家庄（今邢台市隆尧县山口镇山南村）只有十来里地，拐个弯儿就可以回故乡探望一下父母。但柴荣没有说话，只是伴随着车轮和马蹄在路面上的颠簸声，迷茫着双眼陷入深深的愧疚之中：他觉得没有颜面去见父亲柴守礼。

在柴荣即位的五年里，父亲两次去汴京找过柴荣。

第一次是父亲的故友犯罪，来找柴荣"说情"，这怎么可以呢？王子犯法与庶民同罪，法律面前人人平等，皇帝也无权"赦免"，柴荣没有给父亲"面子"，父亲很不高兴地走了。

第二次，是三年前沸沸扬扬的"禁佛"事件，发生不到半年，父亲再次风尘仆仆来汴京"觐见"皇帝儿子柴荣。态度十分强硬，让他立即停止"灭佛"。

柴荣耐心对父亲解释："'禁'与'灭'仅一字之差，却谬之千里。父亲，我只是在某些方面限制佛教的发展，有选择性禁止，并不是全面不允许，没有一刀切。"

父亲不听这一套，叫苦连天道："反正下边老百姓都那么说，说你拆寺灭佛，是逆天而行，会有报应的！儿啊，快住手吧！"

柴荣听了父亲的话，不由心潮澎湃，这些年国内佛教势力和迷信活动十分猖獗，几乎到了疯狂的地步，已经严重影响到了国计民生，甚至动摇了"国本"。

不算大的国土上，村村有寺院，有和尚，大大小小三万多所寺院遍布后周大地，且不断扩建。不仅占据良田好地，还诱使不计其数的民众出家"入伙",让许多年轻力壮的人离开家园放弃耕种去那里"吃斋念佛",使大片土地荒芜。更气人的是,修筑寺院还耗用大量的金属和木质材料,严重影响了兵器和舰船的制造。并且,朝廷还要出钱养活这些遍地的僧尼,而这些僧尼,大多是游手好闲的懒人才选择"剃度"的,而寺院的"来者不拒",又加速了懒惰之人的"制造"和"生产"。国家刚刚建立,这么多人不参加劳动,不好好种庄稼,都坐在庙堂里闭着眼睛念经,如何收获粮食吃饱饭?如何能有一个稳定的内部环境与雄厚的经济基础?如何保家卫国?如何为统一天下出征打仗?

于是,为了国家的长治久安和国富民强,柴荣颁布诏令:男子十五岁以上并且能读至少一百篇佛教文章、女子十三岁以上至少能读七十篇佛教文章的才能出家,不准私自受戒,必须得到家长的同意才能成为僧尼,而且只能到政府规定的几座大寺院中进行注册。不许僧人私造铜像,把多余的铜器缴至官府,否则一旦查出私藏五斤铜器以上者论死,严厉禁止搞迷信活动等等。

这样做,其实是提高"入佛"的门槛,同时限制随心所欲建造佛像,并不是一律禁止。但尽管如此,还是在社会上引起了强烈的反响和非议。

有一次,处于洛阳的一所大悲寺需要拆毁,当地官员上报朝廷:此寺中有一尊大悲佛,青铜铸造,周边膜拜的白姓很多,民间有传言,说是此佛像极为灵验,毁坏不得,谁敢毁坏此铜佛,必会遭到报应……

因此,有大臣建议,就"例外"网开一面,不毁这奠铜佛了吧。

柴荣不同意，不容置疑道："天子一言九鼎，不能因一佛像而废之，朕必亲往探之，看此佛如何灵验！"

第二天，柴荣来到大悲寺，督促毁佛。但负责毁佛的"民工"仍不敢动手，柴荣见状，一把夺过他手中的大斧，对着铜佛就砍了过去……

铜佛毁掉之后，柴荣对在场的官员和百姓们说："都说'大悲佛'灵验，朕现在毁了，不是毫发未损，安然无恙吗？佛家讲究的普度众生，以慈悲为怀，一心向善。佛在心中，心中就有佛，而佛像只是个物体，不等于就是真佛。朕只是对佛教进行改革，并没有毁灭佛教。朕这样做，一是救佛，二是救民，佛回归佛该有的样子，民众不必沉湎于此才能安居乐业，各不相扰，有何不可？而且，朕听说佛家普度众生，就是自己的身体都可以布施，损失点铜器土地算得了什么？如果朕的身体可以拯救黎民百姓的话，朕又有何惜呢？"

"不爱其身爱黎民，心怀天下，情系苍生。"可见柴荣"禁佛"的决心有多大。他这样做，也许有些"对不起"佛像，但对得起江山社稷和芸芸众生。

几个月下来，"禁佛"和"毁像"工作进展顺利且成效卓著，原先在后周境内的三万多座寺院只保留了不到三千座。腾出了大片大片的土地，耕种面积迅速扩大了，老百姓的粮仓满了，钱袋鼓了，经济全面复苏，打心眼里拥护和赞叹柴荣以"人民为中心"的英明国策。更重要的是，经过一番整顿，后周的经济实力不但大大增强，而且，兵员也十分充足。因为，许多不劳而获的"懒汉"从寺院里被"解放"了出来，变成了埋头于稼穑的劳动者，大批被寺院"霸占"的青壮年，也可以征募入伍上前线了。

"改革"与"创新"，总会引来指责和非议，历来如此。

当然，柴荣父亲倒不是来指责儿子，他是为皇帝儿子担心和害怕，因为那时候古人都迷信，他怕儿子为此会遭"天谴"。

柴荣和颜悦色对父亲说："如果大周能兴旺发达，百姓富足，儿的命何以足惜？再说，儿对重要寺院不但没有限制，反而大力弘扬。我还特意下诏，在咱们邢州的开元寺，修建了大圣塔，乡亲们应该都知道吧？"

父亲连连点头："知道，知道！可是，为父的还是……"

"禁佛"关系到一个国家的繁荣昌盛和人民群众的富足安康，怎么能听父亲的呢？

"陛下，快到邢州城了。"

柴荣从回忆中清醒过来，对侍从道："到开元寺时，停一下。"

位于邢州城东北隅的开元寺，为唐开元年间唐玄宗李隆基下诏敕建，是佛教曹洞宗的祖庭之一，也是禅宗二祖的传钵之地和禅宗七祖神会大师的驻锡之地，历届住持多为得道高僧，是五代十国的名刹之一。

时已傍晚，开元寺杏黄色的院墙，青灰色的殿脊，苍绿色的参天松柏，都沐浴在夕阳的余晖之中。缭绕的暮烟，伴随着僧人的诵经声和悠扬的撞钟声，排空传来，让人感觉到了异常珍贵的平安和吉祥。

"陛下，看见没，您诏建的那座大圣塔，简直高耸入云呢！"

柴荣隔着銮驾里的窗棂，看见那座挺拔雄壮、直插云端，在玫瑰色晚霞映照下显得辉煌的大圣塔，欣慰地点了点头："此塔有多高啊？朕忘记了。"

"陛下，九十八米，是目前的全国之最。"

柴荣审阅过此塔的图纸，但建成后，还是第一次亲眼目睹。

"陛下，要不要去寺中视察一下。"

"不了，起驾吧。"

于是，銮舆继续返京南下。

四

途中，在过了邯郸之后一个行宫休息时，各地报来了许多奏章。即便重病在身，勤勉的柴荣也要一一审阅。突然，在书案上的一沓奏章里，有一个蒲包跃入眼帘。他打开看看，见里面放着一根木条，上面写了五个字："检点做天子。"

噢！这是什么意思？检点，是说殿前都检点吧，这不是张永德的职位吗？先帝姑父郭威的女婿，驸马爷，我的表妹夫啊！莫非，我死了以后，他会夺位吗？这难道如同"病龙台"那样，又一个谶言要出现吗？柴荣不敢也不愿意再想下去了，把木条扔到墙角里，躺到床上长吁短叹，一阵阵头晕和恶心……

这天，柴荣和大臣及众将来到了澶州。

柴荣传旨在这里驻跸，说是要休息几日。其实，他是感觉自己的病更重了，感到是真的太累了，想在这里静养一段时间。

澶州是柴荣任刺使的地方，这里的黎民百姓和一草一木，对柴荣都有着深厚的感情，也算是他"政治生涯"的起跑线。熟悉的田野，熟悉的街衢，熟悉的房舍，甚至连炊烟、空气和水都是熟悉的味道。他想在这里静一静，好好盘点一下自己的一生。他下意识感觉到，这场病突然来袭，留给自己的日子可能不多了……

一想到死，柴荣先想到了王朴。

王朴可是天下的"本事人"，进士出身，辞官不做，却从山东东平老家来澶州投奔在这里执政的柴荣。柴荣继位后，曾问他："爱卿，都说你能掐会算，那你帮我算一下，看我能活多久啊？"王朴说："陛下以苍生为念，自然会寿与天齐的。我学艺不精，三十年之后的事情就算不到了。"此言是委婉地告诉柴荣，他有三十年阳寿。柴荣高兴地说："若如卿言，寡人当以十年开拓天下，十年养百姓，十年致太平足矣。"于是，柴荣开始了他雄心勃勃的"三个十年"计划。这第一个十年计划，就是一统天下，怎样实施呢？于是，柴荣下诏要求群臣上书言事，点名让二十多位翰林学士作两篇文章，一篇是《为君难为臣不易论》，一篇是《平边策》，一旦发现有可取之主张便立即采纳。这些策论收缴上来以后，柴荣仔细审阅，感到大多写得汪洋恣肆，而实际上都是些连篇累牍的套话、空话，甚为不满。只有王朴的这篇《平边策》令人耳目一新，一开篇就先声夺人："中国之失吴、蜀、幽、并，皆由失道。"再读下一句"今必先观所以失之之原，然后知所以取之之术"，更让人为之一振。其关于施政治国的种种见解和建议，可谓神峻气劲，有谋能断，立论鲜明，意境深远，条理清晰。其对时局的分析，鞭辟入里，所议革新与振兴之道无不精当。最妙的是他关于"平边"的论点："唐与吾接境几二千里，其势易扰也。"认为大周与南唐国国境紧紧相连，东西相接边界长达两千余里，无须大动干戈，只要出动小股兵力就可以对他进行骚扰，其在东面做好了防备则骚扰西面，其在西面做好了防备则骚扰东面，让其东西相救，疲于奔命，而在其奔命之间，可以知其虚实强弱，然后避实击虚，避强击弱……好，妙，真是奇文奇策！柴荣欣喜若狂，立即提拔他任谏议大夫。两次征南唐，柴荣都让他留守"监国"，他鞠躬尽力，把京都管理得井井有条，回来就提升他为枢密使。这五年来的一系列"军事行动"，包括这次"北伐"战争，柴荣基本上都是按他的战略规划实施。可惜，两个月前，王朴突然摔倒就猝死了……柴荣听到噩耗，"即时幸其第，及枢前，以所执玉钺卓地而恸者数四"，将其画像祀于宫中功臣阁。"难道，王朴在'北伐'之前辞世，是在预兆着自己收复燕云十六州的半途而废吗？"

接着，他又粗略地盘点了一下自己"在任"的事迹。

虽然执掌后周的江山社稷才五年多一点，但柴荣等于是干了五十年也不一定能干完的"活儿"。柴荣继承了周太宗郭威的遗志，跃马扬鞭，东征西讨，号称"父子马上皇帝"。他西败后蜀，夺取秦、凤、成、阶四州；三征南唐，尽得江北、淮南十四州；北破契丹，连克三州三关。同时，整顿军队，恢复生产，发展文化，选人才，均田赋，清吏治，限佛教，务农耕，复漕运，修水利……命人修改法律，制定了《大周刑统》，废除了随意处死民众的条款与凌迟等酷刑。他派人打扫监狱，洗刷枷铐，足量供应犯人饭食，允许亲友探视有病的犯人，无亲可靠的囚犯生了病由政府负责治疗，还规定私自杀害犯人的官员必须斩首。在位期间，柴荣从未因言论的尖锐杀害过一个大臣。柴荣是一个出身社会底层，有过商业经历的皇帝，因此制定的经济政策也顺应民心，也格外"亲民"，注重民事。登基不久，他下令工匠用木头雕刻了一位农夫和蚕妇的雕像，放在殿廷上，并下令诸州，规定以一百户为一团，每团设置三位耆长，命他们管理民事，课耕劝稼。同时，柴荣还下令兴修水利，从汴口开掘人工河通往淮河，以利于通航，再将汴水导入蔡水，以便漕运，将后周的交通能力提高到了空前的水平。五代时战乱频仍，许多人死亡或逃离，众多土地荒芜无主，于是柴荣规定：不管是谁，在这些无主之地上耕种，收成全部归自己。田主三年内回来了，归还一部分土地；五年内回来，归还三分之一的土地；五年后回来，则田契无效，土地归耕种者所有。如果是因躲避契丹而荒废的土地，田主五年内回来，归还三分之二的土地；十年内回来，归还一半土地；十年后回来，田契无效，全部土地属于耕种者。这种政策充分调动了农民的积极性，既养活了大量人口，又增加了国家赋税。有几个官员借出使为名趁机游山玩水，被他贬了官。皇帝该干的，他全干了，不该干的，他也干了，说白了，他就是一个"白加黑、五加二"的"工作狂"，根本就没有工作日和星期天。"说不累是假的，太累了。莫非，太透支自己的身体了吗？我年纪轻轻的，真的会被累死？"

再往下，"检点做天子"的小木条让他迷茫起来。

死！真死了，后周江山怎么办？这个"检点做天子"的小木条会是谶言吗？木条上的字肯定不是张永德写的，他是"检点"，不可能自己这样写，这不是明摆着"找劈"吗？极有可能是有人给他"栽赃"，那会不会是李重进在他背后"捅刀子"呢？这也不可能，因为撤军返京的这一路上，李重进就没有跟着，让他带兵去西边防御北汉了，没有"作案"的时间。先别管是谁写的了，那不重要，重要的是必须筹划"身后事"和"继位"的棘手事。现在，柴荣还有四个儿子，最大的是柴宗训，才七岁，因为前面的三个儿子，都让刘承祐清洗郭威的嫡亲时给杀了。柴宗训因母亲大符皇后病逝，跟着柴荣在澶州生活，所以才幸免于难，这也是柴荣与第一个妻子留下的唯一的儿子。后边的三个儿子，都是柴荣与小符皇后所生，最小的才一岁。柴宗训太小了，能坐稳帝位吗，能镇得住那帮资历老、威望高的前朝元老吗？一个关系帝国未来命运的抉择，就这样残酷而严峻地摆在了柴荣的眼前。怎么办？顾命大臣的事好说，那只是文官，有忠于柴荣也值得他放心"托孤"的大臣，但现在的现实是枪杆子说了算。武官里，谁最值得信赖呢？"殿前都检点"是个掌握着中央禁军核心权力的重要职位，相当于现在的卫戍区司令员，要想造反，一挥手就能篡权。"张永德，可靠吗？"

想到这里时，有禀报说张永德求见。

说谁时谁到，这也是个奇怪的事。

别人可以不见。但张永德必须见，他身份特殊。

张永德来觐见柴荣，是受众大臣之托。原来，自柴荣说在澶州小憩几日，可都半个多月过去了，他让侍卫把门守严，任何人不见。随行的文武大臣多日见不到圣上，十分焦急，也不知皇上的病怎样了，天下未平，万一发生意外，众臣也不能接受遗诏啊！于是纷纷来找张永德，让他去查探一下皇上的情况。此刻也忧心忡忡的张永德觉得大家说得有理，就赶紧来见柴荣了。

施礼过后，张永德见柴荣气色不好，张了张嘴欲言又止。

"见朕何事？"柴荣问。

张永德嗫嚅道："陛下身体有恙，天下人心惶惶，四周觊觎，应该赶快回宫才是，这里离汴京还很远，万一陛下在路上发生了不测，天下不就成了别人的吗？"

"噢！"柴荣眯着眼睛看看张永德，"这话是谁让你说的？"

张永德实话实说："是文武百官们，他们为陛下担忧。"

柴荣皱皱眉头，沉吟片刻，合上眼睛道："朕知道了，你传旨下去，这就起驾回宫。"

五月三十日，柴荣从澶州回到了京都汴梁。

到了汴梁的第一件事，柴荣就把张永德"处理"了。以明升暗降的方式，"赏"了张永德一个名誉宰相加检校太傅的虚职，却免了其殿前都检点的实权，改授澶州节度使，即刻赴任，调离京师。

殿前都检点一职，给了赵匡胤。而且，还让他兼检校太傅，一举执掌了中央殿前司禁军的大权。

朝野上下无不惊诧，这是为什么？

也许，是因为那个"木条事件"，柴荣怀疑张永德日后要篡权？还是因为在澶州时，张永德劝柴荣回宫，有什么不适的言语刺激到了柴荣？也许，是柴荣觉得张永德窝囊，担不起"托孤"这样的重任？还有，也许是柴荣猜出这个"木条"制作者，可能是李重进，他不在"作案现场"，但他可以指使别人干啊！这两个人都是柴荣的亲戚，是不是对幼小的新君威胁更大啊？那么，赵匡胤值得绝对信任和信赖吗？不错，赵匡胤此时为殿前司都指挥使，属于殿前司二号人物，仅次于张永德的都检点，按理说由他顶上去合情合理。但是，这不是正常的官职升迁，而是临终托孤啊！当然，赵匡胤很能打，作战勇敢，是跟着柴荣一路出生入死打出来的，号称"一条哨棒等身齐，打下四百座军州都姓赵"。这话虽有点夸张，但三征南唐，主要靠的是他。自"高平之战"后，他成为柴荣一手提拔起来的"火箭式干部"，被柴荣视为心腹也顺理成章。然而，在此危急时刻，将柴氏江山托付给他，就一定比张永德和李重进可靠吗？如果这"木条"是赵匡胤的阴谋诡计呢？这是不是把羊送入虎口呢？这是个历史之谜，我们不好瞎猜和妄评。

反正，历史就这么演绎下去了，这是柴荣的最后抉择：将后周的江山托付给了三十三岁的赵匡胤。

可见，柴荣打仗治国有一套，玩弄权术欠点儿火候。一个"拼命三郎"式只知道打江山、干事业的人，至死都不会明白

"人走茶凉""过河拆桥""出卖你的人可能是你对他最好的人"这样一些连普通老百姓都知道的道理。

七月二十七日，周世宗柴荣驾崩，年仅三十九岁，在位只有五年零六个月。其四子柴宗训（现存最年长者）即位，沿用"显德"年号，年仅七岁，由符太后垂帘听政，宰相范质、王溥等主持军国大事，按遗嘱重用身为殿前都检点的赵匡胤。

柴荣战胜过所有的敌人，唯独没有战胜命运，一个铁血的英雄时代就这样结束了。

"出师未捷身先死，长使英雄泪满襟！"

后周显德七年（960）正月初三，赵匡胤发动"陈桥兵变"，初四，回师京都，逼迫柴宗训禅位。没有任何流血冲突，轻易而"温柔"地夺取了后周的政权，创造了"不流血而建立大王朝"的历史奇迹。

有史学者或论者，说赵匡胤是个"奸臣""篡权者""阴谋家"。然而，纵观一部五代史，就是一部军阀混战史、各国政变史。正所谓你方唱罢我登台，城头变换大王旗。在这个欲望、野心、阴谋、暴戾、血腥充斥的时代，在这个征战与杀戮横行的时代，让一个七岁孩子继位，能玩得转吗？天下是天下人的天下，不是一家一姓的天下，有德者得之，无德者失之。政变、篡权、夺位，姓赵的不干，有可能是姓张的干，姓李的干，说不定还会刀光剑影，血流成河，不但要死当官的，还会死更多的老百姓。从这个角度上看，赵匡胤主动出来"接班"挑上"重担"也不算特别可恶。况且，事实证明，他干得也不差，柴荣未竟的事业，都基本上让他完成了，不然，"赵家"也不会一口气干了三百一十九年。

再说，赵匡胤对周家也算不错，起码没有斩草除根。柴宗训被迫禅位之后，赵匡胤将他降为郑王，符太后为周太后，幽居西宫，颁下圣旨优待柴氏母子，并赐"丹书铁券"。临终还留下遗训：柴氏子孙有罪，不得加刑，纵犯谋逆，止于狱中赐尽，不得市曹刑戮，亦不得连坐支属。《水浒传》中有个绰号为"小旋风"的柴进，据说就是后周世宗柴荣的嫡派子孙，家中有宋太祖皇帝赵匡胤御赐的"丹书铁券"。

倘若柴荣九泉有知，也可以瞑目了。

无论未来的后周变成什么样子，无论谁当皇帝，或者从前和未来有多少皇帝，但请记住柴荣：一个独步天下的王者。他的荣耀和风范，激情和勇气，精神和理想，震古烁今，空前绝后，与山河永恒，与日月同辉。

是柴荣奠定了宋代开朝的军事、政治、经济和文化基础，没有柴荣，就没有大宋王朝延续了几百年的江山，这一颂歌的前奏，是属于柴荣的绝唱。

天上有颗『郭守敬星』

（元代著名科学家的悲惨结局）

一

天上，有一颗星星，是用一个人的名字命名的，名叫"郭守敬星"。

当然了，用中国人名字命名的星星，不只是这个名叫郭守敬的古人。

资料显示，自1964年开始，从中国东汉时期至今将近两千三百年间涌现出的最杰出人物中选择，以中国人名字命名的星星，一共有二十六颗。

第一颗，是1964年，由紫金山天文台发现的编号为1888的小行星，命名为"祖冲之小行星"。

第二颗，是1977年，经国际小行星研究会批准，由中国科学院紫金山天文台在1964年发现的编号为2012号的小行星，正式命名为"郭守敬星"。

后边还有一些，比如"张衡星""沈括星""邵逸夫星""陈嘉庚星""巴金星""钱学森星""袁隆平星"等等。

可见，由国际上的相关组织批准"上星"并以"星"为名者，都是中国几千年以来为人类文明发展进步做出伟大贡献的人物，科学家居多，是名副其实的"明星"。

而"郭守敬星"的命名，则与其他人有着不同凡响的意义。

因为，"星名"里的大多数人与"太空"无关，而郭守敬，则是通过研究宇宙和天体运行变化，才被"封神"于太空星座上的，由"望天"而"上天"，是真正的实至名归。

七百多年前，郭守敬利用天文现象创新测量方法，发明球面三角法，求得每天日长的伸缩变化、月行的迟疾、天体黄赤道间差距、天体黄赤道倾斜的内外度数、白道（月亮运行轨道）在天体黄道上的每月交会点位置等，独创了中国历史上最为优秀的历书《授时历》和星表。这一历法颁布后，历经明代和清初，一直沿用了三百六十多年，在中国历史上使用时间最长，而且对东亚的中华古文化圈的朝鲜和日本也产生了重大的影响，比西历所采用的"格里历"（1582年颁用）早了三百多年。

另一个不同凡响，或者说"奇巧"得令人惊讶和不可思议的是，郭守敬是在北方邢台的紫金山上"求学"立志天文和水利才横空出世的，而千里之外的南京紫金山，却成为驰名中外的天文台，而且发现命名了"郭守敬星"，使他恒定冠名于宇宙之上"盖棺论定"得以功成名就，在浩瀚的繁星中熠熠生辉。

难道，这只是大自然的意外巧合，就没有历史进程中的命中注定吗？

距河北省邢台市区六十公里的紫金山，是太行山群峰中高大而险峻的山峦之一，平均海拔在一千三百米以上，集幽谷、涌泉、飞瀑、奇峡、怪石、坑盆、潭坝于一体。在一处山坡的北面，有当年"紫金书院"的遗址。据说，当年郭守敬就是在这里拜被后人尊称为"元朝开国设计师"的刘秉忠为师的。在这个书院"学艺"的，还有张文谦、张易、王恂，他们与刘秉忠、郭守敬一起，被史学家称之为"紫金山五杰"。十五岁的郭守敬，偶尔得到一幅拓印得模糊不清的"莲花漏"图，这是北宋科学家燕肃在古代漏壶的基础上改进制作的一种计时器，按样子刻下来又拓印才流传至今。所以说这张"拓图"连图纸也算不上，相当于一幅"简笔画"。还未成年的郭守敬，居然按这张"拓图"，用竹子仿制出一个精美的"莲花漏"。在这里，他还按照古图，试制成功了一台竹子浑仪，支在书院的山峰上观测星空。

看来，擅长设计，精于工匠制作，对大自然和神秘的天空兴趣盎然，可能是郭守敬与生俱来的天赋。

童年时代的郭守敬在邢台紫金山上用竹子制作的这台浑仪，历经岁月的沧桑，嬗变成了现在陈列于南京紫金山天文台的"简仪"。

这台用于测量天体赤道坐标和地平坐标的天文仪器，是明朝正统年间，按郭守敬在浑仪的基础上简化改造而成的"测天"器物原样，用青铜铸造而成，重十四吨。当时置于南京北极阁山上观象台内，清代运至北京。八国联军入侵北京时，被法军拆卸掠到位于东交民巷的法国驻华公使馆，1905 年迫于世界舆论的压力才归还给清政府。1934 年运回南京，陈列在紫金山天文台内至今，可谓是一件"国宝"。

站在南京紫金山天文台的"简仪"前，我问陪同人员："制作这台仪器的是邢台人，你知道吗？"

他摇摇头说："不知道。"

因为放置在一旁的牌子上，只对"简仪"作了简单介绍，显示是"元朝郭守敬创制"，并没有他的生平简介。

我又问："你知道邢台也有个紫金山吗？郭守敬是从那里出道的。"

他惊奇地望着我说："是吗？有这么巧合……"

还是那句话，不一定是巧合。

南北两个紫金山，跨越时光的隧道和万水千山的阻隔，神灵一般惊奇地举觞相庆，挽手同贺，伸出大拇指为郭守敬点赞。将郭守敬培养成长起来并孕育了他"太空梦"的紫金山，与把他推至辉煌和永恒的紫金山，都是祖国的大天大地给予他最为珍贵的地理坐标，让他在山川和苍穹里永垂不朽！

尽管，郭守敬从来没有意识到这一点，但历史似乎早为他安排好了。

记不清是第几次到郭守敬"求学"的紫金山上"采风"了，这次特意住了下来。

夜晚，伴着萧瑟的秋风，沿盘山的台阶拾级而上，在一处据说是"郭守敬观天处"的岩石旁停下。四周很静谧，有风的足迹在林间窸窸窣窣，黛黑色起伏蜿蜒的山峰，只是将不规则的轮廓，剪影般贴在群星璀璨的天幕上。今晚没有月亮，星星格外密集和明亮而且热闹，像是巨大的黑绒布上缀满着一片闪光的珍珠。耳畔，一首熟悉的儿歌旋律不由荡然而起："一闪一闪亮晶晶，满天都是小星星，挂在天上放光明，好像千万小眼睛。"据说，天上有上千亿颗星星，我们用肉眼能看见的，也不过是几千颗，而用天文望远镜观测到的，则有十多亿颗。当年，还是少年的郭守敬，很可能就是在这里仰望苍穹，在茫茫宇宙中遥望不计其数的星星，"我欲因之梦寥廓"，然后才有了无限的可能……

我尽可能体验着郭守敬的仰望，仰望着他的仰望，也试图能看见哪一颗是"郭守敬星"眨巴着眼睛。但显然这是不可能的，他只能挂在天上束之高阁。在如今世俗的人间烟火里，郭守敬和他的故事，很久以来就被人淡忘了或者说很少有人关注了。

也许，这就是命名"郭守敬星"的重要意义，让苍天上的星星记住他。

因此，当我写下这个题目时，我的心情又是矛盾的、复杂的。我不知道该怎样表述郭守敬这样一位让我仰慕得恭敬，想起来心悸，而倘若用文字往深处去触摸，又让人感触到有一丝丝疼痛的历史人物。

二

在一个阴霾凝重的午后，我踏着路面残留的积雪和水渍，再一次走进与我居住地仅一街之隔，位于河北省邢台市信都区西北部的达活泉公园。

公园里，坐落一处占地面积五千平方米的"郭守敬纪念馆"。馆名，由时任中共中央总书记的胡耀邦于1985年12月所题，大门两侧的楹联"治水业绩江河长在，观天成就日月同辉"，是1994年9月，时任全国人大常委会副委员长卢嘉锡题写的。

在馆前的小广场前方，模仿当年郭守敬建造起来的"观星台"的对面，竖立着一尊巨大的郭守敬铜像，是1985年由雕塑艺术大师傅天仇创作。郭守敬铜像造型清瘦、干练、儒雅、洒脱、神似，双目炯炯有神，似乎蕴藏着看透这个世界万物的无穷的智慧；坚硬且微翘的胡须，象征着他坚强的意志和脚踏实地的创业精神；充满动感的一袭长衫飘扬着，是再现他跋山涉水的风尘仆仆；手中持有的四卷图纸，分别代表他科技伟业的四个方面，即天文、水利、数学和仪器仪表制造；天文卷上四个圆点，则是星座的象征。

我清楚地记得，在上世纪八十年代初期，邢台市第一次隆重纪念郭守敬诞辰，时任全国人大常委会副委员长黄华来到这里。

我们被通知到公园大门口参加这次盛会，还带了个小马扎坐在人山人海的与会者中间。自那时起，家乡的邢台市政府才大张旗鼓宣传郭守敬并为他建造纪念馆，而之前的七百年里，他几乎是被遗忘的。

什么原因？后来从相关学者那里得知，说他是元代的科学家，为少数民族"统治"汉人"服务"，效忠于异族，是"汉奸""卖国贼"，不宜大肆张扬，不知是真是假。

科学，连国界都不应该有，况且，蒙古族也是我们中华民族的一部分呢！

再说，郭守敬出生时，邢州在金朝的统治下已经一百多年了，大宋彻底灭亡后，蒙古人赶走金人后又进入了一个新的时代。难道，此时的郭守敬，必须为这个不存在的汉人统治的宋王朝"守节"才算是精忠报国吗？

我笔直地伫立在铜像的正面，肃然起敬地仰望着似乎是高大得要耸入云端的郭守敬，试图用心灵与他老人家对话，寻找和获取与大家能够取得共识的话题。

今年，北方的第一场雪来势汹汹，但气温还不算很低，雪化得很快。除了背阴处结冰的积雪有点顽固，街路主干道和建筑物上基本干净了，只有湿淋淋的水渍洇布，像刚刚下过一场小雨。郭守敬纪念馆前面小广场上清新、干净，偶尔有游人在散步。

这时，一位穿红色羽绒服的少妇，拉着一个看样子也就是三四岁的小女孩，从旁边慢慢地蹒跚着走动，可能是小女孩要往这边来，少妇不让，就往广场的路边上拽她，嘴里嘟囔着说："宝宝，咱不去黑老头儿那，这边走……"

我的心里"咯噔"一沉，倏地想起了八十年代流行在邢台民间的一句俗语："三个寡妇一头牛，北边有个黑老头。"这是指当时邢台城区的三大代表性城市雕塑：所谓"三个寡妇"，是指坐落在中兴大街十字路口的三位少女背对背挥手向上的雕塑；"一头牛"，就是新华路十字路口的"卧牛城"雕塑；而北边的"黑老头"，说的就是现在的这个郭守敬铜像。以此戏谑般来概括邢台的城市风貌和象征。如今，"三个寡妇"和"一头牛"都早已拆除和搬迁，只有这个"黑老头"依然矗立着。

然而，令人匪夷所思的是，三十多年过去了，在普通民众的眼里、嘴上或者心目中，郭守敬怎么一直是个"黑老头"呢？

也许，坊间和市井的语言是最直接也是最形象的。

在大多数邢台人看来，从故乡走出的古人郭守敬，就是一尊铜像而已。通体褐黑色，冰冷、麻木，器物般摆放，造型虽双手抱着一册卷起来的地图或者是书卷，但大家并不知道那究竟是什么，也不会去联想这原本是一种文化符号的象征——科学家。铜像上的郭守敬在岁月的磨砺下业已锈迹斑斑，通体发黑，上唇和下巴的胡子长长的，佐证着他是一位年迈的老人，因此，说他是个"黑老头"再形象不过了。

我们不能说家乡的邢台人对郭守敬熟视无睹或者是冷漠，相反，家乡人特别是在形式上对他还是格外尊崇和爱戴的。

这里除了建有全国规模最大、规格最高的"郭守敬纪念馆"和雕像之外，还有观星台，馆内设四个展厅、天文观测台、青少年科普活动室等设施和景点，陈列有郭守敬生平业绩展览，展品三百余件，还复制有郭守敬当年创制或使用过的简仪、浑仪、亦道式日晷等大型仪器。这里还有以他名字命名的"郭守敬大街""郭守敬小学"。但是，这依然只是一种记忆符号和文化象征，郭守敬在他的故里并没有深入人心，更不要说在外地人心中了。当然，也有不少外地人知道郭守敬，但并不知道他是邢台人，而邢台人尽管知道他，但他们觉得他又离自己太远。长期以来甚至到了现在，郭守敬只是在官方或者说有限的"圈子"里显赫，普通民众包括他家乡的许多人，特别是一些年轻人，并不知道郭守敬是何许人也，即使知道，也不知道放在达活泉公园里的这个"黑老头"是靠做什么事成名成家的。

这些年，由于工作的关系，曾经多次谋划有关郭守敬的文艺创作，比如电视剧、电影、戏剧、音乐、曲艺等。但几经周折，奔来跑去，好几部电视剧本创作出来二十多年了，讨论研究了无数次，但一直都没能立项拍摄；两位老作家写了两部长篇小说，都只能是自费出版；一位青年盲人评书爱好者，花费好几年工夫录制了长篇评书，至今没有播出；一台话剧虽然花费了好几年工夫试演了几回，但很快又悄无声息了……

什么原因？主要是一个：科学家，古代的，而且皇帝是元代的蒙古人，犯忌。再说，在这个消费"娱乐""快餐文化"充斥市场的今天，没有多少人对这么一个做学问的"黑老头"感兴趣，因此无"卖点"，没市场。

明白了，尽管"搞原子弹的不如卖茶叶蛋的"是老皇历了，但现在则过犹不及，一切的流行元素和欣赏趣味似乎都与郭守敬无关。甚至，同样是家乡的文化名人，他的名气和名声不如"黄巾大起义"的巨鹿人张角，在内丘"行医"的扁鹊，"打老虎"的清河人武松，唱京剧的南宫人尚小云，演"傻根儿"的南和人王宝强。真的是令我们的耳根儿发热，感到汗颜和惭愧。

于是就困顿、迷惑甚至叹息，导致我一直不敢轻易用文字来叙述他，尽管到目前为止，还没有一篇像样的文章能从文学的层面来描述和解读郭守敬。

近几年，邢台市在对外宣传城市形象时，从征集来的千万条

"广告词"中，遴选出了这么一句："（郭）守敬故里，太行山最绿的地方。"是的，叫响"郭守敬"的名字，擦亮"郭守敬"的品牌。怀念他，铭记他，标榜他，赞美他，颂扬他，热爱他，是这个时代的迫不及待和义不容辞。

<h1 style="text-align:center">三</h1>

郭守敬，一位载入史册、彪炳千秋的古代著名科学家，一个功德与业绩和日月同辉与天地共存值得世代景仰的人。他是科学巨擘，在天文学、水利学、数学、测绘、制造等方面的成就卓尔不群、举世无双，至今无人企及。

郭守敬的伟大和不朽，不单单是属于邢台的，也是河北的，全国的，甚至世界的。

北京也有"郭守敬纪念馆"和三米多高近三吨重的郭守敬铜像，上海亦有"郭守敬路"，河南登封市有原汁原味的"郭守敬观星台"。在中国科学院国家天文台兴隆观测站，有一架2.16米口径的光学望远镜，名曰"郭守敬望远镜"。1962年，中国邮电部发行了两枚郭守敬纪念邮票；1970年，国际天文组织将月球背面一座环形山命名为"郭守敬山"……

郭守敬诞生于公元1231年南宋末期的邢州邢台县（今邢台市信都区）皇寺镇郭村，在金国南侵、金宋对峙、蒙古人灭金伐宋的纷争战乱中成长，从青年时代开始就成为元代统治者最顶尖的"科学家"。他那多学科、跨领域的科学成就前无古人，后无来者。他得到元世祖忽必烈的赏识后入仕从政，自主抓全国水利及天文历法始，历任提举诸路河渠、副河渠使、都水少监、都水监、工部郎中、同知太史院事、太史令、昭文馆大学士等职。他大兴水利，沿黄河溯源，赴西夏治水，在大都开凿通惠河，完成京杭运河最后贯通。他主持了元朝规模空前的天文测量工作，史称"四海测验"，在全国共设立了二十七个观测点，最北观测点是北海即现在的西伯利亚，最南的观测点是南海的黄岩岛。他一生为研究天文和修历而设计并监制的新仪器有：简仪、高表、候极仪、浑天象、玲珑仪、仰仪、立运仪、证理仪、景符、窥几、日月食仪以及星晷定时仪十二种（史书记载称十三种，有的研究者认为末一种或为星晷与定时仪两种）。十六世纪丹麦天文学家第谷，也曾制造过许多天文仪器，被西方誉为"天文仪器之父"，但郭守敬创制这些天文仪表要比第谷早出三个世纪。

除编制了我国古代最精良的一部历法《授时历》外，郭守敬还先后撰写了《推步》《历议拟稿》《仪象法式》《上中下三历注式》等天文学著作凡十四种，共一百零五卷……

《授时历》，其实就是现在的中国的农历，民间称作阴历。现代农历的制定，其基础是来自明朝末年的《时宪历》，之前明代通行的历法为《大统历》，实际上就是将元代郭守敬的《授时历》改个名字沿用。

也就是说，如今的农历，是从郭守敬的《授时历》脱胎改进而来。

而现行的公历，也称阳历，是辛亥革命后即自民国元年，才采用一种源自西方国家的"格里高利历"（简称"格里历"），因此也称作"西历""西元"。建国后，我国正式规定采用国际上大多数国家使用的这一"公元纪年"法。因此，在此之前，我国施行的历法，是由《授时历》演变出来的农历。

而在没有《授时历》之前，中国的历法非常混乱。无论是蒙古人使用的金朝历法，还是中原人用的历法，都由于误差太大而不能正确指示节气。尤其是元世祖忽必烈入主中原后，两套历法同时使用，对生活和生产造成了严重的困扰。经常遇到的婚丧嫁娶一事，日子的排定就难以确实下来，农业上常常使用的节气也算不准，不能遵循时令稼穑和祭奠。但历代的历书，也不能简单地视作只是一本"农民历"，而是历代帝王统治天下必须校准和统一的岁时概念和遵循。"史称帝王治天下以律历为先"，因此，统治者都把历书当作顺乎天地、化育生民和万物的指引。作为蒙古人的忽必烈要想长期统治这么大的中国，显然强烈地意识到了这一点，于是决定统一制定一个新历法。他下令成立了一个编订历法的机构，起初起名叫太史局，后来称作太史院。

负责筹建太史院的，是郭守敬在邢州紫金山的老同学王恂。

太史令王恂深知郭守敬精通天文、历法，经报请忽必烈批准，将郭守敬从水利部门调到了太史院，开始了为期数十年的修订历法工作。

一开始，从开封运来了一架观察天象的大型浑天仪，但已经陈旧不堪了，根本得不到可靠的数据。于是，郭守敬就上奏忽必烈："历之本在于测验，而测验之器莫先仪表。"

忽必烈问郭守敬："那你说怎么办？"

郭守敬说："我建议在大都建立一个司天台，并在各地设置观测站。然后，再改进制作观天的仪器。"

"好，就按你说的办！"

于是，在元朝初年（1279）春天，元大都司天台动工兴建，地址选择在大都的东墙下，也就是现在北京建国门附近，当时这里还是一片空旷之地。大都司天台是由郭守敬亲自设计的，与太史院合为一体办公。里面的主体建筑叫"灵台"，分上下三层，中层和下层建有围廊，最下两层是太史院官署，中层和上层则是司天台的主体部分。灵台的东西角还有印历工作局，专门印刷历书。由此看来，当时这个名曰"司天台"的天文台，不论是机构设置还是观测水平，在当时都是世界上最先进的。同时，还在全国各地设置了十四个监候官员，分赴全国各地，测验站二十七处，择点而布，都由郭守敬负责调遣，"四海测验"全面启动。从而，使得元朝在观察天象的范围达到了古人从未涉及的广度和力度——东极高丽（今朝鲜），西至滇池（今云南），南逾珠崖（今海南），北尽铁勒（今黑海一带），而且精确度极高，"余分纤微皆有可考"。从此，八十年间里，元朝一代的司天官都遵用郭守敬发明的天象观测仪器，均未发生过误差。

接着，郭守敬又在今河南省登封市告成镇，设计建造成了一座观星台，是当时所设的二十七个测验站之一。

这座观星台，是一座高大的青砖石结构建筑，是我国现存最古老的天文台，由台身和量天尺组成。台身形状是覆斗状，其作用是"昼参日影，夜观极星，以正朝夕"。观星台由两部分组成，一是梯台体建筑，二是由台身北壁凹槽向北平铺于地的石圭。梯台体建筑高8.9米，连台顶观测室通高11.96米，台底东西长16.85米，南北长16.37米，台顶东西长8.05米，南北长7.55米。台顶可放置天文仪器，如简仪、仰仪等，以观测日、月、星辰。两观测室之间水平放置一根长1.97米、直径为0.08米的铜棒，又叫横梁。横梁下方有一石圭，长31.39米，宽0.53米，高出地面0.4米，由36块青石拼接而成。圭面有刻度，因而石圭又叫"量天尺"。石圭、凹槽、横梁组成圭表，可以观测日影。中午太阳升到上中天，也就是正南方时，横梁影子就投在圭面上某一刻度。连续观测横梁影子的长度，就可以推算出回归年长度和二十四节气时刻等。观星台不仅保存了我国古代圭表测影的实物，也是自周公土圭测影以来测影技术发展的高峰。现保存完好，是嵩山风景名胜区的八大景区之一，也是世界上最著名的天文科学建筑物之一。反映了我国古代科学家在天文学上的卓越成就，在世界天文史、建筑史上都有很高的价值。1961年3月4日，观星台被国务院公布为第一批全国重点文物保护单位，2010年8月1日，包含观星台在内的登封"天地之中"历史建筑群被列为世界文化遗产。

尤其是在"四海测验"时，郭守敬亲自登陆的南海观测点为黄岩岛及附近诸岛，这说明至少在元朝，中国就已发现了黄岩岛。当时的测量结果，在《元史·天文志·四海测验》中都有详细记载，并称这一举动"是亦古人之所未及为者也"，创世界纪录协会世界最早对黄岩岛进行地理测量的政府世界纪录。

与此同时，郭守敬还发明、改造了诸多天文仪器。比如，他发现宋朝皇祐中汴京所造的司天浑仪和大都的天度不相符，两地测量南北二极相差约有四度；刻画的表石，也因为年代久远被侵蚀得不正确了。他都仔细考订失误而更正重制，并着手创制新的仪器：仰仪便于观察天象；改良圭表成高表又创作景符，以便测得清晰的日影长度；做窥几以观察月景；等等。最著名的，就是将原来结构复杂、使用不方便的浑天仪，创制成结构简单、刻度精密，如今在南京紫金山天文台陈列的那台"简仪"。

这些精良而实用的天文仪器，被史书称为"臻于精妙，卓见绝识"，说郭守敬"天赋异禀、巧思绝人"。

有了宏大的天文台，有了星罗棋布的观测站，再加精良的天文仪器，当时世界上最先进的历书《授时历》诞生了。

那时候，没有计算机，交通和通信也极其原始。郭守敬坐着马车，颠簸跋涉数千里，在天南地北的多个重要观测点，亲自"观天"获取第一手资料，并把各地得到的数据全部汇总到太史院。郭守敬根据各地观测点报来的大量数据，汇总后光运算就进行了两年多的时间，才编出了这部新的历法。

这部新历法，比旧历法精确得多。它算出一年有365.2425天，同地球绕太阳一周的时间，只相差二十六秒。同现在通行的格里历（即公历）一年的周期相同，但郭守敬的《授时历》比欧洲人确立公历的时间要早三百零二年。

四

如果说，郭守敬的天文历法成就，让他成为那个时期全世界的"巨无霸"，堪与如今的电脑软件设计师比尔·盖茨、苹果公司创始人乔布斯比肩——当然，论的不是财富而是发明和创造，那么，他在中国古代水利工程方面的贡献，一点儿也不比大禹和李冰父子差。

因为，郭守敬是从都水监并入工部后任工部郎中（相当于副部长），由于"历法工作"的迫切需要，才调到太史院给太史令王恂当副手的，此时，他已经四十八岁了。可见，在此之前近二十年的时间里，他一直从事水利工作，并因政绩突出晋升至水利部副部长。

显而易见，郭守敬是先"治水"有功，才被委以重任去"理天"的，而且一不小心，就弄了个誉满全球。按俗话说，这人太牛了，干啥啥行，在哪儿都发光。

郭守敬被"皇上"赏识，或者说进入仕途步入官场，是三十一岁那年。

这年秋天，郭守敬跟着紫金山学院的另一个同学张文谦，风尘仆仆从中原来到开平府（也称元上都，在今内蒙古自治区锡林郭勒盟正蓝旗境内，多伦县西北闪电河畔），来觐见即位才两年的忽必烈。此时，张文谦在老师刘秉忠的举荐下，已经升为中书左丞，相当于现在的国务院副总理。忽必烈统一北方后急于发展农业生产，为大兵南下全面统治中原做准备，令张文谦为他推举各方面的汉人人才，于是，张文谦就把才华出众，深谙水利和天文的郭守敬推荐了出来。

站在忽必烈面前，郭守敬不卑不亢，从容地娓娓道出了"全面振兴"的"水利六事"：第一事，是关于大都漕运的，建议引玉泉水入运河以改造金朝留下来的通州到大都的旧运河，并将通州以南的运河裁弯取直；第二至第四事是关于家乡邢州附近水利的，建议将邢州城东的河水引入城中并浇灌农田，开挖沣河河道，使河道归顺、水涸田出，并与卫河相接，通行舟筏，在滏阳河和漳河交汇处开挖渠道，引水入沣河，既可增加沣河水量利于通舟，又可灌溉沿线农田；第五至第六事是关于沁河和黄河的，虽然引沁灌溉工程已发挥效益，但从溢流堰上溢出的余水还有不少，建议在沁河余水与丹河交汇处开挖渠道，引水入卫河，既可增加卫河水量利于通舟，又可灌溉沿线农田，建议在孟州以西开挖一条引黄渠道灌溉今天温孟滩的田地，退水从温县以南复入黄河。

忽必烈对郭守敬修葺整饬旧运河的建议兴趣盎然，就问："郭公为何将此事列为第一要事呢？"

郭守敬稍作沉吟道："这里偏离中原，路途遥遥，多有不便，不利政事。难道，陛下不打算迁都吗？"

忽必烈笑笑说："郭公有什么建议呢？"

郭守敬振振有词道："从前的辽国和金国，都曾在中都建城，那里是南北的交接处，地理居中，但碍于水源不足，没能得到快速的发展。如果把水的问题解决了，在这里设置都城，是最好的选择。这几年，我一直在那一带考察，在下认为，从通州把运河引入城内，不但能解决全城的用水问题，更重要的是，还可以把南方丰富的物资运进去。所以，我才首当其冲建议打通通州至城中的这条水路，并把通州以南的河道取直。水是城市生活和农业生产的命脉，立国必须兴修水利，治国必须先治水。"

忽必烈闻后大悦，当场对在场的官员们说："任事者如此，人不为素餐矣。"

意思是说，担任职务能办成事的人，才不是摆个样子吃闲饭的人，还可解释为，你们要是都像郭守敬那样，俸禄也算没有白领。

当即任命郭守敬为提举诸路河渠之职，相当于现今水利部负责管理、整修全国河道的官员，从此步入政界。

事后，忽必烈高兴地对张文谦说："你举荐的这个郭守敬，果然是个奇才，他居然预测都城会迁移燕京，提前在那里做了水利考察，了不起……"

一年后，郭守敬因治水有功，升至副河渠使。两年后，又授予郭守敬都水少监，让他为从上都搬迁新都城的建设，提前在燕京设计水系并开展水利工程建设。

当时，北京还是唐宋以来所称的幽州或者燕京，是五年以后，忽必烈将国号改为"大元"，从近四百公里外的北方开平搬迁到这里来，从此才称为"元大都"的。这是中国历史上大王朝首次在这里正式建都，也是如今北京城的基础，其后明朝的朱棣，才在这个轮廓上扩大了建筑规模，以及后来的清代，都没有超出元代的建筑范围。

因此，郭守敬为北京城的建设做出了巨大贡献，没有元大都，就没有今天的北京城。

元大都的筑造，在中国的都城建造史上是极其罕见的。

在元代建都前的北京城，是辽朝的南京城和金朝的中都城，范围主要在今天北京城区的西南、宣武区一带。原来这一带比较荒凉，只有一座金代的离宫大宁宫，在今天北海的琼华岛周围，元大都就是在这样的基础上，经过周密的勘察设计，选址在旧城区的东北方而建造。又过了几年，大都的大内宫殿、宫城城墙、太液池西岸的太子府（隆福宫）、中书省、枢密院、御史台等官署，以及都城城墙、金水河、钟鼓楼、大护国仁王寺、大圣寿万安寺等重要建筑基本上完成。今天的钟鼓楼是当时的大都中心位置，西侧的积水潭，便是元代陆上漕运的终点站。意大利旅行家马可·波罗在游记中对元大都皇宫有详细的描述："大殿宽广……房屋之多，可谓奇观。此宫壮丽富赡，世人布置之良，诚无逾于此者。顶上之瓦，皆红黄绿蓝及其他诸色，上涂以釉……"在他笔下，元大都成了举世无双的人间天堂。

为什么要选择在这里筑城呢？主要是考虑到水利问题，新城基本上以高粱河水系为中心。

所以说，在没有迁都之前，郭守敬就预见到忽必烈要在这里建都了，而且提前考虑和谋划了全面解决北京的用水问题。他从昌平把水引到玉泉山一带，再由玉泉山脚经高粱河进入城内，构建了大都水网体系，大都城才得以建立起来，比原来的旧城大出了许多。

忽必烈召见郭守敬整整十年后，北京正式成为元大都。

元代设北京为元大都的第二十个年头，郭守敬在完成全城水系工程之后，终于开始实施他"面陈"忽必烈时所述的"水利第一要事"：开凿通州至北京的运河。

这条运河，就是今天北京城著名的通惠河。

郭守敬，是打通京杭大运河"最后一公里"的设计师和开创者。

据《元史》记载，通惠河正式批准开工日期是至元二十九年（1292），忽必烈命令"丞相以下皆亲操畚锸倡工"，仿效汉武帝塞瓠子决河的仪式，当时，参加通惠河开凿的共有两万余人。因工程浩大，"通惠河道所都事"全权由"咸待公（郭守敬）指授而后行事"。通惠河工程经一年施工，于至元三十年（1293）秋天竣工，漕船可直接驶入城内的积水潭，实现了京杭运河的全线通航，江南的一艘艘漕船可直接驶入大都城。元世祖忽必烈看到漕运通了，积水潭水面上来来往往的帆船，兴高采烈，遂将京通运河赐名"通惠河"。

郭守敬被忽必烈首次召见所建议的通州与大都"通航"，为什么三十年后才得以实现呢？

原因如下：

大都在西，通州在东，西高东低，因此要开出一条运河，只能从大都引水流往通州。寻找大都附近的水源，成为金元两朝一直在努力的事情，无奈不是水量太小就是泥沙太多，大运河最后的几十里依然只能靠无数车马的往来奔波。于是，在这些年里，郭守敬无数次奔走于大都周边，仔细勘测水文和地形起伏情况，推翻了一个又一个方案，还制作出沙盘进行反复实验。最后，才决定将昌平县神山（今称凤凰山）脚下的白浮泉水引入瓮山泊，之后，河水并不径直南下，而是反向西引到西山脚下，再沿西山往南，沿途拦截所有原来从西山向东流入沙河、清河的泉水，使其汇成流量可观的水渠，再经高粱河进入流向通州的运河。但是，这样做却因地势落差而难以行船。于是，他就在长约八十公里的河道上督建了十一处控水设施，共计二十四座船闸，使漕运船舶逆流而上……

至此，郭守敬的宏伟梦想终于实现了。

如今，通惠河沿岸，尚有多处为纪念郭守敬功德的建筑物，比如：坐落在二十四闸之一的平津闸（又名高碑店闸）旁的郭守敬雕像；位于什刹海西北小岛上汇通祠内的郭守敬纪念馆；等等。

虽然通惠河是郭守敬的千秋伟业，但在《元史》中，却把功劳记在了一个名叫高源的高官名下，曰："开通惠河，由文明门东七十里与会通河接，置闸七，桥十二，人蒙其利。"因为他的官位是"都水监"（水利部长），而郭守敬只是他的副手"少监"。

五

在漫长的中国历史上，郭守敬是一位名副其实称得上顶天立地的伟人。

顶天，他要揭示苍穹的秘密；立地，让河流洪水按照他的意志造福人类。

他干的是经天纬地之业，要的是国泰民安的天长地久。

在这里，我不想过多复述有关郭守敬的生平事迹和故事，以及他从小受祖父影响天生聪慧，也不想详细追忆他师从刘秉忠自幼汲取技术知识加之个人天赋成为一代科学巨擘。我只是想探究一下，为什么他在很长时间里不太著名，其知名度与他的贡献不成正比，特别是不如其他的古代科学家地位高、受重视、有名气。比如李时珍、张衡、祖冲之、沈括等。举个例子说，比郭守敬晚三百年的李时珍，早在1956年就拍成了电影，由大明星赵丹主演，连配角都是仲星火、顾也鲁等著名演员，可他的事迹和创业精神，怎么能和郭守敬相提并论？根本不是一个层次，他那本《本草纲目》，只不过是将多年来发现的中草药和流传在民间的药方"抄"下来积攒"收录"到了一起。在郭守敬的家乡邢台，直到八十年代才开始重视他，之前的几百年里，故乡没有一点纪念和怀念他的"意思"，甚至搞不清他老家郭村在什么地方，找到了，可有关他的任何"痕迹"都没有。

郭守敬有没有后代？史书记载是"后世不可考"。

直到2006年，才有山东省沂南县杨坡镇左泉村村民郭乃智，凭借祖坟地里发现的一块石碑，考据该村的一千七百多口人，极有可能是郭守敬的直系后裔。因为，祖碑上记载着石碑立于康熙四十六年七月十五日，正中有"始祖郭守敬"五个大字，内文中有"守敬、守京祖于元末明初自北京椿树胡同迁此……"字样。

郭守敬的祖籍在河北省邢台市信都区皇寺镇郭村，长期客居北京"为官"，为什么直到现在才发现他的后代，而且会居住在远隔千里的山东省临沂市沂南县？只有一个解释，为逃避战乱或者是当朝政府的迫害。不错，郭守敬于元仁宗延祐三年（1316）去世，五十二年后，元朝灭亡，明朝建立。元末明初，战乱不断，碑文所记"二世三世因遇兵变，家谱被火"也在情理之中。也就是说，郭守敬的儿子或者孙子，为躲避明朝的歧视甚至是迫害，所以移出京城的"椿树胡同"，远走他乡，之后默默无闻世代为民。从这时起，"一代巨匠"郭守敬和他的后人全都销声匿迹了。

是啊，朱元璋"造反"推翻元朝建立大明帝国，口号就是"驱逐胡虏，恢复中华"，从此彻底结束了蒙古人在中原的统治，中国再次回归由汉族建立的王朝。替外族人效力、"卖命"、"服务"的"要员"郭守敬，无疑被归为"汉奸"之列。也许，从那时起，在"大明王朝"长达近三百年的统治下，郭守敬是个"叛徒""异类"，尽管他不在人世了，但他的"流毒"是不是要肃清呢？我们是不是可以这样推测，从明朝建立后，郭守敬在元代所设计建造的大批仪器以及诸多观星台还有所著的一百多卷书籍，全部被毁掉了，现在所陈列的器物，基本上都是按史料记载所做的仿制品。对于一个只做学问，专事研究的科学家，即使不必秋后算账，但不宣传，封杀、冷藏，则是肯定的。他的后人，低调再低调还心惊胆战呢，哪里还敢四处张扬自己是郭守敬的后裔或者去保护去保存先人的遗物？他们也没这个能力，没有改名换姓就算不错了。

所以说，如今生活在邢台郭村的郭姓人，应该是郭守敬"同宗不同祖"的后人，并不是他的直系后裔。

于是，一个在中国历史上唯一一位具有实证科学精神的科学家，一个在全世界闻名的学者，一个伟大的发明创造者，一个具有强烈创新意识的知识分子，由于统治阶级的意识形态作梗，就这样被无情地"雪藏"了几百年，变成了一个躲在角落里的"黑老头"。

天空又有碎雪飘下来，像白色粉尘，落在脸上有酥麻的感觉，往远处看，茫茫然一派浑浊不清，光秃秃的枝条很有力量地随风摇曳。

有雪片降落在郭守敬铜像上，但瞬间就融化了，变成了湿漉漉的水印。郭守敬似乎是傲雪挺立，一副昂扬向上的样子。他长服的下摆随风飘起，好像他永远在途中栉风沐雨地行走，他消瘦的脸颊饱经风霜，高耸的鼻梁透露着坚毅，双眸平静地目视前方，仿佛是要洞穿这个世界上的所有秘密，还有那些灾难和不幸。有雪点拂到他的脸颊上，融后恰如他眼睛里溢出的一滴清泪……

或许，是他哭了吗？

郭守敬是不应该哭的，他生活在一个好的时代，尽管元代是少数民族统治汉民族，但他们也是我们中华民族的一部分。那是一个弱肉强食的时代，你的群族落后了，就要被强大的群族所征服。我们不去对元代的功过是非进行讨论，现在看来，我们觉得郭守敬遇到了一个好领袖和一个特别好的"知识分子政策"，才成就了他的辉煌，他才能够成为世界级的科学家。没有忽必烈，似乎就没有郭守敬的功成名就。忽必烈喜欢、器重、推崇、支持郭守敬这个又实在又懂事，能干事会干事的青年才俊，才使他的智慧得到了最充分的发挥，其才能才得到了最大限度的施展。当时朝廷规定所有到七十的官员一律退休，只有郭守敬不许离岗，一直工作到逝世。

难道，是他累了吗？

郭守敬的一生，是奔波的一生，勤劳的一生，创新不止的一生。他从修葺达活泉公园南边一条河上的老桥开始名声大噪，二十岁刚出头，就开始踏上"路漫漫其修远兮"的开创水利事业的崭新征程，且义无反顾。邯郸大名，河南安阳，去宁夏修渠，沿河套迂回，顺黄河溯源，引永定河水，建运河驿道。奔赴天南海北设置二百多个观测点，每一个都要亲力亲为，车马劳顿，风餐露宿，夙兴夜寐，展印处处，只争朝夕，呕心沥血，奔波不止。他是青年科技工作者，学术带头人。他的实践精神，他的科学态度，他的治学方略，他的聪明才智，都是史无前例，空前绝后的。北京的水系工程，都是郭守敬设计的。直至今日，北京依然没有改变郭守敬时代的格局，即便是现在实施的南水北调工程，引水入城的路线仍然离不开郭守敬当年所规划的路线。古代北京城市的排水系统，可以向东、西南两个方向排泄洪水和城市污水，今天北京最重要的两条排水干渠——坝河和通惠河，也都是郭守敬当年奠定的基础，更不要说内城的明渠和暗渠了。郭守敬确实累了，疲倦了，永远是那么瘦弱，并且还显得有点憔悴。我们应该让他歇一歇，不应该还让他迎着风霜雨雪和日月星辰永远站在这儿，似乎永远都是一副行者的姿态，应该让他坐下来喝一杯热茶什么的。

莫非，是他有什么遗憾吗？

这个应该有的，因为有的时代对他不公平，歧视了他，甚至质疑过他。作为一个汉族人，为什么为入侵的异族那样效力？毁了他的器物，烧了他的著作，禁止赞誉他，让他的后人隐居穷乡僻壤。当然，这样的时代已经一去不复返了。现在，郭守敬是我们的骄傲，是我们的自豪，是我们的荣耀，是我们的榜样，是一张提升邢台知名度和美誉度的永恒的"金名片"。但是，郭守敬还是感到有一些遗憾，遗憾这一切来得有点迟了。现在，我们还有多少人能够具备郭守敬的那种追求知识和学问的精神，我们对科学对科学家的态度又是怎样的？我们需要的，只是郭守敬一个名字？还是需要郭守敬遗留下来的人文精神的实质和内涵？今天，我们在倡导"创新、协调、绿色、开放、共享"的发展理念，而站在我们眼前的郭守敬，他的人生轨迹，他的坚强意志，他的奋斗历程，他的丰功伟绩，不恰恰就是再现这一理念的革命先驱吗？

仰望着郭守敬雕像，我默默道：郭守敬永远不老，他的精神光芒万丈。

雪花渐渐变大了，回首凝望踏雪而去的少妇和她的小女孩，幻想着郭守敬从铜像上蜕变出来，从元代的历史烟云中穿越而来，一样的模样一样的风采。他疾步前行，俯身拦住这对母女，微笑着冲小女孩道："小朋友，你长大了，一定要好好学习，将来做一个比我更有本事更有出息的人，能不能啊？"

一定能，因为这是一个比任何时代都美好的时代，郭守敬故里的后人们，都会像郭守敬那样热爱祖国，敬畏天地，怀揣梦想，开拓创新，企盼世世代代的幸福与安康。

脑海里，那首《你是最亮那颗星》的歌声悠扬荡起："是谁踏着泥泞，翻过崇山峻岭，顶着风雨不断前行，伴着日月播撒光明；是谁穿过寂静，远离骨肉至亲，奉献青春飞扬激情，点燃黄昏敲醒黎明。你是最亮那颗星，夜色中一抹精灵……"

这首歌，就是唱给天上那颗"郭守敬星"听的。

河套王

（清末民初，一个叫王同春的农民在河套地区的人生传奇）

引子

"游察哈尔和绥远的一个月，与当地人士往来稍多，就收集了许多塞外的故事。最使我高兴的，是听得许多人讲起王同春开发河套的故事。河套的开垦是我久已听说的，尤其是'民生渠'三个字近年常在报纸上见到；但为什么王同春这个名儿直到现在才听得呢？我听了他们讲说之后，时常这样的问自己。"

上面这段文字，是顾颉刚先生于 1935 年为一个普通农民撰写的个人小传的开头，发表在《禹贡》半月刊上，题目是《王同春开发河套记》。在当时，这篇文章或许没那么重要，但重要的是这篇文章的作者顾颉刚可是大名鼎鼎：燕京大学历史系主任、北平研究院史学研究会历史组主任、主编《史学集刊》。他曾师从胡适，著名史学家罗尔纲、傅斯年、周汝昌、吴晗、季羡林等都是他的师兄，是我国现代著名历史学家、民俗学家，古史辨学派创始人，现代历史地理学和民俗学的开拓者、奠基人。

顾颉刚还说："王同春是一个民族的伟人，贫民靠他养活了多少万，国家靠他设立了三个县。""如果我们再不替他表彰，岂不证明中国太没有人了！"

在顾颉刚这位大学者的笔下，王同春这个名字，从察哈尔和绥远的河套地区，渐渐进入了更多国人的视野。许多人，也许是感叹于顾颉刚在文中的最后一句话："一个不识字的人能够赤手空拳创出这番大事业来，那不够我们的纪念？再说倘使官民合作，他的成绩又将怎样？所以张相文沉痛地说：'王同春是不幸而生于中国！'"

张相文，这位中国革新地理学的先驱，是在1913年考察西北的水利，看到王同春设计的水利系统如此完美并与他深谈之后，发出的极其伤感的叹息。

是啊，王同春，"一个不识字的人"，还瞎了一只眼睛，趔趄着瘦弱的身躯，凄凄惶惶自中原地区"走西口"来到大西北的河套地区，手无寸铁，身无分文，踽踽独行，在荒芜贫瘠的土地上，通过开渠租地白手起家，成为治水奇才和水利专家，开创了这个地区史无前例的丰功伟绩——

王同春，曾经拥有五原、临河、安北三县的巴彦淖尔大片区域，拥有数十条河渠、二百多万顷土地、七十二个牛犋（村庄）、数千家丁、数万民工和佃户，一生开渠总长达四千公里，可灌溉土地一百一十多万亩，超过了李冰都江堰当时的可浇面积，创造了世界水利史上的神话和传奇，被称为继大禹、李冰之后的中国水利第三人；他开拓了后套地区，捐建了五原县城，引来了数以万计的晋、冀、陕等省汉族移民，将"黄河百害，唯富一套"的神奇变为现实，实现了"天下黄河富河套，富了西套富东套"的光荣梦想；全盛时期，他年收粮食二十三万余石，年收租银十七万两，饲养耕牛一千余头、奶牛两千余头、骡马一千七百余匹、羊十二万余只、骆驼五百多峰、大车一百多辆、木船一百多只；此外，还有商铺、客栈、茶楼、酒肆、油坊、缸坊、皮坊等百余处遍及城乡村镇，在黄河后套及整个绥西地区，财产无人可与之匹敌……

在清光绪十七年（1891）西北大旱的年景，他一人收留五万灾民近一年，并与当时军政和学界的要人阎锡山、冯玉祥、张骞、张相文等都交往密切；是他，奠定了当今美丽富饶的河套平原的基础，使其不仅成为内蒙古自治区主要的粮食和经济作物产区，也是国家重要的商品粮基地之一。

他是后河套地区名副其实的"大老财"，人称"土皇帝"，奉他为"河神"。

在河套长大的人，只知道"大老财"王大善人，根本不知道还有大清王朝。

王同春的威望、财富和传奇的人生，被当地民众誉为"河套王"。

2012年3月间，中央电视台黄金时间曾热播的电视连续剧《我叫王土地》，就是根据王同春的主要故事创作而成。

他的事迹，被载入《剑桥中华民国史》和《清史稿》。

1947年，民国时期的全国高级小学通用教材《国语》第一册课本里第二十篇，入编有《王同春开发河套记》的课文。

著名作家冰心访问绥远后，曾写有《二老财》一文，发表在1936年1月《青年界》第9卷第1号杂志上，在文中，冰心称王同春为"河套民族英雄"。

现在，让我们的目光，越过漫长的记忆之路，去审视和打量一番，一个极其平凡的人，一个普普通通生活在社会底层的农民，是怎样在那个沧桑与沉浮的动荡岁月里，励精图治，做出了不平凡的伟大壮举，还有被历史烟云淹没在时光里的痛苦与幸福，笑声和泪水。

一

　　一个初秋的上午，我们来到河北省邢台市西郊信都区南石门镇一个叫东石门的村子。该村距市区不足十公里，位于西环路东侧，是太行山东麓丘陵与浅山区的过渡地带，一百六十八年前的清咸丰二年（1852），王同春就诞生在这里。

　　如今，随着新农村建设的快速推进，村子早已旧貌变新颜了。四周的庄稼地绿油油的，玉米、谷子、豆类等植物含苞吐蕊，生机勃勃，与繁树和杂花映衬着的一栋栋白墙灰顶的农舍交相生辉。进入村庄的一条主街上，水泥道平坦而整洁，路旁两边的树木浓密，右边花池旁有几个新建的宣传栏，其中有对王同春事迹的介绍。进村后已至中午，街里人很少，偶尔见到几个中年人，打听王同春的故居，竟然都不知道王同春是谁。正恍惚时，有个骑电动车的老汉停下来，闻声后很热情地在前面给我们带路。就这样，在村里绕来转去，才来了王同春童年时代的祖居地，传说中的"王家大院"。

　　伴随着岁月的流逝，王同春祖宗曾经建造的"王家大院"，早已夷平为"美丽乡村建设"的根基，被新规划的房舍所取代了。在村里一些老人的记忆里，"王家大院"有一座十分气派的院落和精美的雕花门楼，门楼上方，悬挂过皇帝御封的"寿考尊荣"四个鎏金大字，看见过家中珍藏朝廷赏赐的"黄马褂"，据说是王同春托人从河套地区带回来的。但这一切，连同村东南土岗上曾经列列堆垒着的十分显赫的"王家祖坟"，也都随着时光的变迁和风雨的洗涤而荡然无存了。

村里最年长的人，也说不清楚王同春和他家族的前生今世了。由皇帝所封赐的匾额和黄马褂，究竟是哪个皇帝所封赐？王同春是在中国大西北的河套地区"成事"的，这些代表着政府最高奖赏的物证怎么会在河北老家的村子里出现？是谁带到这里的？连村里与王同春家族支脉中最近、业已八十六的王文生也说不清楚。六十五岁的村民王小根说，他的爷爷在王家见过一块匾，是袁世凯题写的，上书"中国水利顾问"，落款是大方的玉印，不知是真是假。近七十岁的村民王合山说，他听村里老辈人说过，王同春的妻子有一年春节来村里住在这个大院里，村里有人去给她拜年，她眯着眼睛，谁给她磕头，她就从身后抓一把制钱扔过去。我问，王同春没来吗？他说，那就不知道了，光听说他媳妇来过村里，是山西人。王同春没来而他媳妇自己来？这说法似乎也不可靠，但王合山接着说，王家的老坟地，原来有两亩多大，上面长满大柏树，是"文革"期间被挖开并平掉的，他见过从坟地里挖出很多随葬品，还有人把棺材拆开，将很厚的棺材板偷偷运回家做家具。他一再强调说，这是他亲眼所见，至今仍有人家在用这种家具。

现在的"王家大院"，仍残存着一面影壁墙和一堵过道墙的废墟，据说是区里镇里要求保留的，不然早就没了。而整个大院，早在解放时就分给了七八户出身贫苦的村民，之后，又几经翻盖，都变成一栋栋现在流行的白色二层小楼了。王合山和赵小梅老两口，就住在"王家大院"旧址的最前端，他们说，村里五十岁以下的人，基本上不知道王同春这个人了。还说，王同春的孙子，隔几年会回来一趟，还有北京一些人来这里采访，电视剧《我叫王土地》拍摄时来过他们家，后来还寄给他们一套光盘。

坐落于邢台西郊的东石门村，如今只能是记载王同春"老家"或者"故乡"是河北省邢台市的一个记忆符号，标明他曾经出生在这里，是这个小村庄的水土把他滋养大的，别的似乎再没有意义了。多少还有点意义的，只能是从长辈那里听来的零零星星的不知真假的据说和传说，并由此唤起的某种回忆和产生的一些联想。因此，故乡好像对王同春并不算热情，也不太重视，更没有夸夸其谈宣扬过他，赞叹过他。许久以来，大多数邢台人并不知道在大西北赫赫有名的"河套王"是邢台人。也许是，邢台人养育了他，他却没有为自己的家乡做出过贡献，"老乡们"才冷落他甚至暗自埋怨他吧。

所以，王同春的童年或者说少年时代，留在家乡人记忆里又历经口口相传之后，就变得莫衷一是，模糊和淡漠，甚至多少有点贬义，不由令人唏嘘。

据村里一些老人说，他们也是听长辈们说的。王同春有兄弟三人，他排行老二，字浚川，小名进财，童年时，村里人都喊他"瞎进财""瞎老二"，那是因他五岁时患天花病致使一只左眼失明，脸上还落下了麻子。从前，王同春的爷爷领着三个儿子王成、王杰、王斌从事"驮业"，也就是现在所说的长途运输生意。家里养有数百头骡、马、驴，往来于顺德（今河北省邢台市）、彰德（今河南省安阳市）、汉口（今湖北省武汉市）、浦口（今江苏省浦口市）、北京、天津等地载运货物，家境富足，在村里盖了很大一片青堂瓦舍的院子。但王同春出生的前一年，黄河决口，道路阻断，流民四起，生意暴落，王家的货物运不出去，损失惨重，家境开始衰败。接着，也就是清咸丰三年（1853）初夏，太平天国运动兴起后，其北伐军两万余人从扬州出发，经安徽、河南等地进入直隶（今河北省），逼近天津，遍地烽烟，陷入战乱，王家的运输业被迫停止。再加王同春的伯父王成嗜酒成性，整天喝得醉醺醺的，运输中止后也不下地干活，后来干脆离家出走，王家很快就衰败了。因此，六岁的王同春在私塾读了不到半年书，就因贫困不能支付学费而辍学了，所以他认识的那几个字，到十几岁就全部忘光了。在故乡一些老年人的眼里，王同春是个没有文化，一只眼失明，瘦弱，不爱说话，其貌不扬，冬天穿着开花棉袄，总流两筒鼻涕的穷孩子，"小可怜儿"。

王同春是多大岁数离开老家东石门村的？

史料没有确切的记载，说法也不尽一致。有人说，因为他姥姥家是山西的缘故，大约八岁时，就跟着他叔叔王斌去山西学打铁；又有人说，十三岁时，他跟父亲王杰逃荒到了绥远；还有人说，他十六岁那年，随一帮河北老乡"走西口"了，投奔早几年在后套做皮具生意的伯父王成。

最后的这个说法，似乎是最为可信的，因为家道中落后，伯父王成跟随一帮做皮毛生意的乡人，已经"走西口"了，并仗着从前做运输生意时结交的朋友，在宁夏河套地区的磴口镇，开设了一个皮毛作坊，主要是制作车马皮具，与蒙古人交易，生意兴隆。王同春是八岁那年，跟着父亲去大西北投奔伯父王成的，因为后来在这里发生的一些事情，都与王成有关，再说，有至亲伯父提前在这里站稳了脚跟，王同春没必要在河套地区盲目地四处流浪而不去"投亲靠友"。

王同春及伯父"走西口"，是向西翻过太行山进入山西，然后从山西中部出发，一路向西，在内蒙古和林格尔县和山西省右玉县交界处长城上的一个关隘"杀虎口"出关，就进入到了经商闯天下"讨生活"的归化与绥远（统称归绥）、库伦和多伦、乌里雅苏台和科布多及新疆等地区，这条中原腹地通往蒙古草原进行经济和文化交流的重要通道了。民间，将这一大迁移的流动行为称为"走西口"。这个千千万万人奔走的"西口"，就是"杀虎口"。"走西口""闯关东""下南洋"，是中国近代史上著名的三次人口大迁徙事件。

"走西口"改变了成千上万"口里人"的命运，当然，也改变了王同春的命运。

王同春历经艰难万险，千里迢迢徒步"走西口"终结的第一个"客居"之地，是位于现今巴彦淖尔市的磴口县。这里，土地肥沃，有黄河水灌溉，宜于人类生存，是"走西口"进入黄河西岸河套平原"谋生"的目的地或者说终点站之一。

当时的磴口，为旧磴口（当时归宁夏管，现今是内蒙古自治区阿拉善盟阿左旗巴音木仁苏木驻地），是黄河西岸的一个小镇，位于乌兰布和沙漠与后套平原的过渡地带。"磴"，意为石头台阶。黄河流至磴口处为南北向，磴口在黄河西岸，由于该岸河槽基层坚硬，河水不易冲淘，而上层覆盖着松散的沙壤土，易冲淘，这样水涨水落，久而久之便留下一级级的台阶。磴口又是黄河东西交通的重要渡口，故而得名。有渡口，就有人的聚集和流动，这样才有生意可做。因此，当时走西口的山西、陕西、河北人，有许多都是在这里"打工"的。王同春的伯父王成，一开始在磴口的一个皮匠铺学徒，后来自己开了个皮具作坊做鞍辔，因王成没有后代，王同春就被"过继"给他做嗣子。

在磴口，王同春大概生活了三年多。伯父让他学习制作鞍鞯鞭辔的技术。也许是岁数还小，他没有一点兴趣，时常偷偷跑出去玩耍。这年，终于"玩儿"出了大祸，跟邻家一个叫赵对元的孩子拿着棍棒玩"打仗"时，不料打到人家的头上。一说是把这孩子打得头破血流致使重伤，另一说是打死了。总之是闯祸惹出了很大的麻烦，伯父王成迫不得已，立即安排王同春外逃"避祸"。一说是逃回了老家邢台东石门村躲避了一阵又回到了西山咀（今内蒙古自治区巴彦淖尔市乌拉特前旗乌拉山镇），另一说是直接逃到了二百公里外的西山咀躲藏了起来。

老家东石门村的老人，有人说王同春是十六岁离家出走的，还有说是十三岁，是在老家出了人命官司才逼迫"走西口"。这似乎佐证着，王同春"出事"后，可能是回到家乡躲避了一阵子，然后又回去找伯父王成了，但这次不是去的碛口，而是去的西山咀。另一种可能，是王同春闯下大祸后，伯父直接送他去了西山咀。这里，南临黄河，北抵乌梁素海，东靠乌拉山，西接河套平原，也有王成的一个皮作坊，于是，王同春便藏身在这里做工。

总之，逃亡的"落脚"之地西山咀，是王同春"与水结缘"的发轫之处，也是"河套王"横空出世的地方。

这年，王同春十六岁，从此再没有回过河北的老家——邢台的东石门村。

据说，王同春在晚年时，曾于春节期间回过一次老家，这与村中有人说他妻子回过老家似乎相契合，但不见记载，还说他当时和乡亲们商量，打算出资在村北为王姓族人修建一座庄园，命名为北石门。因为，在他老家村子的周边，有三个石门村，除他出生的东石门村外，还有西石门、中石门和南石门，唯独没有北石门。他认为缺少一个门，圈不住风水，所以想捐款建一个北石门村，但因诸多因素并没有付诸实施。

王同春热爱家乡，怀念家乡。他在河套地区"发迹"后，大批邢台同乡沿着他走过的西口——山西杀虎口，到西北谋生。对前往投奔他的邢台人，王同春热情招待，安排食宿，然后赠送给上百亩甚至上千亩的田地，让他们成为"二地主"为自己效力，从而成为王同春的嫡系。因此，在清末民初时期，投奔王同春的邢台人很多。邢台皮毛业能在京畿快速崛起，也多受益于他的倾力周旋，是通过他的"关系"，打通了邢台这个时期皮毛市场直接与内蒙古皮毛原产地进行交易的一时繁荣。当时邢台市区有了这些皮毛生意集散地，才留下了至今仍称为"羊市道""马市街"的地名。听说家乡受灾了，他心急如焚，先后四次捐出粮食近九万石，连忙整车皮发出救命口粮。

显然，王同春并不是像有些家乡人认为他"忘本"那样，至死不肯落叶归根埋入祖坟，却葬在了两千多公里之外的"第二故乡"。

"王同春死后，他的灵柩要抬回老家邢台，但隆兴长的百姓长跪不起，要求把他埋葬在五原。"这是当地的史志办老学者武英仕老人说的。

隆兴长，是当时以商号名称命名的一个大集镇，即现在内蒙古自治区巴彦淖尔市五原县隆兴昌镇。王同春独自开渠后把家安置在这里，一直居住至患病去世。

临终前，王同春有遗嘱，要回归故土安葬。

但王同春去世，是惊天动地的大事。上至官府、军队、各旗王爷、各大地商、商号东家，下至长工、佃户、绿林好汉，纷纷前来吊唁。尤其是那些平民、佃户，黑压压一片从门口一直跪到大街上，坚决不让"河神"王同春运回老家埋葬。家人和地方绅士经过紧急磋商，只好将墓地选择到了镇子正西五原县城的北方。

出殡发丧这天，和尚、道士、喇嘛各请了六十人，做法事、念经，纸火布满街衢，花花绿绿，花圈、灵楼、童男童女、金山银山、车马家具，和真的一样，一直排了几里地，送他的老百姓在隆兴长门外排成了"十里长街"。

在王同春的十年忌日之际，时为绥远省主席的傅作义拨款重修祠堂，冯玉祥、阎锡山都为他撰写挽联。每年的农历七月十五日，五原县广大民众荡舟于义和渠中，供奉着王同春的瓷像，奉他为"河神"，点亮盏盏河灯祭奠和怀念他，敲锣打鼓祈求他继续保佑这片大地的风调雨顺。

在这里，王同春不但缔造了隆兴昌镇，还创建了五原城，无论是人是物，对他都有着独到的崇敬和爱戴。连同他故乡的人，也在这里因他而受到格外的尊重和礼遇。上世纪八十年代末，老家是东石门村的赵学仁开大车跑运输夜过五原住宿，一口浓重的乡音，引来素不相识的店家无限感慨和惊喜。交谈中，店老板听说他不但是邢台人，还和王同春是一个村子的，异常兴奋和激动，像待亲人那样热情和亲切，不仅免收住宿费，临走时，还执意赠送他路上需要两天的干粮。

五原县城北，原有纪念王同春的祠堂和他的墓地，但这些历史建筑在上世纪六七十年代被损毁了，今天见到的墓碑是后来重修的。

在一座方圆丈余的凸现土墓前面，矩形白色大理石墓碑正面中心雕刻着"王同春先生纪念碑"，上面是冯玉祥将军的题词"人间河神，垦荒英雄"八个大字，两边的竖幅上书写着"开河功在国家，垦荒利于人民"，背面则是王同春的生平简介。据《五原县志》记载："王同春（1852—1925），俗名瞎进财，字浚川，邢台县东石门村人，他是我国近代黄河后套的主要开发者之一。"

王同春，就这样永远长眠于他开垦的沃土之下了。

如今，在五原县城西的义和渠旁，又新开辟了柳绿花红的

"河神公园"，六龙头威武托起二十余米六棱形花岗岩巨塔，昭示着匆匆从西北黄河边跋涉考察而回的王同春，高瞻远瞩，屹立顶部，深情地俯瞰东南这片肥沃的大地。

在五原县隆兴昌镇的王同春故居，整座院落都是普通平常的土房子，让人感到寒酸，这与他富可敌国的钱财不成正比。甚至，这里几乎没有留下他的遗物，据说是早些年都被烧毁了，有关他的两张老照片，也是从别处复制而来的。留下的这些平房，有不少也是经过修缮的，看起来很简陋。难道，不营造豪华宅邸，是他一直把这里当作"客居"他乡的"驿站"，从未想过在外乡"扎根"入土为安吗？

然而，在王同春的故乡河北省邢台市信都区南石门镇东石门村，他的故居一直到解放前，仍然是他背井离乡"出走"时的老样子。东石门村的村民告诉我，解放时，王同春家没有被定为地主成分，因为他和他的祖上在村里没有地，老房子也都破烂不堪了。

从而见证了王同春自离开老家，在他乡成为"大土豪"后，再不曾为他的"祖屋"添置过一砖一瓦和当时流行的买田置地而摆显他的荣归故里。

这难道是他的"恋乡"情结吗？应该不是，应该是他不打算回来，不要老家了吧？

问村里人这个问题，村民们眨着眼睛不知怎样回答。

少顷，有村民说："哪里黄土不埋人啊！人家妻儿老小都在那里，还回来干啥？"

另一村民说："他哪有空儿回老家，哪有空儿回来盖房子？听说，他开了那么多渠，恐怕连喘口气的空儿都没有。"

噢！或许这真是一个重要原因，或者是另一种解释，怎么不曾想到过呢？

是啊，从河北邢台东石门村王同春的降生之地为起点，再到他溘然长逝在巴彦淖尔市五原县隆兴昌镇为终点，这两点之间的那条线路，仅仅用了七十四年（包括坐牢的十一年）的时间，就让他扭结出了一个个令人震惊和慨叹、改变后河套地区几千年来亘古不变的山川大地的模样、从千百万"走西口"者中脱颖而出并最终成为万古流芳的英雄、被当地人誉为"河神"的辉煌节点。可见，他的时间是多么珍贵，心情是多么急切，步履是多么匆忙。他以一种迫不及待的姿态，在后河套广袤而沉雄的大地上，以智慧和力量，书写着改变历史和创造未来的可歌可泣的动人故事……

也许，当时的王同春并没有意识到这一点，但历史诠释得明白而又清晰。

细数这一个个耀眼的节点，西山咀应该是最先闪光的那个。

一代河套之王的传奇大戏，从西山咀正式拉开了序幕。

二

西山咀，是从前的旧称，现在叫乌拉山镇，位于内蒙古自治区乌拉特旗。

在河套方言中，"咀"既有像嘴一样物体的含义，更带有"末梢""尽头"的意思，如：茶壶咀等。西山咀是个古老的地名，从这里向东望，处于尽头的乌拉山，两头高，中间低，极像一个巨大的嘴巴，由此得名。相传，位于西山咀乌拉山尽头的卧羊台，是当年穆桂英操练兵马的地方。

清同治七年（1868）四月，王同春因"避祸"被伯父王成从磴口带到西山咀，继续学习鞍辔的制作技艺，但他依然是心不在焉，打心眼里厌恶这个异味熏天的营生。

当时的西山咀，已经是一个嘈杂而热闹的小镇了。这里南临黄河，北抵乌梁素海，东靠乌拉山，西接河套平原，聚居着蒙、汉、回、满、达斡尔等多个民族。其中，有不少是"走西口"而来的中原人。

这天下午，王同春趁伯父外出，偷偷从镇上跑到黄河岸边，发现有很多人在附近的田野里挖渠，引黄河水浇地，开垦荒地，就走过去跟人家攀谈。

一位个儿不高但很壮实的汉子听他的口音后问："小家伙儿，你是哪里人？"

王同春说："直隶的。"

这汉子又问："具体啥地方的啊？"

"顺德府（今邢台市）。"

汉子仔细看看他，冲他拱拱手道："老乡啊！幸会幸会。"

王同春满脸惊喜："你也是顺德府的？"

"不，我是邯郸的，咱离得不远。"

王同春连声道："是啊是啊！大哥，你来这里几年了？"

汉子说："三年多了。"

王同春问："你一直都在这里干这活儿？"

汉子点点头："对，挖渠。"

"一天能挣多少？"

汉子说："都是按包工算的，还行，除了吃喝，还能省下一半。"

王同春眨眨眼睛："真不少啊……"

汉子仔细打量王同春一眼："你也想干？"

王同春笑了笑，未置可否。

"小家伙多大了？"

"十六。"

汉子惊叫一声："你这个头儿可是不小，身板也不错，看着像十八九了。"

此后，王同春得知这汉子姓靳，名秋喜，三十一岁，三年前跟家乡人结伴"走西口"来到这里，受雇为人挖渠耕种。一有闲暇，王同春就来工地上找靳秋喜聊天，靳秋喜有时收工后，就带着王同春在黄河岸边溜达，向他介绍河套地区的风土人情和引水垦荒的情况。

其实，王同春对整个河套地区的地理环境还是比较了解的，他毕竟来到这里已经三四年了。从磴口来到西山咀，二百多公里的路程，都是沿着黄河岸边行走，两个地方都属于河套平原的区域范围，只不过一个在西，一个在东罢了。这个区域，是中国罕见的冲积平原，本来是一块肥沃的地方，古谚有"黄河百害，惟富一套"之说。所谓套，指黄河从宁夏横城到陕西，"几"字形中间部分，像套子一样把当地包了起来，所以叫河套。黄河在河套一段，本有两道，在北的叫做北河，在南的叫做南河。后来北河渐湮，其下游在清朝道光年间被淤断，与南河不通了，当地人便称其为五加河或乌拉河。从黄河到乌拉河这一片地域，就叫做后套。这块地方，南北四百余里，东西六七百里，多沙多蒿，草木茂盛，牛羊成群，曾经是个优质的天然牧场。汉时，汉武帝派卫青、霍去病将匈奴击败，开始从内地往这里移民，数年间，有六十多万的屯田队伍来到这里，修理水利工程，引河水进行垦殖。自从明朝年间官民进入蒙古以后，这里只充当牧场不做耕种。清朝时，这里不再兵荒马乱，但却划定了蒙汉边界，蒙地禁止汉人垦耕。到了清朝的乾隆年间，有一些汉人来到这里捕鱼，并提取河水浇灌附近的土地，尝试着从内地带来种子进行种植，结果大获其利。但到了道光三十年（1850），黄河泛滥，在北岸决堤冲出成一条河来，这就是现在的塔布河。这条河流所及之处，就都成了丰美的草原和田野。此时，河北、山西、陕西等地"走西口"的人渐渐增多，他们在这里开荒种地，喜获丰收。有的地方，一个人可以种到一千亩的水浇地，种一年可以吃十年，还不用交税。起初，他们只会利用天然的河流灌溉农田，后来也学会自己开渠，引水灌田了……

这里是"走西口"谋生的终点站之一，是"养穷人"的地方。

靳秋喜在西山咀这里，就是受雇为一个名叫张振达的渠主挖渠。只要渠一开通，水能灌溉土地，荒地就变成良田，就会有人来租地种植。这样，渠主和租地的都有不错的收益。

"秋喜哥，何必一直当渠工。"王同春闪烁着一只眼问靳秋喜，"你就没想过自己当渠主吗？"

靳秋喜笑了，摇摇头说："你真是个孩子，太天真了。能在这里雇人开渠的渠主，都是大地商，有钱才能投资干这个。再说，这开渠也是个技术活儿，我没文化，不识字，只能是干粗活，卖苦力。"

王同春想了想说："那也不一定吧，别人能干成的事，咱们为啥干不成？！"

这意思是说，别人能做成渠主，我也一定行。

这个念头的突然萌动，成就了王同春辉煌的一生。

接下来的一段时间，王同春没事就去黄河岸边转悠，观察附近的地形和水流，去多个开渠工地，悄悄用脚步丈量渠的长度、宽度和高度，还望着灌溉到和灌溉不到的土地出神，询问一些挖渠者也回答不出来的问题。总之，他对"开渠引水"产生了浓厚的兴趣，昼思夜想，最后终于忍不住了，对伯父王成提出，想去当渠工。

王成吃惊地看看他："想去挖渠?!"

王同春点点头："这黑皮匠的营生，我实在做不来，也不想做。"

望着铁塔般高大结实、已经长大成人的侄子，王成想了想说："去哪个工地上呢? 得有熟人介绍才行，不然人家不会收你。"

就像现在外出打工一样，当渠工，也需要找个关系，有人推荐一下，不然双方都不放心。

王同春早想好了："你不是认识一个地商张振达吗，你介绍一下，我去他那里干吧。"

张振达是山西交城人，是"走西口"较早的一批人，起初是经营皮毛生意，所以王成很早就与他相识。后来，张振达有了经济实力，在黄河支汊的短辫子河畔开了一家"万德源"商号，当他看到修渠垦地利润不菲时，便决定转向投资水利建设。

就这样，王同春在伯父王成的介绍下，来到张振达这里做了一名普通的渠工。

王同春身材高大，健壮魁梧，去普通人家，进门口时需低下头。他有力气，也肯卖力气，挖渠时一锹下去，能把近百斤的污泥端起来，担土时，他的两只箩筐最满。干这种繁重的"土工活"，他一点也不投机取巧。

张振达对王同春的表现很满意，一个多月后，就让他当了个小组长，工钱也给他增加了。

半年后，张振达经过考察，打算利用短辫子河的水源，开挖一条干渠。因为，这条河畔地处交通要道，吸引了大量旅蒙商人和流民聚集，尤其是到了夏秋时节，俗称春天开荒，秋冬季节返回的内地"雁人"纷纷拥入，达千人之多。于是，这条涓涓细流周围顿时被大片耕地所围，垦殖面积扩大了十几倍，从而带动了当地的垦殖业发展。后套第一批投资开渠、经营垦殖的地商便在这里应运而生，其中，张振达就是实力较强者之一。短辫子河是黄河干流由西南向东北天然分出的五条支汊之一，靠近后套东端西山咀处缓缓向北流动。以往，人们都以此引水灌田，但几年前却淤积了，如果重修开浚疏通，有水灌溉农田，收益肯定巨大。然而，三十多里长的渠道，工程浩大，以他自己的资金和力量远远不够，于是就决定招股合修，收益共享。

最后，四个地商参与了股份投资，其中出资最多、实力最强的一个股东，是四川人，名叫郭大义。

开挖短辫子河的工程开始后，计划重新开条支渠，以避免泥沙的再次淤积。当时，郭大义作为经验丰富的渠主和大股东，设计了一个渠口，但在动工之前，王同春跟着张振达到工地察看情况，和大家一起商定渠口的开口位置。

王同春悄悄来到河边，仔细看看周边的地形和水势，感觉郭大义设定的这个渠口不妥，但并没敢说话。

这时，张振达和在场的人都没有异议，同意郭大义决定新开渠口的方案。

一直站在背后的王同春，实在忍不住了，挤过来说："叔叔大爷们，我有句话，不知当讲不当讲？"

郭大义看他一眼，见是个半大的毛头小伙儿，就说："孩子，你说吧。"

平时不爱说话的王同春涨着红脸说："后套开渠最重要的是

渠口，渠口的开口位置不对，要么会被大水冲毁，要么会被泥沙淤积断流，我这个说法，不知对不对？"

"对啊！有啥子想法，你直说吧。"

"可是，我觉得……"王同春紧张得有点口吃，"现在的这个……这个开口位置不……不对劲……"

郭大义不由哈哈大笑起来："哈哈，不对劲！孩子，你是谁家的啊？"

张振达连忙说："是我手下一个渠工。"

"叫啥子名字？"

"王同春，今年十六岁。"

郭大义认真看了看王同春，还过来拍了拍他的肩膀："这名字我记住了，敢说我不对的人，还没出现过，也只能是个孩子说。好，孩子，我不怪你，只有一只眼，怕是看走神了吧！哈哈……"

回去的路上，张振达埋怨王同春不该乱说话。

王同春不服道："振达叔，短辫子渠如不改变渠口，两三年后一定会废掉，不信，咱等着瞧！以前有人利用河汊开的刚目渠、缠金渠，没几年就废掉了，正是这个原因。"

"噢！"张振达吃了一惊，"你怎么知道这个？"

"这半年多，我打听了好多开渠的事。"

张振达暗自惊奇，从此对王同春刮目相看。觉得这孩子不但踏实肯干，有力气，心眼儿还比别人多了不少。

有一次，在工地的东北荒滩上，王同春指着一块地面对张振达说："这个地方，一尺以下必有水。"

张振达不信，找人掘下一尺，果然有水冒了出来。

张振达骇然，问他原因。

王同春说："你看，地鼠穿的窟窿，翻起来的土是湿的，这不是最好的证据吗！"

黄河中起泡，王同春知道水要涨了，对种地的农民说道："你们看，现在开的这条渠，水会跟过来的。"

果然，渠口一开，水就汹涌地涌了进来，灌入了久旱的田野。

王同春的治水天才，或者说开渠天赋，初露端倪。

不久，王同春被张振达提拔为渠头。

短辫子河修浚后，水流畅通，灌溉自如。王同春的治水才干充分展现，而且有了名气。参与投资的四大股东也依合同各得自利，拿到了丰厚的红利。然而，两年之后，郭大义便采取讹诈、恐吓等手段，将其余三股的土地兼并到自己的地盘上，并将他极力赏识的，在他看来是"开渠天才"的王同春，收入到自己麾下做渠头兼工程设计师和总监，工资比在张振达那里多出了十倍。

因为，郭大义不惜高薪把王同春"挖"来，是因为当初他没采纳王同春认为他渠口开得"不对"的建议，短辫子渠四年后果然重新淤积了，不得不重新疏浚。

经多识广、兵痞出身的郭大义，发现王同春"瞎进财"这后生可畏，迟早会终成大器。所以才不惜代价要把他"招募"到自己身边。

这次，郭大义任命王同春为新短辫子渠疏浚和改造工程的总管，全面负责标定渠口和渠路。

于是，王同春又迎来了他一生中的"伟大"转折。

同治十一年（1872）春天，伴随黄河水解冻，大批灾民和众多"走西口"者再次拥入后套。王同春利用这个机会，启动工程建设，将近千人急于"找工作就业"的"流浪大军"纳入挖渠的队伍中来。

经过几个月的日夜奋战，新的短辫子渠终于挖成了。

因为这条新渠是万德源、万太公、郭大义和王同春四家投资合开，因此改名"四大股渠"（后称老郭渠，今名通济渠）。当然，王同春是作为主持开渠的"智力股"参与的。

从前，开渠的人不懂水利，也不勘察地形，往往顺着河汊选线。而王同春开的"四大股渠"是在黄河支汊上开的新口，并且还在两侧开凿了支流，同时可浇灌两千多顷耕地。人们发现，经王同春改造后的河渠"高不病旱，卑不病涝"，高处和低处的庄稼均能得到灌溉。光绪年间《五原厅志略》如此描述当时的状况："耕者数百户，咸获其利。二十余年，不知歉岁。家给人足，老安少怀。"

为纪念"四大股渠"竣工开通，当年，万德源、万太公、郭大义和王同春四人在渠旁修建了一座诸神庙，故名"四大股庙"。光绪二十八年（1902），王同春又重修四大股庙。重修后的庙宇与原来的庙相比，不仅规模宏大、雄伟，而且工艺精湛。新建的四大股庙建有正殿、东偏殿、东西两侧禅房、山门、钟楼、鼓楼、药楼以及坐南朝北与庙宇相对的戏台等建筑物。每逢三月三、四月八、端阳节、六月六等时节，寺院都举办庙会，戏台上唱戏、河中放灯，或祭河神，或求子，或祈祷消灾免难。特别逢干旱少雨时，为祈求兴云布雨，风调雨顺，各路和尚道士前来念佛诵经，四面八方的善男信女带上"布施"、供品，前来焚香还愿，献佛敬神，热闹非凡，轰动百里。但抗日战争期间却被毁坏了，2008年秋，民间和宗教界人士对寺庙进行恢复和重建，并重新命名为"四大股普济寺"。据考证，这里是中国历史上最早的股份制寺庙，是现今五原县著名的文化旅游景点。

年仅二十岁的王同春，因主持开凿"四大股渠"一鸣惊人，名声大噪。

第二年，王同春随郭大义去西南部的黄河中游南岸，鄂尔多斯高原北端的蒙地垦殖拓荒，引水时淹没了达拉特旗的牧场，激起了当地蒙古人的愤怒。他们报官后，一队蒙古骑兵冲进郭大义驻地，不由分说，将他五花大绑，扔进红柳筐内，抬到了蒙古骑兵驻地。当夜，王同春带领几名渠工，偷偷潜入蒙古兵营。他让渠工放哨，独身来到关押郭大义的房屋，用刀割断他的绑绳，背起被打得不能行走的郭大义翻墙而过，然后在众人协助下逃走，从而救了郭大义一命。

王同春的侠肝义胆和对主子的忠诚不渝，让郭大义感激涕零。为报答王同春的救命之恩，郭大义毫不犹豫地把女儿嫁给了王同春，还划拨了好地十顷相赠，任其招佃耕种，独立门户，自创家业。

这一年，王同春二十二岁，在辽阔的大河套，终于靠自己天生的睿智和艰苦的打拼，拥有了一个真正属于"河套王"即将展翅翱翔的平台。

三

"单干"后的王同春，淘到的"第一桶金"，是从蒙古族王公手里，廉价租到了三合庙喇嘛地等一带大约一百多公里长、三十多公里宽的土地和牧区进行开发，然后再租给他人，获利颇丰。其实，租地再赁赚钱，并不是他的唯一目的，他的最终愿望，是把这些土地先"囤积"到自己手里。

为得到这些土地，王同春煞费苦心，经过一番强化和速成，学会了蒙语。因为他知道当时清朝的土地制度，规定这一带的土地，都归当地的蒙古王公所有，要想从他们手里得到土地，必须跟他们直接打交道，和他们搞好关系，换句话说，就是用糖衣炮弹拉拢腐蚀他们。王同春经常前去拜访他们，馈赠蒙古人最爱吃的炒米原料糜米、羊肉和内地精美的礼物以及上等的补品。王同春对王公们的尊重和恭敬，让他们很高兴，就爽快地把闲置的土地低价租给他。但蒙古王公们并不知道，这是王同春拥有了经济实力和土地资源以后，试图"占领和统治"后河套地区，酝酿雄伟计划，实现伟大梦想的第一步：从黄河上直接开口，开一条贯穿后套腹地的大渠——义和渠。

从前的渠口，都是在天然形成的支汊上开，或者是利用旧渠口改造，直接在黄河主道上开渠口，史无前例。

王同春是胆敢在黄河主道上开渠口的第一人。

义和渠的开凿，是分阶段进行的。首先，王同春利用哈拉格尔河、张老居壕、奔巴图河等三个天然壕沟，疏浚挖通成为一条灌溉农田的河渠，完工后，又开了四十五条支渠。接着，又开了丰济渠和海河渠。起初，渠身大部是利用天然壕沟稍加修整而成，由口至梢，劈宽加深。然后开渠北上，从西南向东北经土城子、西牛犋，过隆兴长，跨邓金坝北至高三圪旦入乌加河，从而形成一个完整的渠络纵横的网络系统，历时二十余年完成。灌域面积达二十八万亩。纵横交错的渠道，就像人体里的动脉和静脉，滋养着这块大地上的生命茁壮成长。

如今，这条连接黄河、乌加河和乌梁素海的大渠，仍在像血液一样惠泽着后套大地。

现在，建设一新的义和渠，是五原县城一道最美的风景线，岸边开辟有"王同春主题公园"。从某种意义上说，没有王同春，就没有五原县城，或者说，是王同春开凿的义和渠从五原通过，才促使这个地区的快速而蓬勃的发展和壮大。

王同春在开挖义和渠时，为了便于组织管理，把家安置在了今五原县城驻地原名为"隆兴长"的隆兴昌镇。也就是说，他在这里设立了工程指挥部，把家也搬了过来。

当时，"隆兴长"是个商号的名称，名义上是个村庄，但地图上并不存在。多年来，这里是个朝廷不管、蒙古王公不管、地方政府不管的"三不管"地带。早在同治年间，退役的湖南湘军左宗棠部的运粮官郭向荣，从达拉特旗的王爷手中租用了哈拉格尔河、旧河筒子周边的土地，于同治六年（1867）开设了当时河套最大的经营米面酒油、皮毛杂货的综合商号"隆兴长"。从那时起，这个商号就成为后套平原上的买卖中心。当时有民谚云："要买好东西去隆兴长，要骑骏马到锦绣堂。"但好景不长，当老掌柜郭向荣去世后，"富二代"郭鸿霖花天酒地，商号逐渐衰落。这时，王同春设计的义和渠要从这里穿过，便趁机买断了隆兴长的所有资产，在旧址上进行一番改造，并重建了一些房舍。

自此，王同春居住在"隆兴长"，以这里为中心，东通包头，西达宁夏，北越外蒙及俄国，南通中原内地，在开渠垦殖的同时，大力开展商业贸易。

浩浩荡荡的义和渠水从"隆兴长"总号门前穿过，纵贯于河套腹地。好在，王同春高瞻远瞩，已提前租得了蒙古人手里的大片土地，开渠不必再行交涉，简单易行多了。渠成水到之后，大片不毛之地变成了丰腴的良田。

一条前所未有的大渠开通，不仅让王同春完成了华丽转身，也彻底改变了"隆兴长"的地位。在这家商号的基础上，周边很快形成了诸多人口密集的村落。

民国时期，曾任青海省政府委员兼民政厅厅长的林竞，曾在日记中这样描述隆兴长的繁华："居民约四百余家，商店大小百家。有邮、电、垦各局……五原所属以此镇为大……故东来者，不曰住五原，而曰住隆兴长……"隆兴长最终发展成为一座边陲重镇，其名气远超当时的五原旧县城。于是，也有了那首远近闻名的民间歌谣："小妹妹穿上红衣裳，咱们去逛隆兴长。"

因为"隆兴长"地位日渐显要，中华民国政府将五原县的行政中心搬迁到了这里，今天的五原县驻地隆兴昌镇，其名称即来源于"隆兴长"。

可见，五原县的近代史，也是"河套之王"王同春的创业史。

为什么要修义和渠？

早在修短辫子渠的时候，王同春利用工作之便，就对整个河套的地形地貌进行了多次详细的考察，最后发现，后套平原的大地形是平缓的，小地形却是不平坦的，甚至可以说十分复杂，平原上布满了大大小小的沙梁、碱滩、海子，还有高低起伏的山坡、野草蓬蓬的壕沟。这也是当新开的"四大股渠"正在哺育良田时，后套中西部，依旧被黄色的沙地和丛簇的红柳覆盖而呈荒芜状态。另外，对于清道光三十年（1850）黄河的那次改道，大多数人认为，原因是平原地势"东北高，西南低"，所以黄河选择流向了西南方的低地。但王同春通过悄悄地徒步沿着黄河北岸的各个支汊进行数次观察研究，惊讶地发现，这里的平原地势是"西南高，东北低"，这与大多数人的看法恰恰相反。王同春苦思冥想，画了一张又一张草图，反复琢磨后，突然灵机一动，计上心来：从黄河北岸开口"迎水"引渠，向东北可以自流灌溉，一直流向阴山脚下，进入乌加河，余水可退入乌梁素海，然后南出西山咀复入黄河，有进有出，灌排通畅，无积涝之患……

让黄河水自流灌溉，向东北浇灌广袤的荒地，就先从打通义和渠的水系开始。

如此浩大的水利工程，没有文化的王同春，是怎么干的呢？

挖一条干渠，三丈阔，三丈深，短的数十里，长的数百里，加之众多支渠、次支渠、次次支渠，事先的规划设计是极其重要和复杂的，必须科学而严谨，是个技术含量极高的工程项目，稍有疏忽或者失误，就会前功尽弃，将人财物损失殆尽，甚至会倾家荡产。

王同春在业已形成的对河套引水宏观战略思想基础的指导下，在设计开凿河渠工程时，展现出一个超越水利专家的民间"河神"之独到和精巧。确定开渠路线和测量渠道的弯道及坡度时，由于地形高低不平，开渠取土的深度与土方自然不等，所以每处取土多少就成了必须要测量清楚的关键问题。为了解决这个问题，王同春琢磨出了一个土办法，用十个柳编的水斗子，上面涂满白颜色，水斗沿儿上钉一根竹竿，让人扛着，从渠口开始沿着选择好的渠道每十丈立一个水斗，将十根竿子依次立好后，王同春就站在渠口前那根竹竿下向北瞭望，通过白色的水斗，可以一目了然地看出那些水斗的高低。高多少、低多少，他马上记录在木签子上，然后拔去竹竿，换插木签。于是本处取土多少，多大的坡度，就能在木签上找到。竹竿继续前行，依次推进，从渠口一直测量到渠梢。用"独眼金睛"的土办法换算出的精确度，跟洋工程师拿仪器测量的相差无几。到了夜晚，在数百里内的旷野上，王同春令手下点燃数盏油灯，错落而有序地摆放在新选择渠道的区域里，他伏在冰凉的地面上，不断变换姿势，仔细观察火焰的高低，反反复复遥测着起伏的地势。尽管他之前已经做好了规划和设计，对此已经烂熟于胸了，但还是慎重地在做最后的"敲定"，力争万无一失地抉择出最佳的渠道路线图。如此向前分段勘察界定时，在偶然迷失方向的情况下，他会随手抓起一把泥土，放在灯下一瞧，再闻闻气味，就立刻知道了现在的行之所在。每逢下雨的天气，他都会骑马冒雨出去观察雨水流动的方向，为渠道走向掌握第一手资料。一年之中，他只知大年三十、初一，不知端阳节和中秋节，数十年如一日。每年过完春节的初二之后，他都要骑马去附近的渠道和田间四处转悠，日均百里，不走车马大道，专挑畦田荒路。

王同春正是靠这种终年奔驰于田野，察地势、观水情、辨土壤的勤奋，对后套大平原的地形、土壤、水文、地质等情况的悉心研究、揣摩，才激活了他骨子里暗隐着的"治水"因子。他创造发明的这套测量渠道的土办法，现在看来似乎极为落后和拙笨，但却极具科学原理。也可以说，他或许就是一个"为开渠而生，为引水而长"的令人匪夷所思的水利天才或者说水利奇才。

每开挖一条渠道，王同春都要率众亲临现场指导。尤其对于建筑渠口、桥梁、涵闸等三项技术性强的重要修筑环节更是严格要求。他经常对作业的工匠们说："如果渠口建筑不固，被黄河水冲毁，水就引不入渠；如果闸箱修建不好，则无法调节水量；而桥梁建筑缺乏，就会阻碍交通。"王同春在布置这三项工程和施工中，在当时没有现代建筑设备和材料的情况下，一概使用土办法，充分利用河套平原上取之不尽的枳芨红柳哈茂柴，搅拌红黏泥土作为材料，一层一层地夯实建成。

王同春的儿子王喆曾这样评价他的父亲："生平无他好，唯嗜水利若命。"《绥远通志稿》称他："每遇疑难渠工，俯而察，仰而思，面壁终夜，临河痴立。及豁然有悟，往往登高狂呼，临河踊跃，以为生平第一快事。"

百姓们都称王同春是"独眼龙王"，传说他"上识天时，下熟地理，能预知河水之涨落，相度地势之高低"。当时曾有一首民歌唱道："隆兴长有个'独眼龙'，其名就叫王同春。大家都称他老财主，开渠筑坝是河神。河套由他来开发，五谷丰登享太平。若非禹王再重生，哪有这样的好光景。"

在清末浩浩荡荡"走西口"的千军万马中，为何只成功了一个王同春？

不管有多少版本的记载和民间演义把他说得神乎其神，但"功夫不负有心人"，实践出真知，才是千真万确的。

科学和科学家也是如此，并非生来就是。

王同春独资开挖的第一道大渠，就要破土动工了。

盛大的开工仪式在黄河北岸隆重举行。

东方初升的大太阳在波光粼粼奔流的大河里，碎成了一片金色，缕缕春风携带着温馨的草香和水汽的咸腥，随着阵阵涛声在大地弥漫。一块新平整的地面上，一个巨大的紫色帐篷里，铺着大红呢子布的八仙桌上摆放有羔羊、馒头、油糕等供品。正中有一个高大的古青铜香炉，一簇香火冒着缕缕的青烟，两旁桌前放置着九个高粱秆盖帘，上面铺着黄布，每一个上都放有九盏河灯。

帐篷外面的场地上，前台铺着草笆，站满前来祝贺的地商和各商号的老板，下边是上千名雇来的渠工和前来观看热闹的民众。

仪式开始了。

"放开工炮！"

主持者一声令下，百个双响大麻雷被陆续点燃，爆炸声响成一片，震耳欲聋，黄河岸边一派沸腾。

今天的王同春身穿蓝大褂、黑布裤，挽着裤管，气宇轩昂，满脸喜悦。阳光斜刺里照在他一张古铜色的面孔上，显得刚毅、自信而神采飞扬。

当仪式进行到由王同春宣布插河标之前讲话时，他缓缓走到台前，先是走到桌前，在香炉里燃上香，面对滚滚的黄河，虔诚地冲南方三拜九叩，又朝北对着广阔的大地叩拜。接着，他转过身，微笑着向周边的客人抱拳行礼之后，将第一盏河灯放进黄河，河灯飘飘忽忽向下游流去。他双手合十，闭上眼睛，向黄河许了个心愿。

这时，按照议程，前来的贵宾列队过来把其余的河灯放进河面。

放完河灯，王同春再次来到桌前，目视着众人，弯下腰深深鞠了一躬，庄重地说："各位父老，各位地商，各位来宾，各位工友！我王进财虽财力微薄，但念及苍生，惠泽百姓，滋润土地，今率众开挖一条大渠，实属千难万险。但所庆幸的是，上有黄河之神保佑，下有各位地商和父老乡亲们帮衬，才使我决心至坚，誓死不渝，今聊表衷心，祈请天成，也望各位多多照应，进财在这里向各位拜托了，请求各位关照了！在下有礼过去了！"说完，便抱拳向各个方向的人群行礼。

人群中爆发出一阵热烈的掌声。

"插河标！"

主持者话音一落，鞭炮在四周炸响。

在清脆的爆竹和沸腾的掌声中，王同春飞身跃上一匹枣红马，双腿一夹马肚，沿着已勘定好的开渠路线飞驰而去。随即，渠头带领一帮渠工，沿着跑过的马蹄印，每隔五丈插上一盏点燃的红灯笼。顿时，河道上一溜红光灿烂……

不大一会儿，王同春又骑马趸了回来。

黑压压的人群呼呼啦啦围拢过来。

只见王同春站在首个渠位旁，抄起一把大铁锹，往地里一插，一脚在锹端的一侧重重踩下，双臂向上一撅，便剜起一大块泥土来，之后用力向外扔出一丈多远……

"开工喽！开工喽！"

聚集在渠位前的渠工们一阵欢呼，铁锹飞舞，群情昂扬。

新渠开工后，渠两边成为工地，仿佛集市般喧嚣，简易棚户和帐篷连绵不断，每天挖渠的人多时有几千人，甚至上万，少时也有四五百人。有周围的佃户，也有专来"走西口"讨生活的人。这里由东家管吃管住，年底或回家时结算工钱。

整个河套地区，惊奇地上演着万人开渠的盛大场面。

王同春每天都在工地现场，家里老婆、孩子、用人、家丁，凡是能走开的都得上渠，能干什么就干什么，直到农历十月，上了大冻，挖渠才能停工。冬天，挖渠的人回家了，王同春却不敢休息，他除了打理生意上的事外，就骑马在野外转悠，往西走到狼山，往东走到乌梁素海。他除了规划或调整渠路，还要协调征收渠两边的土地。

因为开渠的最终目的，就是为了种地。

所以，王同春每修一段主干渠，就连忙再修一些支渠、次支渠，然后在渠两边造田。造田也是个浩大的工程，因为渠两边的地，要修两尺多高、两尺多宽的大土堨，不平的地方还要平整，确保渠水能均匀地浇透。可见，在上千亩、万亩的土地上修成这样的土堨埝，所耗人工和工程强度都是巨大的。而且，基本是当年就开地种上庄稼或租出去，这样，盘活资金，再修更长的渠。

有了渠，开出了水浇地，就有人来耕种了，人员也就朝这里聚集了。

王同春在渠周边拥有的许多村庄（牛犋），就是这样建立起来的。

各地人纷纷朝这里聚集，三教九流什么样的人都有，无论是挖渠的，还是在这里"讨生活"的，有不少是游手好闲、好逸恶劳的流浪汉，还夹杂着一些土匪、逃犯。因此，王同春对工地和村庄的行政和治安管理也必须跟进，建立了一整套的管理体系：由秀才出身的山西人洪如礼任大管家；修渠工程助手马子良，他是河北大名府人，有多年的开渠经验，会勘探、监工，能按照王同春的施工意图，全面管理工地；请来在河南少林寺学过武术的"把式匠"杜福元任私人武装的家丁总管，负责看家护院，押运财物。此外，还从各地遴选出一批种田把式、驯马高手、能写会算的等各行各业人才。王同春对那些朴实、能干、会干的渠工提拔重用，给房、给地、给媳妇，对于偷奸、耍滑、闹事、怠工的人交给家丁当场行刑。他处罚"坏人"手段众多，主要有三种：一是"住顶棚子"，就是在冬天凿开河渠上一个冰洞，把人扔进去；二是"下饺子"，把人装进土袋扔入黄河；三是"吃麻花"，就是用麻花似的牛筋鞭子把人打死。民间传说，他用这几种方法处死了三千余人。

所有的举措，都是为开渠置地保驾护航。

截至光绪三十年（1904），王同春已经拥有干渠五条：义和渠、沙河渠、丰济渠、刚济渠、新皂火渠。下属支渠二百七十余条，加起来超过了四千公里，为开渠投资的工银约在一千三百余万两之多。另外，王同春参与制订修建方案并指导开挖的干渠五条：永济渠、通济渠、长济渠、塔布渠、杨家河渠。这些渠道，经过历年的修挖和调整，到民国年间，已经成为河套地区的十大干渠。

凡是经王同春所开的灌溉渠，进水无不畅通，灌溉自如。经他亲临指导或整修，都会畅流无阻。后套地区的黄河水利的强势开发，大大促进了当地农业的蓬勃发展。

因此，历史学大师、我国现代历史地理学科奠基人顾颉刚说："河套中人更只知有他，不知有国家。"作为一个可以治水的人，王同春很快被人尊为"河神""独眼龙王"。在当地的一处碑刻上，我看到了这样一段文字："王同春凿成绥西十大干渠，开拓河套农耕事业，有功于西北边防，裨益于民生国计，实超于西南李冰父子。"

李冰父子因修都江堰名垂千古，但广大后河套地区的人民，认为王同春的治水功绩和造福于黎民百姓的贡献，远远超越了李冰父子。

事实的确如此。

有史可考的记载显示，王同春开渠的总长度和灌溉的土地面积，都是李冰父子的数倍，而在开凿难度上，都江堰与后套不可同日而语。李冰造都江堰依靠官方力量为强大后盾，而王同春则几乎全部依靠个人资金和民间力量。再说，都江堰工程处于湿润地区的四川成都，有充足的天然河道进行分流，而大西北的后套地区气候干燥，多数河渠全凭人力开凿。

这是一个英雄创造的历史奇迹，也是劳动人民谱写的雄伟画卷。

在黄河后套及整个绥西地区，王同春的贡献和财富，无人可与匹敌。

四

古往今来，每个成功者的背后，都有着不平凡的经历甚至是惊人的传奇，都有着鲜为人知的秘密，都承载着巨大的痛苦，经历着无数的心酸，都存在着许多的非议和不理解，都有着强大的心理素质，都有着不可告人的恶毒甚至是残暴，都逃脱不了那个时代的局限和命运的捉弄。

尤其是经历了咸丰、同治、光绪三朝换代至民国建立后的军阀混战，在这些时局动荡的乱世岁月里，王同春靠一己之力"单打独斗"拼打出"一片江山"，成为河套地区天下无双的"王者"，当然也不例外。

在王同春厥功至伟的背后，布满了凶险、坎坷、磨难、迫不得已和种种的不容易，可以说是命运多舛，历经劫难。

在那个时代，"势力"和"暴力"，"财富积累"与"强取巧夺"可同日而语。

这里，我们不妨选择王同春与陈四长达数年腥风血雨般的"斗争"，足以证明在河套地区强势出头，鹤立鸡群，并非只是开渠垦种，还必须好勇斗狠、心毒手黑，才能成为百炼成钢的"河套王"。

陈四，原名陈锦绣，河南洛阳人，清同治四年（1865）随左宗棠（清末湘军著名将领）入陕甘平定马化龙的起义军之后，返回途中被河套这片沃土所吸引，遂弃军从农，与几位同伍在后套落脚。清军念及陈四参战有功，协调绥远官府，在杭锦旗管辖地段的黄河北岸，给他划出一块土地取得耕种权。他勤奋能干，十年间垦荒田一百多顷，成了闻名河套的大地商，建起豪宅大院"锦绣堂"，后演绎成村名。他除耕种土地之外，更大的生意是买卖骏马，生意兴隆，名满河套。

陈四初来后套时，与同是行伍出身的郭大义共用一条渠水浇地，陈在上游，郭在下游。这年大旱，陈四建坝拦水，郭大义眼看着禾苗快旱死了，就让修短辫子渠时给他当渠头的王同春，趁黑夜带领一帮家丁，掘开陈四的大渠放水。

陈四分明知道是王同春扒渠"偷水"的，但却没有证据，这是他和王同春的第一次"结怨"，对这个一只眼的"坏小子"耿耿于怀。

后来，王同春独自开凿义和渠，有一段要从陈四的地头穿过，与陈四交涉过几次，还提出拿一笔可观的租金或者补偿金。但陈四愤恨他"偷水"，说什么都不答应。王同春无奈，组织一帮家丁和近百名渠工强行开挖。陈四可不是好欺负的，家丁众多，且大多都是军人出身，势力强大，早就是这里的一霸，没人敢惹。他得知后，派出多于十倍的人，手持器械，将王同春挖渠的人打伤了几十个。

王同春被迫停工，决定立刻壮大私人武装，广招"把式匠"，什么拳师、退役军人、逃兵、流寇、逃犯、地痞等，只要会使枪弄棒，勇敢有力的青壮年，都雇到"隆兴长"来。几个月后，拥有了几百人的"武装"队伍，还有一支火枪班。

这条大渠，决定着王同春在河套的生死存亡，不能因为陈四的阻挠而中断，必须"拿下"。在这个"三不管"的地方，没地方说理，也说不清理，只能"以暴制暴""以黑吃黑"了，没办法的事。

时机成熟后，王同春让众多"把式匠"护渠，再次让渠工强行开渠，陈四又派出家丁前来干预。于是，双方交手，展开激烈的械斗。这次，王同春获胜，打伤陈四手下五十多人，死了十二个。

出了这么大的命案，陈四惊愕，没有想到王同春会这么狠，一向盛气凌人的他不敢轻举妄动了，将王同春告到萨拉齐厅。

萨拉齐厅，为清代的行政区划，是清代在新开发地区所置的协理通判厅，辖地为河套全境、黄河南鄂尔多斯部分地区、阴山以北乌拉特和茂明安部分地区以及包头，治所在今内蒙古自治区包头市土默特右旗一带。

王同春被萨拉齐厅的执法者逮捕入狱，但在审案子时，掌管该厅行政大权的抚民同知文钧，通过调查和审讯，发现械斗的双方都有责任，不能只论王同春一方有罪。再说，当时河套地区经常发生双方因开渠引水争端打斗的事件，要治罪就连同陈四一起逮捕。但陈四事先在上边送了礼，上边下令不准，所以文钧为主持公道，就把王同春放了。陈四得知当然不干，通过关系到处上诉，几个月后，文钧因此事被革职了。

这是王同春第一次入狱，但在主持正义的文钧"关照"下，很快出狱没事了。后来，王同春为报答文钧的"大恩"，将"丢官"后无依无靠的他，悄悄从包头城接到自己家中赡养，还给他下跪说："大人，你是重生我的恩人，你没有儿子，我就是你的儿子了！"殷勤服侍至终身。可见，王同春是个重情谊，知恩必报的人。

没能告倒王同春，陈四与王同春结成了"死敌"。

为战胜王同春，陈四大肆"招兵买马"，扩大自己的私人武装，从河南老家请来武术高手及自己外甥刘天佑当他的"把式匠"首领，又重金聘请几位蒙古族壮汉为家丁，破坏和阻挠王同春开渠。

王同春的渠越挖越长，支渠、次支渠越来越多，牵扯到方方面面的事情，跟陈四或者陈四势力控制的土地，多有交连和纠葛。陈四不但联合其他地商进行抑制，处处刁难、使绊，还暗地里在后面填他新开的渠沟，偷引他的渠水。王同春忍气吞声，不动声色，暗地里安排保镖杜福元派手下对陈四实施报复。

不久，王同春在家里摆设盛大酒宴，请地方商绅和陈四前来吃饭，说是要和大家商量开渠引水方面的一些事情，还特意让送请柬的人给陈四捎口信，说自己准备作出重大让步和妥协。一开始，陈四手下觉得这是王同春设的计策，劝陈四不要去赴这个"鸿门宴"。陈四想了想，瞪着大眼说："我不信，他瞎进财敢当着大家的面，能杀了我不成？我要不敢去，岂不是我姓陈的成孬种了！"

第二天，陈四骑着马，带着外甥刘天佑等五名保镖去王同春家赴宴。

王同春亲自出门迎接，席间不管陈四当众一句一个"瞎进财"奚落羞辱他，只是一脸赔笑，还表示愿意和陈四言归于好，让出一百亩地送给陈四。陈四很高兴，酒喝到傍晚才准备返回，王同春又是送到门外。但走后也就是两袋烟的工夫，陈四就手捂双眼，满面鲜血被刘天佑和保镖们搀着返回来了，并用手枪对住了王同春。原来，陈四在返回的半路时，突然遭到一群蒙面人的埋伏，一条弹起的绳索将他的马绊倒，几名保镖也被人控制住，接着，几个人上来，用锋利的竹签挖出了他的双眼。陈四怀疑这是王同春所为，当即带人返回王同春家报仇。陈四举起手枪，照着王同春就打，但因眼瞎没能打中。这时，王同春保镖杜福元一个箭步冲过来，把陈四紧紧抱住，其他家丁也都把陈四的保镖缴了械。

王同春矢口否认是自己所为，强调说："陈兄，我是请你来吃饭喝酒的，怎么可能干这种勾当？我男子汉大丈夫，明人不做暗事，是就是，不是就是不是！"

其他的地商们也都在一旁说，是啊，可能是路上遇到土匪了吧。

王同春还连忙安排人为陈四治伤，包扎眼睛。

没有确凿的证据，所以只能是怀疑。

陈四和他的手下说，即便不是王同春下的毒手，但是他请客，又是在他家吃饭后发生的事，他必须负责。

在众人劝慰和调解下，陈四最后与王同春达成了协议：王掌柜每年给陈掌柜十匹马、十担糜子、十担小麦、十担高粱作赔偿，直到陈掌柜去世。

王同春开始不同意，跳着脚说："不是我干的，为啥让我赔偿？我这太冤枉了！"

大家再三相劝，说陈四毕竟是你请的客人，在路上出了事，你就破费点儿吧，这样也能让他心里平衡一点儿，不再纠缠算了，再说，你有的是钱是粮，也不在乎这点儿东西。

王同春这才答应了，每年都按协议如数赔偿陈四。

光绪二十八年（1902），经过八国联军蹂躏之后，北方一片断壁残垣。这年的气候也特别异常，水灾过后，旱灾又紧随而来，霍乱暴发。河套地区遭受到空前的大旱年景，人员稀少，粮食歉收，食物短缺。王同春家中拮据，恳请陈四暂缓当年的赔偿，但陈四不同意，还扬言如不履行协议，将杀了王同春。

王同春怒不可遏，决定先下手为强。

当年的腊月三十深夜，后套豪强陈四（陈锦绣）在家中被人杀害。此案当时在绥远影响巨大，主要嫌疑人是王同春和他的"把式匠"头领兼保镖杜福元。但案发时，杜福元有不在现场的证明，因为第二天正月初一早晨，杜福元正在包头陪同王同春给众士绅拜年，按当时的交通条件，一夜之间在陈四家中作案后跑到包头根本不可能。为此，杜福元辩解说："大年初一天一亮，我就在包头给人拜年，有许多人可作证，年三十的半夜里，我怎么可能在土城子杀人？这两个地方距离四百多里，难道我是会飞不成！"官府一直不能定他的罪，只当作嫌疑人被关押三年就释放了。

但人们都知道，王同春与陈四这对"冤家对头"很多年了，陈四的被害身亡，肯定是王同春密谋的"雇凶杀人"。但如同"竹签剜眼"一样，仍然是没有证据。

据说，这是王同春精心策划的一场谋杀案，他先去了包头，让杜福元夜里十二点左右，到土城子的陈四家里将他杀害，随即骑一匹挑选来的快骡子，于早晨八点左右赶到包头跟他会合，然后一同在城里给亲朋好友拜年，以证明两人都不在作案现场。

为开渠引水，争夺势力范围，王同春从三十岁开始，与陈四反反复复进行了长达二十一年的争斗，最终以陈四之死画上了句号。至此，王同春五十一岁，步入人生最鼎盛的时期，没了竞争对手，在后河套地区一家独大。

但"陈四被杀案"的诉讼并没结束，其家属一直在状告王同春，尤其是陈四的外甥刘天佑，案发时回河南老家过年了，闻讯急匆匆赶来，发誓要为舅舅报仇雪恨。他和陈四家人变卖家产，联合陈四故友到处告状喊冤，不惜重金贿赂官员。王同春当然也不能坐视不管，为摆平此事也是积极奔走，上下打点，花费钱财无数还赔进去十万余亩良田。

清朝末期，官府混乱而腐败，掌管此案的官员借两家"打官司"之机，吃了原告再吃被告，来者不拒，话都不封死，也都不执行。

这场官司一直到了第五年头上的光绪三十三年（1907），王同春才被捕入狱，但原因并不是"陈四案"。而是几年前王同春在开渠时经过蒙古人的牧场，引起达拉特旗台吉喇嘛秦斯的愤怒，于是发生武斗，王同春致使秦斯手下多人死伤的一起旧案。当时，此案发生后，被达拉特旗与杭锦旗官府联合以杀人主谋罪控告王同春于榆林道，王同春被捕，但不久就平息将他放回了。现在因陈四之死将旧案重提，是想敲诈他拿出大片的土地。连吓唬带哄骗道："你私垦蒙地是大罪，杀蒙古人更是大罪，两罪并罚，再说还有一直告发的陈四案，你有几个脑袋够砍的？这不是害了自己还祸及子孙后代吗？听我们的话，你具一个甘结（旧时交给官府的一种字据，表示愿意承当某种义务或责任），我们替你销案，以后保证就没事了。"说罢拿出一张事先写好的文书，让他画押。王同春不识字，不知道上边写的是什么，就摁上了手印。这一摁，他辛辛苦苦开垦出的土地，就去掉了一大半。为防止王同春不认账闹事，以陈四被害他是主谋为由将他关在牢中，也不审讯，更不能结案，关押了五年之久。

这期间，清政府实施"移民实边"政策，强令狱中的王同春将所属水渠和农田，全部交给了清朝政府。他虽有不愿，但无可奈何，将三十多年"打拼"出的水渠和所置之田产一并交官充公了。

王同春是在辛亥革命爆发，推翻帝制中华民国建立的民国元年（1912）出狱的，时年整整六十岁。然而，他并没有料到，这并非他的最后一次牢狱之灾，三年后，他再一次被下入大牢。

事情的经过大概是这样。

当时是民国三年（1915），著名地理学家张相文前来西北地区考察。途中，他看到河套地区居然有如此完善的水利系统，异常兴奋，坚持要见见王同春。王同春向张相文详细介绍了自己多年来在河套地区治水的种种经历，让张相文大为感动，认为王同春是目前中国难得的水利人才。为此，张相文回到北京后，立即把王同春在河套治水所取得的成就，告诉了当时的农商部总长张謇，建议让张謇邀请王同春进京，共同商讨开发西北和治理淮河的计划。王同春很快接到了张謇的邀请，上京途经绥远时前去拜见新任都统潘矩盈。潘矩盈对王同春不太了解，但他手下人却对王同春的巨额家产垂涎三尺，觊觎已久，就想借机绑他一票，敲诈他发笔大财，便在潘矩盈面前极尽谗言陷害王同春，以修五原城时欠农民工钱三千两银子为借口，将王同春逮捕下狱。张謇闻悉大惊，把实情禀告当时的大总统袁世凯。袁世凯下令，让张謇以大总统的名义给潘矩盈发电报，王同春才得以释放。

王同春一生坐过五次牢，长达十一年。

也许，有的牢该坐，有的不该。但树大招风，名大招祸，木秀于林，风必摧之。

除上面说到过的四次被捕入狱，另外的一次，是光绪二十二年（1896），王同春与地商高占旺因渠地发生口角，继而武斗，两败俱伤。不久，高占旺的儿子莫名其妙地被人暗杀，查不清何人所为。高占旺一直与王同春有积怨，怀疑其儿子是王同春所害。于是高占旺到萨拉齐厅告状，因控告不实，悬案未理。高占旺上告到太原，王同春始终不屈。太原审官以查无实据，不能定刑而复令提回萨拉齐厅重审，讼争三年才得以平息。事后才弄明白，高占旺之子为土匪所害，与王同春无关。

看来，无论在哪个时代，无论何时何地，当冠军，争第一，坐成王，都是有代价的，都是要有流血和牺牲的。

在那个年代，凡是在后套这个荒蛮之地创业开荒的，没有"善茬儿"和文明人。围绕土地和水渠的争夺，必须心狠手辣，弱肉强食，适者生存。正是在这样的历史背景下，犹如"功夫在诗外"那样，除了开渠技术之外，还必须动用暴力，组建起一支由地痞、流氓、罪犯、土匪、兵痞、逃荒难民，三教九流等来者不拒，拥有长枪、手枪甚至大炮的庞大的私人武装，才能支撑起巨大的财富积累。因此，这里是野心家、冒险家、不毒不狠不丈夫的乐园。王同春像其他杰出的领袖人物一样，无疑是一代枭雄，手上都沾满着鲜血。因为，在那个时代，血流到哪里，渠才能开到哪里，地才能种到哪里……

然而，天下没有不散的筵席。

灭掉"对头冤家"陈四后，王同春的事业达到了辉煌的顶点，但历史的拐点也同时出现了，正如辛亥革命致使清王朝退位民国建立那样，王同春也步入暮年衰败的岁月。

后记

这是一个夏日的傍晚，因中暑而又患了急性痢疾已卧床半月有余的王同春，勉强支撑起虚弱的身子，让家人搀扶着他，执意要去义和渠岸边看看。

这是王同春在后河套开凿的第一条渠，从五原县城隆兴长镇他的家门前不远处穿过，全长八十五公里，是王同春开渠生涯里的"代表作"。

陪伴王同春的，是他的两个儿子和一个女儿。

不远处，是家丁和用人在警戒并听候差遣。

王同春娶过两个妻子，第一个妻子是郭大义的女儿，但不久就病故了，没有留下孩子。续妻一共生了五男两女，但不幸的是，这些孩子大都体弱多病，在当时医疗条件极其落后的年代，有三个儿子和一个女儿都先后早逝了，现在只剩了三儿子、五儿子和一个二女儿。

三儿子叫王英，字杰臣；五儿子叫王喆，字乐愚；还有一个名为王友卿（乳名玉娃）、当地人都称她为"二老财"的二女儿。

女儿王友卿为何被称为"二老财"？

那是因为王友卿不但长得漂亮，而且聪明过人，可谓女中豪杰，十五六岁时就帮王同春管理家业。特别是王同春最后一次入狱后，年事已高，心灰意懒，加之外事频繁，就把家中和生意上的事都交给她"打理"，成为王家实际上的"主子"。平时，人们叫王同春"大老财"，现在就称她为"二老财"了。

三儿子王英高大魁梧，脾气暴躁，早几年任五原县团练团总，现在则通过父亲的关系，在冯玉祥（直系军阀，时任陆军第十一师长）的部队任职，手下有三千多人；五儿子王喆性格文弱，是个白面书生，在父亲安排下，先在民国地方政府当参议员，后任水利局长。他们兄弟二人，清末时就被王同春委托在五原的天主堂神父送到当时中国最好的贵族学校，北京著名的"汇文中学"读书。

此刻，西斜的太阳，已经渐渐往狼山的后面坠落，空气沉闷，天气燠热，被熏风撕碎的一片片晚霞，瑰丽而灿烂，在一路向北流动的义和渠里，泛起一道金碧辉煌的水线，仿佛正盛载着一枚枚金子朝下游滚滚倾泻……

王同春颤巍巍来到渠堤上，眯起一只眼睛朝西山即将落下的夕阳看看，又望望映照在义和渠里一层犹如碎金子般发光的流水，一双白眉突然挑了挑，问："几天不见，莫非，这渠里，如今流的是金子吗？"

女儿王友卿笑了笑说："爹，你眼花了吧，分明是水，哪来的金子！"

王同春咳嗽两声，嗫嚅道："水是金子，从大地里来，也会在大地上走丢，谁也留不住啊……"

"爹，咱还是回家吧，外面太热。"一直搀架着王同春的五儿子王喆说，"药已经熬好了，回去喝药吧。"

王同春耷拉着眼皮说："对了，五孩儿啊，前几天我让你给我读《三国演义》，开头有句诗，是怎么说的？爹忘了，你再给我说一遍。"

"滚滚长江东逝水，浪花淘尽英雄。是非成败转头空。青山依旧在，几度夕阳红。白发渔樵江渚上，惯看秋月春风。一壶浊酒喜相逢。古今多少事，都付笑谈中。"

王同春捋捋白胡须，点点头道："嗯，爹不认识几个字，没有文化，但知道这个意思。在这个世上，无论英雄还是豪杰，到头来都是一场空啊！爹也一样，会像烟散去，会像水流逝……"

"怎么能，爹的功勋，有大地作证。"

"人老了，不中用了，会和年轻时的想法不一样。"

"莫道桑榆晚，为霞尚满天。"

"满天？"王同春苦笑一下，陷入了对自己后半生的回忆，似乎是，所有的噩运，都是从他最后一次出狱开始的，现在又一幕幕重现了——

第一幕：恢复自由回到隆兴长家中，王同春的水渠和土地，大部分已经被官府收走了，由绥远政府管理，放水收费。用水时，朝令夕改的官员吃拿卡要，不送好处就不放水，逼得周边老百姓的一块块血汗田，多数回归到无水可浇而重现荒芜，只剩下不足五分之二可种植了。乱糟糟的民国，兵祸匪患，官员走马灯似的变换，原本生机勃勃的田野一片肃杀衰败，谁也没有王同春私自管理渠道时秩序井然，那条民生渠，挖了三年还不能用，白白浪费了时间和钱财，大家无不怀念王同春，当面呼吁让他东山再起。王同春摇头叹息，转身偷偷拭了拭眼角溢出的几点老泪。政府为安慰他，新来的绥远将军利用他的威望，让他在河套地区办团练。让一个开渠种地的去打仗？他实在是无奈，但却在高阙戍前打退了外蒙古的入侵，得到政府五等嘉禾章的奖赏，让他当了五原的农会会长。可是，没有水渠没有地了，这会长又有什么用呢？

第二幕：民国三年（1914），王同春在北京与农商总长张謇见面以后，谈了自己治水的许多观点，深受张謇的赞赏，就把他聘为农商部的水利顾问。当时正是对淮河治理的一个投入时期，北洋政府想治理淮河，张謇让王同春参加治淮委员会。王同春很兴奋，随张謇南行，考察了上海和淮河水系，提出了一个引淮河水直接入海的详细方案，张謇也非常赞同。但由于治理淮河的经费是从比利时借来的，来自比利时和美国的水利工程师主张疏浚淮河的关键是要引淮河水进入长江。所以，王同春的方案未被采纳，他乘兴而去，败兴而归，生了一肚子闷气。

第三幕：按照在北京与张謇和张相文共同研究的一个方案，王同春同意与二人联合开发河套，并决定由三人共同组建了一个西通垦牧公司。由王同春拨出乌兰脑包附近土地十万八千亩作为公司事业的基础，张謇和张相文各出两千元作为活动资本，从民国四年四月黄河开冰解冻时干起。当时，张相文踌躇满志地带领数名农科大学生赶赴草原，进行艰苦的创业。但终因交通不便，官吏贪婪，军队骚扰，土匪猖獗，公司只办了六年，不但开垦失败，连牧畜业也葬送了。王同春深感愧疚，感到对不起张謇和张相文，可天灾加人祸使然，自己又有什么办法呢？

第四幕：阎锡山（晋系军阀首领）在民国二年（1913）下野隐居河套时，与王同春相识。后来，阎锡山复出，响应武昌革命，率军北伐，势如破竹。阎锡山请王同春支援他粮饷，王同春不但给他送去大批军需补给，还全部收治他的受伤官兵并使之痊愈归队。还有，在民国十四年（1925）时，任西北军总司令的冯玉祥带领部队挺进西北，一见王同春，就当面抱拳道："王哥，小弟我吃你来了。"王同春二话不说，爽快地供给部队吃穿并出资进行军营筹建。人们说王同春欺软怕硬，长袖善舞，专巴结军阀、达官显贵和上层人物。然而，光棍斗不过势力，皮之不存，毛将焉附，识时务者为俊杰。王同春内心的疾苦，并没有多少人能够体会到。清王朝的一个"移民实边"下来，他的私有土地和水渠，不是都被"收走"充公了吗？

第五幕：冯玉祥在西北期间，为了恢复河套水系养活军队，正式聘请王同春为"西北边防督办公署总参议"，让王同春利用军队疏渠垦田，并计划把王同春用一生心血绘制的"复兴河套水利计划图"中最后的几项工程完成，即把所有的大渠都连接起来。这样，在天旱的年头，每个渠可平均分配水源。再把主干渠的下梢与乌加河修通，把用不完的水再流回黄河，这样就不会有涝地了，做到靠黄河水自流灌溉，且旱涝保收。此时，王同春也筹措了大批的粮食，使冯军渡过了难关。第二年，冯玉祥部下石友三在五原设总督办署，受命接受各渠道疏渠垦田，修整道路。石友三以冯玉祥的名义，邀请王同春在黄河口岸督察水利，部署指导。自此，王同春起早贪黑，东奔西跑，深入河渠各段视察指导。这天午后，简单休息之后，王同春拖着疲惫的身躯，又爬上了黄河大堤。在六月炎炎烈日的暴晒下，年迈体弱的王同春气喘吁吁，汗流浃背，丝绸短衫全都湿透了，刚攀至堤顶，脚下一软，突然昏厥摔倒在地……

王同春为帮助解决冯玉祥部队的粮食问题，累倒在了工程现场，按现在的话说，是病倒在工作岗位上，为祖国的水利事业不惜献出了自己的生命。

从义和渠堤坝上回到家中，王同春奄奄一息，临终前勉强睁开一只眼睛，茫然地挨个儿望望病榻前的三个孩子，最后停留在三儿子王英的面孔上，断断续续地说："三孩儿……我最不……不放心……的是……你……做事没底……"

入夜，王同春逝世，永远闭上了那只"独眼"。

这天是民国十五（1926）年六月二十八日，王同春享年七十四岁。

王同春病逝后留下的这三个孩子，哪个也没让他"放心"，在抗日战争期间，都投靠了日本人。三儿子王英任伪绥西联军司令，后又当国民党的骑兵司令；五儿子王喆在包头任水利局长时勾结日本人；女儿土友卿直接当了日本特务，为驻扎在包头的日本情报机关服务。他们三人，都是1951年分别在北京、包头、五原被人民政府枪毙。

但埋入黄土下的王同春不知，算是他的死而有憾吧。

在明媚的阳光下，位于内蒙古自治区巴彦淖尔市西北空旷的

"黄河湿地生态公园"中央，气势磅礴的长龙形黄河水利文化博物馆傲然雄踞。在视野开阔、灯火辉煌的厅内，于显著位置布陈和再现王同春开发河套那一段艰苦峥嵘的岁月，其中有他一件件就地取材极具科学原理的简陋土制实物，观之恍如时光倒流，让人感慨万千。

在五原县博物馆，王同春治理河套的专题展览，成为一张最亮丽的名片。穿过许多个似曾相识的感人情景，在他用过的一个青石马槽前长时间驻足。我们似乎感触到的，不仅仅是西北首富夜晚喂马白天干活的一个个日常生活片段，而是在体会他带领一个家族和广大人民群众，为改变一个区域生存状态那只争朝夕的吃苦耐劳和坚忍不拔的精神。

"为有牺牲多壮志，敢叫日月换新天。"

走进距五原县城二十公里的天籁湖，边走边浏览着为拍摄王同春在河套开渠创业影视作品而建起的影视基地。触目之处，那些复制还原的"隆兴长商业一条街"、"河套大干渠"、"王土地庄园"、"义公中"庄园、"和公中"庄园……以及清末民初的"洋轿车""大喜轿""豪华马车""勒勒车"……是不是在招呼王同春重回大河套呢？也许，这里的人们，每时每刻都在眷恋他、怀念他吧！

滴水之恩，当涌泉相报。何况，曾经把一个不毛之地，生生开垦出千百万亩胜似江南的"米粮川"，哺育了千千万万后河套子子孙孙这样一个人呢？

正遐想间，有一曲清亮优雅的歌乐声从不远处飘来："大河从高天上流过，春风吹绿了花的原野。寂静的河滩上，可曾留下你往日的足印。为追寻梦里的家园，是谁在喋血的泪雨里跋涉到天亮，是谁在水与火的炼狱中羽化成金刚……"

这是在歌颂王同春吗？似乎也不绝对。

　　王同春的故事和形象，早已融入河套人的血脉之中，蝶变成为他们自强不息，奋进不止的精神和意志，并且将光照千秋、永恒万代。